Sonya

ソーニャ文庫

ソーニャ文庫アンソロジー

化け物の恋

山野辺りり　八巻にのは

葉月エリカ　藤波ちなこ

JN132326

イースト・プレス

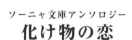

contents

おやすみ、愛しい人
山野辺りり

「必ず生きて帰るよ。この村を――エマを守るために戦争なんかで俺は絶対に死なないし、きっと戦地で功績を挙げてみせる。国の英雄になって、戻ってくる」

行かないでほしい。私のためと言うのなら、どうか私の傍にいて。どうして貴方が行かなければならないの。

そう言えたなら、どんなに良かっただろう。

英雄になってほしいとも望んでいない。願うのは、平凡な幸せ。王都から遠く離れ、戦火に直接呑み込まれることのない田舎のこの村で、彼とずっと一緒に暮らしたい。ただそれだけだったのに。

「心配性だな、エマは。信じて待っていて」

そう言って太陽のように笑ったあの人は、五年経った今もまだ戻らない。


「エマ！　今日も領主様のところに行くのかい？」

大荷物を抱え歩いていたエマは、顔見知りの女性に呼び止められた。

「ええ。うちの畑で採れた野菜で、領主様の大好物をお作りしたいと思って。見てください、今年の初ものよ」

「そりゃあいい。きっとお喜びになる。何だかんだ言っても、子供の頃好きだった味は、大人になっても変わらないことが多いからねぇ」

農作業中だった中年女性は額の汗を拭《ぬぐ》い、エマが抱える袋の中を覗き込んだ。

「こりゃまた、大量だね」

「とにかく色々作り置きしたくて。……そうしないと、ろくに食事をしてくださらないから……」

エマが張り切って料理しても、彼の口に入るのは、ごく一部だろう。おそらく大半は無駄になってしまうはずだ。それでも、何も食べないよりはずっといい。

切ない声で漏らしたエマの心情を察したのか、女性は逞《たくま》しい腕でエマの背中を二度力強く叩いた。

「あんたの作ったものなら、口にしてくれるよ。なにせ昔から慣れ親しんだ味だ。気鬱《きうつ》の病もどこかへ行っちまうに違いない」

「だったら良いんですが……」

「ほら、そんな悲しそうな顔するもんじゃないよ。エマの良いところは、いつだって明るい笑顔なんだから。――ああ、そうそう今日も森の中を通《とお》っていくのかい？」

「ええ。一番の近道だから、そのつもりです」

領主の館に行くには、整備された道を行くより、森を通過した方がずっと早い。生まれた時からこの村を出たことがなく、森を遊び場にしてきたエマにとっては、ごく当たり前のことだった。

「そうかい。気をつけるんだよ。うちの亭主が先日、獣《けもの》に襲われそうになったから」

「え、獣？　あの森には人を襲うような危険な動物は棲《す》んでいないですよね？」

だから子供たちだけでも気軽に出入りできるのだ。周辺の村に暮らす者であれば、誰でも知っていることだった。

「私もそう思うんだけどねぇ……何でも、今にも飛び掛かられそうな恐ろしい気配を感じたそうなんだよ。地の底から響くような唸《うな》り声も聞いたと言うし……まぁうちのが言うことだから当てにならないし、獣の姿を見たわけでもないらしいけどね」

「へぇ……」

釈然《しゃくぜん》としないものの、一応忠告はありがたく受け取ってエマは頷いた。ひょっとしたらよその森から人を襲う動物が流れ着いた可能性もあると思ったからだ。

「とにかく、あまり暗くなって出歩かない方がいい。最近は治安が良くなったけど、昔はこんな貧しい村にも盗賊が押し入ることがあったんだからね。もしもエマまでどうにかなっちまったら、領主様が余計に心を病んじまうよ。今はあんただけが頼りなんだから」

「……責任重大ですね」

弱気になる気持ちに蓋をしてエマは無理に微笑み、彼女と別れた。

自分だけでなく、村中の人たちが彼を心配している。一年前この村の領主になった、若き青年のことを。

「少しでも元気になってくれたら嬉しいのだけど……」

エマの心からの祈りは、なかなか神様に届かない。いや、半分は叶えられたのかもしれない。だが一番の望みを聞き入れてもらえないなら、無意味だ。

『あの人』が傍にいてくれる平穏な毎日。

裕福でなくていい。特別な刺激もいらない。日々穏やかに過ごせれば、贅沢《ぜいたく》なんて望まない。

二年前、長く続いた戦争が終わった。

あの日のことは、今も忘れられない。

エパニエル国とルーラ国は、エマが生まれる前から小競り合いを続けており、僻地《へきち》と言えるこの村でも、じりじりと迫る争いの焔《ほのお》に脅威を感じていた。

エマも例外ではない。生まれ育った国や故郷がどうなってしまうのか不安だったし、何よりもその三年前に村を出ていった幼馴染の『彼』のことが心配で堪らなかった。

ダニエル・ヴィドー。

エマと同じ年の、太陽のように輝く髪と笑顔を持った人。快活な声でよく笑い、働き者で体格に恵まれた彼は、誰からも愛されていた。それこそ村の独身女性の大半が、ダニエルと結婚したがっていたほどだ。

勿論《もちろん》、エマも。

いつからかは分からないけれど、眼が自然と彼を追うようになっていたのは、仕方がないと思う。こんな田舎では滅多に見ないような整った容姿を持ち、気さくな笑顔を絶やさない、村の誰よりも優しく親切な人だったのだから。

そんな彼とエマは、家が隣同士だったため、生まれた時から家族同然に育った。特にダニエルの両親が不幸な事件で亡くなってからは、エマの親が彼を引き取り育てたのだ。

だから彼に関しては知らないことはない――と思っていたのは、ただの自惚《うぬぼ》れだったらしい。

今から五年前、ダニエルは突然兵士に志願し、戦地に行くと言い出した。

勿論エマは反対したし、家族や村の人々も止めようとした。だが彼の決意は固く、『この村を守るため』と言われてしまえば、どうしようもない。

必ず無事に帰って来る――そう約束し旅立った彼の後ろ姿を、エマは今でも夢に見る。

それは間違いなく悪夢でしかなかった。

何故あの時、泣いて縋《すが》って引き留めなかったのだと、心の底から後悔しているからだ。やり直せたらと思わない日はない。この五年間、ずっと。

風の噂で、平民上がりの若者が戦地で目覚ましい活躍をしていると聞いたのは、ダニエルを見送った一年後。直感的に、彼のことだと思った。

無事を喜ぶ気持ちと、ダニエルが最前線で戦っていることの恐怖。

その場で倒れそうになったエマだが、彼の帰りを信じて待ち続けた。

以降も、ポツリポツリと伝わってくる噂は、どれもダニエルを称えるものばかり。

危険な任務で成功を収めたとか、全滅したと思われた隊の中で唯一生還を果たしたとか、はたまた瀕死の重傷を負いながらも上官を助け出したとか——

真実かどうかは分からない。だが村人たちは皆興奮し、小さな田舎の村から『英雄』が出たと誇らしげに囁《ささや》き合っていた。

活躍などしなくていいから、一日でも早く帰って来てほしいと願い続けていたのはエマだけだったかもしれない。戦火がこの村に及ぶことより、自分の身が危うくなることより、彼が無事でいるかどうかだけが気がかりだった。

そして三年が経ち、終戦の一報がこの村にも届いた。

待ちに待った報《しら》せだ。

これでもう何も心配することはない。すぐにダニエルも村に帰ってくる——そうエマが浮かれていられたのは、ひと月にも満たなかった。

待てど暮らせど彼は戻らない。何故ならこの国が勝利を収めるきっかけとなった戦いで、見事敵将の首を取った人物こそが、ダニエルだったからだ。彼は紛れもなく国の英雄になり、貴族の身分と財産を手に入れたらしい。当然、王都での屋敷や国の要職も。

こんな僻地にある田舎の村のことなど忘れてしまったのだ――そう肩を落としたのは、エマの両親たちだった。

息子同然に育ててきたのだから、当たり前かもしれない。ダニエルを誇らしく思いつつも、帰る気配がなく、便りも寄越さない彼のことは遠くから思うだけにしようと言った。

そんなはずはない。きっとダニエルはここに帰ってくる。――エマが力強く言い切れたのは初めの数カ月だけ。季節が変わっても一切音沙汰《おとさた》なしの彼に、次第に諦めの気持ちが込み上げ、両親を慰《なぐさ》めながら、エマ自身も悲しみに打ちひしがれた。

ダニエルは、自分たちのことなど忘れてしまったのだ。豊かな自然に恵まれたこの場所よりも、華やかな王都での暮らしを選んだに違いない。

仕方がない、そう自らに言い聞かせ、どれだけ一人で泣いただろう。それでもおそらく二度と会えない人を想い、彼が無事でいてくれることに感謝した。

生きてさえいてくれればいい。いくら彼が手の届かない人になってしまい、この先再会が叶わないとしても、些末《さまつ》なことだ。遠くの地からダニエルの幸せを願う。

そんな日々が一年過ぎた頃――突然事態が変わった。

もうすっかり王都での暮らしに慣れているはずの彼が、この村に帰って来るという。それも、跡継ぎを亡くした領主に代わり、この地を治める貴族として。

村人たちは大歓迎でダニエルの帰還を待った。エマも同じだ。

この日を、首が長くなるほど一日千秋《いちじつせんしゅう》の思いで待ち続けたのだから。諦めた振りをしても、結局は気持ちの整理などつけられるはずがなかった。

彼にとって、自分は家族でしかないことは知っている。生まれた時から傍に居すぎて、女として見られていないことも。

けれど募る恋心を簡単に消し去ることなどできるわけがない。会えない時も、一日たりともダニエルを思い出さない日はなかった。その彼が、大出世して帰ってくるのだ。

志願兵として村を発った四年前は、エマと家族だけが彼を見送ったが、英雄の帰郷を一目見んと大勢の人々が集まった。近隣の村からも人が来ていたようで、ちょっとしたお祭り騒ぎになった。

街道を埋め尽くす人の群れ。沢山の人に揉《も》みくちゃにされながら、エマは騎乗したダニエルの凛々《りり》しい横顔を視界に収めた。

大勢の従者を引き連れ、荷物を満載にした荷馬車の行列。

田舎の村では到底お目にかかれない豪華な一団に、人々は沸き立った。

エマも興奮し、四年前よりも一層精悍《せいかん》になった彼の姿を、涙ながらに見守った。

せめて一瞬でもいい。こちらに視線をくれないか。声をかけてほしいなんて贅沢は言わない。遠目から、大好きだった太陽のように輝く笑顔の一つでも見られれば……

しかし淡い期待はあえなく打ち砕かれた。

一行が領主の館に入るまでの間、彼が微笑むことは一度もなかったからだ。それどころか、険しい表情のまま前方を睨み据えるように見つめるダニエルは、知らない人のようだった。

確かに、青年期の四年間は男性に大きな変化をもたらす時期と言えるだろう。身体つきが変わり、風貌からは幼さが削ぎ落とされ、少年らしい軽やかさは消え去り、落ち着いた大人の男性へと成長を遂げるのだ。

だが彼の変貌はそれだけとは思えなかった。

陰鬱《いんうつ》に翳《かげ》った青い瞳。

かつては青空のように澄み渡っていたのに、今は底が見えない海のよう。

鋭くなった輪郭は、厳しさを漂わせていた。四年前まで常に綻《ほころ》んでいた唇は引き結ばれ、眉間には深い皺《しわ》が刻まれている。

あんなにも暖かな空気を漂わせ、周囲に人が集まっていた過去などなかったかの如く、ダニエルからは他者を拒絶する気配が滲《にじ》んでいた。

姿形は、間違いなくエマがよく知る彼だ。生まれた時から一緒だったのだから、見間違えるはずもない。けれど熱狂し、歓声を上げる人々の群れの中、エマだけは愕然《がくぜん》としていた。

あんな人は知らない。

立派になったと咽《むせ》び泣く村人を横目に、エマは身体の震えを抑えられなかった。戦地での経験がダニエルから笑顔を奪ったのかもしれない。辛い体験をしたに違いない。そう思えば思うほど、別の涙が止まらなかった。

――あの日から、一度もダニエルは笑わない……

硬い表情が緩むことはない。凍えた眼差しが溶けることも。

彼は領主としての仕事は完璧にこなしてくれ、村は以前よりずっと良くなった。川に橋が架《か》かり隣町まで行きやすくなったし、災害に備え食糧の備蓄をしてくれている。街道に現れる盗賊を一網打尽《いちもうだじん》にし、治安も格段に改善された。おかげで人の流れが変わり、様々な物資を入手しやすくなって助かっている。

医療の面では、定期的に医者が村へ来てくれるように手配してくれた上、貧しい村人の治療費の肩代わりもしてくれた。

更に、納めねばならない税は以前よりずっと下がっている。いいこと尽くめだ。

けれどダニエルは笑わない。

最近では連れて来た従者たちも必要最小限の人数だけ残し、解雇してしまった。

大きな領主の館は、万年人手不足で静まり返っている。最初の頃は客が途絶えなかったけれど、今ではあらゆる人が遠巻きにするだけ。

彼は屋敷に籠り、滅多に人前へ顔を見せることもない。あれほど他者との語らいや、笑い合うことが好きだった人なのに、完全に人づきあいを拒絶していた。

まるで隠居を決め込んだ偏屈《へんくつ》な老人のよう。

村人たちは、『きっと戦場に心を置き去りにしてきてしまったのだろう』と囁いた。

エマも、そう思っている。

彼の身体は、約束通りこの村に帰って来てくれた。しかし心は未だにどこか遠くをさまよっている。エマには辿り着けない、遥か彼方の戦地を。

「――エマです。失礼します」

つらつら考え事をしているうちに、領主の館に到着した。顔見知りの門番に中へ通してもらい、エマはその足で厨房《ちゅうぼう》に向かう。

勝手知ったる人の家――と呼ぶには規模が大きいが、道に迷うことはない。

既にもう、ここへは何度も足を運んでいるからだ。

「ああ、エマさん！　待っていたわよ。先週は貴女が来られないと聞いて、やきもきしたわ。お母様の具合はもう大丈夫なの？」

「はい。ご心配をおかけして申し訳ありません。幸い母は回復して、今週からはまた一週間に二回ずつ参りますので……」

約一か月半前から、人手の足りない領主の館で、エマは週に二日働いている。しかし先週は母が体調を崩し、看病や家事に追われ、来られなかったのだ。

厨房を取り仕切る中年女性に向かい、エマは頭を下げた。

「良かったわ。ああでも、エマさんが来られなくて、本当に困っていたのよ。なにせ領主様がろくに食事をしてくださらなくて……」

「……そうですか。今日は、あの方が昔好きだったものを作ろうと思っています」

かつては好き嫌いのなかったダニエルだが、戦争から帰って以来、食事自体疎《うと》んでいるかのように口にしたがらない。放っておけば数日間水か酒だけで過ごそうとする。その傾向はこの村に帰ってから更に強まったらしく、王都から付き従ってきた料理人たちは頭を抱えていた。

そこで困り果てた彼らが、エマに助けを求めてきたのである。

幼馴染のエマならば、主の好むものを作り、少しでも食べさせられるだろうと……

「エマさんの味付けだったら、領主様は少し口にしてくださるから、本当なら毎日来てほしいくらいだわ。貴女に教えてもらった通り私が料理しても、領主様はお分かりになるみたいで食べてくださらないのよ」

「……ごめんなさい。私も家の仕事がありますので、毎日は、その……難しくて……」

「ああ、ごめんなさい。責めているわけじゃないのよ。週二日でも助かっているわ。これからもよろしくね」

家の仕事が忙しいのは事実だが、領主の館に連日通えない本当の理由はそれだけではない。

　正直なところ給金の面で考えれば、ここで毎日働いた方が遥かに生活は楽になるだろう。だがエマが躊躇《ためら》うのは、他に二の足を踏ませる原因があるからだった。

「――また来たのか。ここにはもう来るなと言ったはずだろう。早く帰れ」

　厨房の入り口から、不機嫌さを隠そうともしない男の声が聞こえた。

　振り返った先にいたのは、輝く金の髪に、深い青の瞳の青年。凛々しい眉は険しく顰《ひそ》められ、通った鼻筋の下にある唇は微塵《みじん》も口角が上がっていなかった。

　鍛え上げられた身体は、戦地から戻った直後より多少痩《や》せはしたが衰えていない。逞しく均整の取れた体軀は、シャツにトラウザーズという簡易な服装であっても、ただの平民とは一線を画す存在感を放っていた。

「ダニエ……領主様」

　つい、長年の癖《くせ》で名前を呼びそうになり、エマは慌てて言い直した。

　家族同然だった青年は、今やこの辺り一帯を治める領主だ。国王から爵位も与えられ、自分とは天と地ほど身分が違う。

　もう昔のように気軽に接することのできる間柄ではなくなっていた。

「領主様、エマさんは私がお願いして来てもらったんです。きちんと食べてくださらないと、本当に身体を壊してしまいますよ」

不穏な空気を感じとったのか、中年女性がエマを庇うように前に出た。だがダニエルは不快げに瞬いただけ。視線はエマから逸らされることはなかった。

彼は自分がここで働くことに良い顔をしていない。むしろ反対している。それでも解雇を言い渡さないのは、領主の館でもらえる給金が、決して裕福ではないエマの家の助けになっていると知っているからだろう。

エマの母が病弱なのは、今に始まったことではない。季節の変わり目などは毎年寝込むことが多く、これまでは高価な薬や滋養のつく食べ物を手に入れるのが大変だった。

必死になって父と畑を耕《たがや》しても、実入りはたかが知れている。幼い弟妹たちはあまり戦力にはならないし、末の妹は母に似たのかこれまた身体が弱い。

そんなエマの家の実情を慮り、ダニエルは追い出さずにいてくれるのだと思う。どれほど不愉快に感じていたとしても……。

だからこそエマも、毎日通ってほしいという提案に頷けないでいるのだ。

確実に嫌がっている彼にこれ以上負担をかけたくない。少しでも喜んでほしいから来ているのであって、迷惑をかけたいわけでは決してなかった。

「……いらん世話だ」

それだけ吐き捨てたダニエルは、踵《きびす》を返し立ち去ってしまった。

残された女二人は、困り顔のまま顔を見合わせる。

「……一応許可が出たみたいだね」

「ダ……領主様は、本当は優しい人で……」

たとえ表情から笑顔が消えてしまったとしても、刺々しい雰囲気を纏《まと》うようになったとしても、彼の本質は変わらないはず。こうして嫌々ながらエマを受け入れてくれているのがその証拠だ。

普段なら寄り付きもしない厨房に顔を出したのも、一週間振りに現れたエマを案じてくれたからなのかもしれない。ダニエルなりに、エマの母親を心配しているのではないかと思った。

「そんなふうに言うのは、エマさんだけだよ。昔の領主様を知っている村人だって、最近じゃ変わってしまったと嘆いて寄り付きもしない。私なんて過去のあの方を知らないから、以前の領主様が明るく朗らかだったなんて、とても信じられないくらいさ。――まぁそれだけ、戦場での経験は過酷なものだったんだろうねぇ……」

「……ええ」

「この村での療養で、心身共に健康になられることを願っているよ」

「私もです。心の傷を癒《いや》して、元気になってほしいと祈っています……」

おそらく、誰よりも強くエマがそれを願っている。

ダニエルが地方領主として派遣されたのは、彼に領地を治める適性があっただけでなく、都会の喧騒を離れ、空気のいい場所でゆっくり心と身体を休ませてやりたいという国王の狙いもあったらしい。

　王都での華やかで豊かな暮らしは、ダニエルの精神を慰撫《いぶ》してはくれなかったようだ。日増しに口数は少なくなり、食事量も減り、目に見えて塞ぎ込むことが増えたのだと、彼が王都に暮らしていた当時から仕えていた執事がエマに教えてくれた。

　その状態があまりにも酷くなり、子供時代を過ごした懐かしい故郷でなら、元の快活な彼に戻るのではないかと、国王直々に気を配ってくださったそうだ。

「あの、今日は私が食事を運んでもいいですか？　先ほど声をかけてくださったから、領主様も少しは私と会話してくださるかもしれないし……」

「ええ、勿論よ。むしろこっちからお願いしたいくらいだわ」

　笑顔で頷いた女性と共にエマは持って来た野菜と肉や魚を調理し、それらを手に早速ダニエルの部屋へ向かった。

　領主の館で働くようになってひと月半。その間、彼と面と向かって話すことができたのは数えるほど。

　ほとんどの時間、ダニエルは部屋に籠り出てこないからだ。特にエマが来ている間は、絶対に出歩かない。

　――私と顔を合わせたくないのかな……

　もしかしたら彼にとって、貧しい田舎暮らしは恥ずべき過去なのかもしれない。忘れたい汚点として捨て去ったもの。

　そんなふうに思われていたら悲しいけれど、自分の手料理なら口にしてくれるという事実が、エマを僅《わず》かに勇気づけてくれていた。

　数瞬迷った手で扉をノックし、返事を待たずに室内に入る。どうせいくら待っても、ダニエルが『入れ』と言ってはくれないことを、知っているからだ。

「……帰れと言ったのに」

　大きなソファに身を預けていた彼に、案の定すげなく言われ、気持ちが落ち込む。だがあえて笑顔で、エマは手にしたトレイを部屋の中央にあるテーブルに置いた。

「ご飯はちゃんと食べなくちゃ駄目」

　他者の目がある場合はもっときちんとした言葉遣いを心がけているが、二人だけの時は砕けた話し方でも許される。それは再会して一番初めに、ダニエルから言われたことだ。

　エマが身分差を気にしてへりくだった話し方をしたら、彼は途端に不機嫌な顔になり、今まで通りの話し方で構わないと言い捨てた。

　とは言え、流石に鵜《う》呑《の》みにはできない。

　なにせこちらはしがない田舎娘。ダニエルは今をときめく国の英雄様で爵位持ちだ。昔とは何もかもが違うのである。

そこで互いの落としどころとして、他者の眼がない時だけ昔と同じ接し方をすることで落ち着いた。

「――エマには関係ない。……置いていてくれればそのうち食べる。だから早く帰れ。おばさんの看病だって、大変なんじゃないのか」

「そんなことを言って、またほとんど無駄にするでしょう。きちんと完食するのを見届けるまで、私は帰らないから」

追い払おうとする彼の言葉を跳ね返し、エマは強引にダニエルにスープの器とカトラリーを持たせた。

「ほらこれ、好きだったでしょう？　玉ねぎをたっぷり使ったの。パンを浸《ひた》して食べて」

半ば強引に口へ運ばせると、彼は渋々飲み込んでくれた。どうやら体調を崩しているとか食欲が全くないわけではないらしい。そのことに安堵し、エマはダニエルの隣に座った。

「……そんなに見られていたら、食べづらい」

「だって、不安なんだもの。私、使用人の方たちから聞いたわ。ダニエルったら身体を鍛えることはやめてないくせに、食事をまともにしていないって……倒れたらどうするの？」

「……幸い、身体は頑丈だ。エマだって知っているだろう？」

彼が体格や健康に恵まれているのは、誰より自分が熟知している。それでも、ろくに栄養を取らず厳しい鍛錬《たんれん》を繰り返せば、いずれどこかでガタが来るのは当然だと思われた。

　エマは真横からダニエルを監視するつもりで、彼の食事をする姿をじっくり見つめる。考えてみれば、こうして至近距離で語らうのは、随分久し振りだ。

　五年前までは当たり前のことだったのに、今では胸が痛くなるほど懐かしく感じられた。

　――ああ、やっぱりかなり痩せたな……それに顔色も良くない気がする……

　窶《やつ》れたと言うほどではなくても、削げた頬が痛々しい。同時に男性的な色香が漂い、ダニエルを心配しつつもエマは頬が熱くなるのを抑えきれなかった。

　スープを飲み込む度に上下する喉仏が官能的で、目が離せない。

　幼い頃から同年代の子供と比べ彼は背が高かったけれど、今では座った状態でもエマよりずっと高身長であるのが窺えた。手も驚くほど大きい。横から見た胸板は、服を着ていても分厚いことが容易に見て取れた。

　――すっかり大人の男の人になったんだね……

　同じ年なのだから、自分もそれだけ年を取ったのに、会えなかった四年間が複雑な感慨を巻き起こした。

　よく知る人でも、見知らぬ人。懐かしさと気後れが拮抗《きっこう》する。

　それでも愛おしさが胸を突き、エマは微かに身を乗り出した。胸に蟠《わだかま》る質問をぶつけるなら、今しかない。

「……どうして私を遠ざけようとするの？」

　このひと月半、ずっと聞きたかった質問だ。なかなか勇気が出ないのと、ほぼ会えなかったことから口にできなかった。だが、今は絶好の機会だ。エマは己を鼓舞《こぶ》し、じっとダニエルを見つめた。

「……おばさんの具合は？」

　しかしせっかく気持ちを奮い立たせたのにあからさまにはぐらかされ、エマは眼差しを鋭くした。

「かなり良くなっているから大丈夫。ダニエルが届けてくれたお茶のおかげで、冷えが改善されたって喜んでいたわ。あと貴方に会いたいって。せめて手紙の一つでも欲しいっていつも嘆いてる」

　素直に答えつつ、彼を詰《なじ》る言い回しで強引に話題を戻した。

　ダニエルは何も言ってくれない。沈黙し、淡々とスープを飲むだけ。

　返事を急く気持ちを宥《なだ》め、エマはひとまず空になった皿に満足した。パンも一切れは食べきってくれたので、よしとする。

「……貴方が戦場で辛い思いをしたのは分かっているつもり……ううん、私には想像することしかできないけど……ここでの生活で、ほんの少しでも気が晴れればいいなと思っているの」

　自分などがおこがましいかもしれないが、手助けしたい。そんな願いを込め、エマは彼を見つめた。

　どうかこの気持ちが届いてほしい。お節介で構わない。鬱陶《うっとう》しがられても、ダニエルの力になりたかった。それが例えば食事を作るだけでも構わないのだ。

　彼の傍にいられる理由を求め、つい前のめりになる。恋人同士になるなんて高望みはしない。だから、またダニエルの輝く笑顔を見たいとエマは心から祈った。

「俺のことは放っておいてほしい」

「そんなこと、できるわけがないじゃない！」

「この村の領主だからか？　仕事はしっかりやる。心配しなくても――」

「大事な家族だからに決まっているでしょう！」

　本当は、好きだからだと叫びたかった。けれどそんな大それたこと、言えるわけがない。

　精一杯の言葉を吐き出したエマは、彼の手を夢中で握り締めた。驚いた様子のダニエルは、青い瞳を見開く。

「私が傍にいたいの。ダニエルが傷ついたなら、何をしても癒してあげたい。迷惑だとしても、私は……」

「――迷惑だなんて、誰が言った？」

　その瞬間、何かが変化した。

　何が、と明確な言葉にするのは難しい。しいて言うなら、空気としか表現できない。

翳っていた彼の瞳の海の色が、一層濃さを増した。

エマを拒絶しきれず惑っていた視線が、ひたりとこちらに据えられる。

苦悩に満ちていた双眸《そうぼう》には、愉悦《ゆえつ》が滲んでいた。

時間にすれば、ほんの一呼吸分の間。その僅かな隙間で、裏と表が『ひっくり返った』。

「あ……」

以前も、同じ雰囲気をダニエルから嗅《か》ぎ取ったことがあった。何かが『ズレた』ような違和感。目の前にいるのは彼で間違いないのに、不意に不協和音を奏でられたかの如く、エマの背筋が騒《ざわ》めいた。

「ダニエル……？」

「そうだよ。エマと一緒に育った俺だよ」

「――っ！」

しかしそんな感覚は瞬きの間に霧散した。

彼がかつてと同じ、太陽に似た笑顔を見せてくれたからだ。

「……エマを避けていたのは、失望されることが怖かったからだ。――俺は戦争で活躍した……それはつまり、大勢の人を殺したという意味だからね」

「……っ」

分かっていたつもりでも、改めて言葉にされれば衝撃が走った。

戦場で生き残るためには、命令に従い敵を屠《ほふ》らねばならないだろう。まして英雄と称えられるほどの活躍をしたなら尚更だ。きっと沢山の命を殺めねばならなかったに決まっている。

生来のダニエルは虫を殺すのも嫌がるほど優しく、気弱な面があった。体格や腕力や運動神経には恵まれていたけれど、人を殺すことに長けていたわけでもないし、慣れるはずもない。だからこそ、今こうしてゆっくり休息が必要になったのだ。

「エマ、俺を軽蔑する……？」

こちらを見つめる眼差しは、悲しそうでありエマを試すかのようでもあった。甘えを含んだ問いかけには、曖昧《あいまい》に首を振ることしかできない。それ以外、どう反応すればいいのか分からなかったせいだ。

軽蔑なんて、するわけがない。すぐに返せなかった言葉が、エマの喉奥に絡んで重い石になる。息苦しさを覚え、何度も無意味に喘《あえ》いだ。

「……やっぱり、血で汚れたこの手は汚いよね」

エマが握っていた彼の手が、そっと引き抜かれる。離れて行く熱が寂しい。このままでは取り返しのつかないことになると感じ、エマは咄嗟《とっさ》にダニエルの手を握り直した。

「汚くなんかない……っ、だって貴方はこの村や私たちのために戦ってくれたのよ。誇らしいと思いこそすれ、軽蔑なんてするわけがないよ……！」

絞り出した声は掠れていたが、偽りのない本心だ。

人を殺したと彼の口から告げられたことはショックが大きかったが、エマの気持ちは変わらない。ダニエルが誰よりも大切だし、愛しい。人の命に優先順位をつけてはいけないけれど、もしも選べと言われれば、エマはきっと迷わない。

「……本当に？　エマ」

「うん。だからお願い、辛いことや悩みがあるなら言って。一人で苦しまないで。もし私にできることがあれば、喜んで何でもするから……」

至近距離で互いの顔を覗き込み、ソファの上で向かい合った。握った手が温かい。あまりにも接近しすぎたことに気がついたエマは、頬を朱に染め身を引こうとした。だが、それより早く彼に手を引かれる。

「……ぁっ……」

広く逞しい胸に抱き寄せられたと察するには、しばらくの時間が必要だった。

幼い頃ならいざ知らず、思春期を迎えてからは密着したことなどない。まして大人になり、再会して以降は長く語り合うことすら皆無だったのだ。

「ダ、ダニエル……っ」

「何でもしてくれるんだろう？　エマ」

「……っ」

滴るほどの誘惑の声音に、心臓が大きく脈打った。

彼から醸《かも》し出される空気が、濃密になる。男の色香を五感の全てで感じとり、エマは呼吸を乱した。

焦るあまり大きく息を吸い込んで、ダニエルの官能的な体臭に余計クラクラする。慣れ親しんだ彼の香りの中に、『男』の匂いを感じたからかもしれない。

「……だったら、俺のものになって」

「えっ……」

呆然としている間に、キスで唇を塞がれた。言葉の意味を確かめる間もない。混乱しているうちにソファへ押し倒され、もう逃げることはできなかった。

好きと言われたのでも、愛を告げられたのでもない。無論、将来を誓ったのとも違う。そもそも身分が隔たれた今、エマとダニエルは対等ではなかった。

だとしたら今の言葉は、恋人同士になるという意図ではない可能性が高い。単純に身体だけの繋がりを求められたのかもしれない。

ならば未婚女性として、エマは拒むべきだ。頭ではちゃんと理解している。今ならまだ引き返せる。けれど心と身体は別物だった。

――ダニエルは私に慰めを求めているの……？　私を、欲してくれているの……？

恋心を拗《こじ》らせた女の、愚かな選択肢はただ一つ。

今だけの関係だとしても、いずれ捨てられる身だとしても構わなかった。諦めた気持ちが膨れ上がり、理性を軽々と凌駕《りょうが》する。思い続けてきた男性に抱擁され、感じたのは歓喜だけ。

今この好機を逃したら、二度とそういう対象としては見てもらえないかもしれない。寂しさや精神的な不安から温もりを求められただけだとしても、相手がダニエルなら拒めるはずがない。本当はずっとずっとこの瞬間をエマは夢見てきたからだ。

筋肉質な腕に抱きしめられ、陶然とする。想像していたよりも温かくて硬い。彼の呼気が耳朶を擽《くすぐ》り、エマは堪らないむず痒《がゆ》さを覚えた。

まるで全身が敏感になったよう。触れ合う場所から熱と心地よさが広がる。同時にそれは、不可思議な疼《うず》きとなって体内に溜まっていった。

「エマ……」

聞いたこともない淫らな声で名前を呼ばれ、鼓動が疾走する。眩暈《めまい》に似た揺らぎに眼を閉じれば、瞼《まぶた》にキスされ、エマは睫《まつ》毛《げ》を震わせた。

ダニエルの触れる指先が、滾《たぎ》る呼吸が、速まる心音の全てが、淫らで余裕がなく、彼に乞われているのを感じる。この場の雰囲気に流されているだけだとしても、後悔しない。そう思えるだけの熱量に衝き動かされ、エマは彼の背中に両手を回した。

「エマを、俺にくれる？」

こつりと額を合わせ、焦点がぼける視界の中で、極上の男の笑顔を堪能した。

かつては毎日見ていた何の翳りもない笑みに、胸が引き絞られる。こんな顔を見せられて、どうして『嫌だ』などと言えようか。エマはごく自然に顎を引いていた。

長く剣を握っていたダニエルの指には、幾つもの剣だこが残っている。農機具を扱っていた時とは違う指先の硬さが、どこか擽ったい。

エマは自身の肌を辿る彼の手に身を任せ、強張っていた身体から力を抜いた。

どんな理由であっても、ダニエルが元の明るさを取り戻してくれるなら、それでいい。大事な人に必要とされている歓喜が、エマの背中を押した。

性急に服を乱され、外気が肌を撫《な》でる感覚に羞恥心が込み上げる。だが素肌が触れ合う感触の素晴らしさに呆気なく塗りつぶされてゆく。

彼の髪が自分の肩や首を直に掠めるむず痒さも、エマは初めて知った。何よりダニエルの眼が劣情を宿し淫猥《いんわい》に細められる様を目撃したのも初めてだ。

幼馴染、友人、家族――それらの枠に収まる彼の顔しか眼にしたことはない。そのせいか、鋭くなった瞳が少しだけ怖い。だが感じた恐怖は、すぐに蕩《とろ》けていった。

舌を絡ませる口づけの気持ちよさに、何もかもが溶けてゆく。粘膜を擦り合わせ互いの唾液を混ぜる淫らなキス。挨拶や戯れのものとはまるで違う。

濃密で情欲を剝《む》き出しにしたかのような口づけに翻弄され、エマの思考は瞬く間に崩れ落ちた。呼吸を奪い合い、口内で舌の追いかけっこに興じる。逃げ惑うエマの舌は吸い上げられ、ねっとりと歯列をなぞられた。

息をするタイミングが分からず、苦しい。しかしそれさえ快楽の糧《かて》になる。

何度も角度を変え夢中になって初めてのキスに溺れていると、いつしかエマは生まれたままの姿にされていた。

「あ……っ」

自分だけが裸にされたことに戸惑えば、嫣然《えんぜん》と微笑んだダニエルが覆い被さっていた身を起こした。そして何の躊躇いもなく服を脱ぎ捨てる。

「……っ！」

咄嗟に顔を逸らしたのは、成人男性の裸体など見たことがなく恥ずかしかったから。だがほんの一瞬で、エマの眼には刺激的な光景が焼き付いた。

大きな肩幅に、逞しい二の腕。綺麗に割れた腹筋。腹から脚の付け根に続く引き締まった滑らかな稜線《りょうせん》。硬そうな皮膚には、無数の傷跡が残されていた。

「こ、こんなに沢山怪我をしたの……っ？」

エマはあまりの驚きに、羞恥を忘れた。考えてみれば彼には戦地で重傷を負ったという噂もあったのだ。それなのにこの村に戻ってきてから身体に不自由はないようだったので、軽く考えていた。しかし冷静になれば、戦場から無傷で帰って来られるなど、奇跡に等しいことだろう。

「ああ……ごめん。あまり見て気持ちがいいものではないね」

そう言ってシャツを羽織り直そうとしたダニエルの手をエマは止めた。

「違うの。そういう意味じゃなくて……もう大丈夫なの？」

胸や腹、腕や脛《すね》、至るところに痛々しい傷痕が浅いものから深いものまで刻まれている。消えかけているものも含めれば、数えきれない。その上、一生癒《い》えることがないと思われる肉の抉《えぐ》れた部分や火傷の痕めいた箇所もあった。

「平気だよ。とっくに塞がっている」

「でも、とても痛かったでしょう……」

見ているだけで泣きたくなるほどの傷痕にエマが手を伸ばせば、彼は黙ってしたいようにさせてくれた。触れた皮膚は引き攣《つ》れ、歪《いびつ》な形に盛り上がっている。ダニエルの言う通り、傷は完全に塞がっていたものの、だったらそれでいいという話ではない。

エマは一つひとつ確認するように指でなぞり、全てに口づけたい心地になった。

「……こんなになってまで……みんなのために戦ってくれたのね……ごめんなさい。私は安全な場所から、貴方の無事を祈ることしかできなかった……」

「エマが謝る必要はないよ。俺が自分の意思で志願したことだ。それよりもエマが祈ってくれたから、どんな怪我を負っても生還できたんだと思う」

震えるエマの手は彼の大きな手に包まれ、そっと指先に口づけられた。思いの外《ほか》柔らかな唇の感触が、驚きで冷えていた末端に血を巡らせる。指先は、そのままダニエルの口内に招き入れられ、肉厚の舌で愛撫された。

「や、擽ったい……っ」

「エマの身体は甘い」

「ひ、人の身体が甘いわけがないでしょう」

「甘いよ。全部丸ごと食べてしまいたいくらい……」

眼を合わせたままいやらしく指を舐《な》められ、掠れた声が漏れた。先ほど熱烈なキスを交わした舌と唇が、艶めかしくエマの手先を味わっている。

奇妙な衝動を下腹に感じ、エマはつい、両膝を擦り合わせた。

ムズムズする何かが体内で暴れている。得体の知れない焦燥《しょうそう》が込み上げ、じっとしていられない。それらの疼きを逃す術《すべ》が分からず、エマは身を捩《よじ》った。

「――潤んだ眼をしている。可愛い」

「か、可愛いって……」

そんなこと、彼に言われたことはなかった。照れ屋なところのあるダニエルが、積極的に女性を褒めるなどこれまで見かけたこともない。ひょっとしたら大人になって言い慣れたのかもしれないが、今は余計なことは考えないようにしようと思う。

この甘い夢を壊したくない。どうせならたっぷり味わい尽くしたかった。

だからエマははにかみながら小声で礼を言う。

「……あ、ありがとう……嬉しい」

「礼を言いたいのは俺の方だ。――やっと長年の夢が叶う。本当はずっとこうして思い切りエマに触れたかった……」

微かに違和感を覚えたのは、エマとダニエルが子供の頃はいくらでも触れ合い、それこそお風呂も眠る時も一緒だった時期があったからだ。それを思えば、彼の言い回しはやや大げさな気がする。だが幼子の戯れとしてではなく、大人の男女の触れ合いとしてなら、意味は分かる。そう納得し、エマはダニエルに微笑みかけた。

「私も同じ。貴方とくっついていると、安心する」

「どちらかと言うと、今は安心よりドキドキしてほしいかな」

「きゃっ……」

大きな手で剝き出しの乳房に触れられ、柔肉が他者の手で形を変えられる様を見せつけられた。

頂《いただき》がたちまち硬くなり、彼の指で捏《こ》ねられると得も言われぬ快感を運んでくる。自分で触れても何も感じないのに、この変化は何だろう。淫らな声が勝手にエマの口から溢れ出た。

「……んっ……ぁ」

「声、もっと聞かせて」

恥ずかしい要求をされ、咄嗟に自らの口を押さえたエマの手は引き剝がされた。これでは赤らんだ顔を隠すこともできやしない。

「や、やだ、駄目……っ」

「それはこっちの台詞だ。全部、俺のものだって実感したいから、隠さないで」

言葉は優しくても、それは命令に等しい。

ダニエルは軽く押さえているだけのつもりかもしれないが、頭上に搦め取られたエマの両手はピクリとも動かせなかった。

腕力が桁違いなのと、彼の強い眼力に抵抗する力を奪われたからだ。

エマの全てを見透かすような鋭い眼差し。情熱的で苛烈でもある。欲望の揺らぐ視線に炙《あぶ》られ、胸の高鳴りがより激しさを増した。どうしようもなく喉の渇きを覚え、エマは背筋を戦慄《わなな》かせた。

「震えているね……俺が怖い？　でも今更逃がしてあげないよ。だって飛びこんできたのは、君の方だ。――せっかく遠ざけてあげようとしたのに……」

「……え？」

それがどういう意味か聞き返す余裕はエマになかった。乳房の飾りを摘《つま》まれ、あまつさえダニエルの舌に嬲《なぶ》られたせいで、疑問が喜悦に押し流されたためだ。

「ふ、ぁ……っ」

生まれて初めて味わう性的な快楽に、頭が混乱する。けれど自分の胸に顔を埋めるのが恋い焦がれた男だと思うと、抗い難い喜びに満たされた。

心が潤めば、身体にも歓喜の証が現れる。

エマの無垢《むく》な花弁がはしたないほど蜜を吐き出し、滴るほど濡れた。ダニエルが嬉しそうに己の指に滴を纏わせるせいで、一層溢れる。しかも少しずつ蜜路に指先が侵入し、内襞を摩擦《まさつ》された。

「……んんッ……」

「痛い？　エマ」

「い、痛くは、ない……」

だが異物感が激しい。誰にも触れられたことのない場所に押し込まれるには、彼の指は太すぎる。その上、所々にある剣ダコが予想外に肉壁を引っ掻くのだ。

「良かった。――ああ、エマが誰のものにもなっていないみたいで、心底安心した。もし他の男に奪われていたら俺は――」

「ひ、ァっ」

もう一本内部を探る指を増やされたせいで、ダニエルの言葉の続きは聞こえなかった。

蜜を掻き回すように、武骨な男の指が蜜口を出入りする。じゅぷっと卑猥な音を立て、次第に動きが速くなっていった。それに合わせ、エマの中で圧迫感よりも妙な騒めきが大きくなる。

「ぁ、あ、あ……っ、そんなにしちゃ、駄目……っ」

「嘘。こんなに気持ちよさそうなのに？　御覧、エマのいやらしい滴で、俺の手はベタベタだよ」

見せつけるようにわざとゆっくり手を掲げ、蜜塗れになった自身の指先に舌を這わせる彼の仕草は、エマの頭が沸騰するほど官能的だった。

羞恥でおかしくなりそうなのに、眼が離せない。瞬きも惜しいほど、全てが惹きつけられる。

エマが半ば固まっていると、その隙に両脚を大きく開かされ、抱え上げられた。

「……やぁっ？」

人はあまりにも驚くと、現状が理解できなくなるものらしい。

エマの股座《またぐら》に麗しい容貌の男が顔を近づけている。自分でも見たことのない場所に感じる他者の視線。呼気が肌を掠め、内腿に柔らかな髪の感触を覚え、エマは束の間の呪縛から解き放たれた。

「い、嫌、何をしているの……っ？」

「エマが痛い思いをしないよう、最善を尽くそうと思って」

「み、見ちゃ駄目……ァあっ」

制止の言葉は呆気なく嬌声に呑まれた。

つい先刻、意味深に指先を舐めていた舌に、今度は秘めるべき場所を味わわれている。何をされているのか分からないような、性的な知識に乏しいままのエマなら、まだ良かったかもしれない。しかし今の自分はダニエルの舌がどれだけいやらしく熱心に動き、淫猥に快楽を引き摺り出すか知っている。

己の身体に、教えこまれたばかりだ。だからこそ見えない分想像が逞しくなり、より愉悦が凝縮された。

「んん……っ、ぁ、あん、ァ……ッ」

指とは違い熱く滑る柔らかなものに淫芽を転がされ、押し潰される。時折触れる硬い歯の感触も堪らない悦楽になった。

腰がうねり、勝手にひくつく。丸まった爪先は、空中で数度痙攣した。

「あ、あ、ひっ……ぁあ……ッ」

肉粒を根元から強く吸い上げられ、エマは呆気なく達した。全力疾走直後のように心臓が暴れている。整わない息の下、自分の身体に何が起こったのかよく分からなかった。

全身が苦しいほど切ない。弄《いじ》られた隘路《あいろ》が、どうしようもなく疼く。腹の底が何かを求めるかの如くきゅうきゅうと収縮し、快楽の余韻に四肢が震えていた。

「エマ、もう引き返せないよ」

こめかみに彼の唇が触れたまま囁かれ、繰られるが如く微かに頷く。

引き返すつもりなどない。この行為は無理やりではなく、エマ自身が望んだこと。それを分かってほしくて、上手く声を出せない代わりに眼差しで告げた。

――貴方がずっと好きだったの。

もしもダニエルが英雄になどならなかったら、このまま一緒にいられるのではないかと夢見られた。小さな村に同年代の子供は少なく、大抵の者が手近な相手と結婚し家族をもうけるからだ。

しかし秘かな望みも叶わなくなった今、エマにできるのは自分の気持ちを押し隠すことだけ。

戦場で傷つき、癒しを求めて帰って来た彼に、余計な負担はかけたくない。束の間の温もりを求められているなら、それだけを与えてあげたかった。

柔らかな黄金の髪を撫で、そっと自ら口づける。

額に。瞼に。頬に。最後に唇を重ね、裸の胸にダニエルの頭を抱き寄せた。

幼い頃に両親を亡くした彼を慰めるため、昔はよくこうした。エマの乳房が膨らみ始めてからは流石に控えたが、当時から自分の気持ちは一つも変わっていないと態度で告げる。

――私の恋心は伝わらなくていい。でも何があっても私は味方で、傍にいるという気持ちがダニエルに届いてくれたら……

絶対に彼を一人にしない。その思いに偽りも変化もない。

柔らかな髪を撫で、互いの心音を聞いた。かつて『ずっと一緒にいようね』と他愛もない約束を交わしたことを思い出しながら。

「……エマは変わらない。でも俺は、随分変わってしまったよ」

自嘲気味にこぼすダニエルは、澱《よど》んだ瞳を細めた。金の髪が額に落ちかかり、翳った双眸を半ば隠す。どこか退廃的な表情をされると、余計に彼が別人に見え、エマの焦燥が募った。

「そんなことない。ダニエルは昔も今も、私の大事な幼馴染だよ。何も変わってなんていない」

人一倍責任感が強くて優しいからこそ、疲れてしまっただけ。思う存分休んで心の栄養を補えば、きっと本来の彼に戻ってくれる。

エマは祈りに似た切実さで、ひたすら見つめ続けた。

「……ありがとう」

時間にしてほんの数秒。けれど永遠にも感じる沈黙。先に動いたのはダニエルだった。

「あ……」

蜜口に硬いものを感じる。それが何であるか、流石に察した。

先端を数度淫裂に擦りつけられ、にちゃにちゃと淫らな水音が掻き鳴らされる。彼の楔《くさび》に花芽を刺激され、エマの中で治まりかけていた快楽が再び火力を得た。

「んん……っ」

大きなものに狭い入り口を抉じ開けられ、全身が強張った。到底受け入れられるとは思えない質量が、ゆっくり、けれど確実にエマの体内に入って来る。

その圧倒的な大きさに、下腹の疼きはたちまち痛みに取って代わられた。

「い……っ」

「苦しい？　ごめんね、エマ。ゆっくり息を吐いて」

顔中に降るキスに促され、素直に従う。だが呼吸の仕方が分からなくなり、また唇を引き結べば、敏感な蕾《つぼみ》をダニエルの指先が捉えた。

「あっ」

「初めはここで快楽を覚えてくれ」

花芯の表面を撫でられ、内側から裂かれてしまいそうな苦痛が和らいだ。激痛が引いたわけではない。教えこまれた愉悦の味を、エマの身体が思い出したおかげだ。

「ん……ぁ、そこ……っ」

「気持ちいい？　そのまま力を抜いていて」

「ぁ、あ……っ、ぁあっ」

肉洞をこそげながら、彼の楔が突き進む。痛みと愉悦がごちゃ混ぜになり、エマは彼の背中に縋りついた。

しなやかに腰を使われ、二人の距離がゼロになる。隙間なく重なった局部が、ダニエルの全てを呑み込めたことを教えてくれた。

「よく頑張ったね、エマ。……これで君の全部が俺のものだ……」

恍惚《こうこつ》を滲ませた彼が妖しく笑う。太陽の笑顔とは違う微笑に、エマの蜜路がきゅうっと収斂《しゅうれん》した。

「ダニエル……っ」

「ここにいるよ。――――永遠に一緒だ」

「……ぁ、あっ」

緩やかに動き出した彼に揺さ振られ、視界が上下した。肘をソファの座面についたダニエルが覆い被さってきて、合間にキスを交わす。

上も下も淫猥な水音を奏でれば、破瓜《はか》の痛みはどんどん薄らいでいった。

「……あぁっ……ゃ、あんッ……」

不慣れなエマがすぐに快楽を得ることができたのは、彼が大事に扱ってくれたからだろう。まだ硬い蜜路ではなく、淫芽を扱き悦びを教えてくれた。口づけで怯えを拭い取り、肩や脇腹を撫で続けてくれたことも大きい。

心が解ければ、身体の緊張もなくなる。ダニエルの動きが激しくなる頃には、エマの口からは発情した女の声がひっきりなしにこぼれていた。

「ぁ、あ、あ……っ、ダニエル……っ、ぁあっ」

まだ奥を強く突かれると苦しいのを慮ってくれたのか、彼は極力浅い部分で前後した。それでも時折、堪えきれないと言わんばかりに鋭く突き上げてくる。

大好きな人が自分の身体で快楽を得、荒く息を吐き出して、汗を飛び散らせながら動く様は、エマの胸を疼かせた。

ただの幼馴染や家族であれば絶対に見られない表情と姿に、ときめきが止まらない。想いが溢れ、快楽の水位も上がる。

いつしかエマもダニエルの律動に合わせ、ふしだらなダンスを踊っていた。

「ぁあっ……あ、あ……んぁっ」

「エマの中は温かい……ずっとこうしていたくなる……」

「ん、ぁあっ」

密着したまま緩々と腰を回され、彼の下生えに花芯を擦られた。揺れる乳房を掬い上げられ、親指で頂を擦られる。

隘路は張り詰めた楔で満たされ、三点同時に加えられる刺激に、成す術もなくエマは陥落した。

「……ぁああっ」

気持ちがいい。頭が真っ白になってゆく。

舌を絡ませダニエルの唾液を嚥下《えんか》し、酒に酔った心地になる。下腹が波立ち、もっと奥へ彼の屹立を誘っていた。

「ぁ、ああ……やぁんっ」

「……っ、ねぇ、このまま君の中で果ててもいい？　エマの内側に俺のものを吐き出したい……そうすれば体内も全部染め上げられる……」

「んん……っ、ぁ、あ」

エマの快楽に浮かされた頭では、言われた意味を全て理解することが難しかった。ただダニエルのお願いを聞いてあげたくなる。必死に乞われている気がして、小刻みに頷く以外の返事は思いつかなかった。

「ありがとう、エマ……っ」

「ひ、ぁああ……っ」

ぐんっと更に張り詰めた剛直に濡れ襞を掘削され、エマの眦《まなじり》から涙が溢れた。

ソファが揺れ、肌を打つ乾いた音とぐちゅぐちゅといういやらしい水音が部屋にこだまする。そこに二人分の荒い呼吸音が重なり、卑猥な空気が充満した。

また、あの感覚がやって来る。全てが白く塗りつぶされる絶頂の予感に、エマは喘ぐことしかできない。先ほどより大きな快楽のうねりに、溺れないよう彼の背にしがみ付くだけ。逞しい筋肉の躍動を感じながら、高まる愉悦に揉みくちゃにされた。

「ダニエル……っ、ぁああっ」

「……っく」

エマが高みに放り出された直後、息を詰めた彼に最奥を穿《うが》たれた。腹の内側に熱液を放たれる。欲望の残滓《ざんし》で満たされる感覚を最後に、エマの意識は急激に霞んでいった。

――大好き、私のダニエル……

遠退いてゆく。何もかも。

その寸前、懐かしい男の声で「……ごめんね、エマ」と嘆く声を聞いた気がした。

エマが領主の館で働く日が、週二日から週五日に変わってひと月が経った。

家の畑仕事は、弟妹たちが一所懸命手伝ってくれている。幸い母の体調は安定し、人手不足は解消した。そこで、表向きの理由は金を稼ぐため、エマは積極的にダニエルのもとに通うことにした。真の理由は勿論、彼の心の傷を少しでも癒すためだ。

初めはぎこちなかった会話も、今では弾むようになっている。

天気の話から知り合いの飼っている家畜の話、友人の家に生まれたばかりの赤子について、それから昔のこと。大抵の場合エマから話題を提供し、ダニエルが応えてくれる。

今日は村で詐欺行為を働こうとしていた商人が酷い目に遭ったことを話した。

異国の種を、育てやすく丈夫な上に高く売れる作物だと触れ込んで売ろうとしていた男が、村外れで暴行され、這《ほ》う這《ほ》うの体《てい》で逃げていったらしい。何でも随分怯えて、荷物も何も持たず大慌てで村を出ていったそうだ。と言っても、その姿を見た者は誰もいない。前夜に誰かに呼び出され、そのまま消えてしまったとのことだった。

ただひと気のない村外れで争った跡があり、男のものと思われる服のボタンと血痕が残されていたと、エマは噂で聞いた。たぶん、謀《はか》られたことに気がついた何者かが、商人に怒りをぶつけたのだろう。

実は、危うくエマの父親も騙《だま》されるところだった。もしもあの男が今日までこの村に滞在していたら、父は問題の種を大量に購入し大損していたに違いない。

商人に何があったのか知らないが、残されていた種はどれもこの辺りではろくに育たないし安値でも売買されない代物だった。騙されずに済んで、ほっと胸を撫で下ろした村人は少なくない。

そんな話をつらつらとダニエルに聞かせていると、彼は『エマたちが被害に遭わなくて良かった』とだけ言った。

ダニエルの表情はだいぶ綻ぶようになってきている。笑顔が増え、声に張りも戻った。エマと過ごす時間が長くなるほど、以前の彼に返ってゆく。

それが嬉しくて、昨日も食事の世話をすると嘯《うそぶ》いて出かけ、身体を重ねた。

初めて身体を許して以来、もう何度彼に抱かれただろう。おそらく屋敷の使用人たちは、薄々二人の関係に気がついている。けれど誰も何も言わない。それはたぶん、主の気鬱が眼に見えて改善されてきたからだ。

「エマ！」

約束の時間通り領主の館にやって来たエマを出迎えてくれたのは、誰あろう主人のダニエルだった。それも自然な笑みを浮かべ、鬱屈としたところはどこにもない。

削げていた頬は健康的な艶と張りを取り戻し、醸し出す空気が以前とは様変わりしていた。

「ダ……領主様、今はお仕事の時間ではありませんか？」

「君が来る前に、急ぎの書類には眼を通した。昼までは自由になる」

とろりとした優しい瞳で見つめられ、秘め事を告げるかの如く耳元で囁かれた。実際、それは淫らな誘いに他ならない。昼までは自由――つまり二人きりで何をしていても許されるということなのだから。

「きょ、今日は駄目です。その……体調がすぐれないので……っ」

今朝から月のものが始まったエマは、羞恥に身を焼かれながら頬を赤らめた。曖昧な言い方をしたが、勘のいい彼は察してくれたらしい。

「ああ。気にしないで。そんなことより、万全の体調じゃないのに来てくれて嬉しいよ。もし身体が辛いなら、今日はゆっくり休むといい。俺の部屋で横になるか？」

労わるように腰を摩られ、ダニエルの手の温かさが心地よかった。だが、ただの下働きと領主にこの距離感はおかしい。

エマは咄嗟に周囲を見回したものの、幸いこちらを見ている者はいなかった。

「わ、私は仕事をしに来たの。その分たっぷり給金をいただいているし、遊びに来たのではありません。領主様、食べたいものはありますか？」

近頃の彼は食欲が戻り、エマが見張っていなくてもきちんと食べてくれるようになった。それだけでも、ここに通って良かったと思う。そしてあの日の選択は、間違いではなかったのだ。

――こうしてまた傍にいられる……だからもう、充分。身のほど知らずにこの先を望んだら、罰が当たるわ……

戦争が終わり、再会できたのは一年以上前だが、ダニエルがやっと帰って来てくれた気がする。どこか遠くをさまよっていた彼の心が、ようやく戻ってきたのだ。

笑顔を見せてくれる頻度が増え、快活さを取り戻しつつあるダニエルに、使用人たちも安堵したらしい。最近では村人たちも農作物を届けたり陳情に来たりと顔を見せるようになってきたそうだ。

静まり返っていた領主の館は、活気に包まれていた。

「エマが作ってくれたものなら、何でもいい」

心の中まで照らすのでは、と錯覚するほど晴れやかな笑顔を愛する人から向けられ、エマの全身が熱くなる。つい見惚れそうになり、慌てて自分を戒めた。

「そんなことを言っていると、苦手な食材を混ぜますよ。好き嫌いが直っていないこと、知っているんだから」

「酷いな、エマ。意地悪をするつもりか？　だったら俺も、君を困らせたくなる……」

「ちょ、ちょっと……！」

ぐいっと顔を近づけられ、キスされるのかと思った。勿論二人きりの時ならいい。しかしここは厨房だ。調理を取り仕切っている女性がいつやって来ないとも限らない。そもそも厨房の出入り口には、扉さえないのだ。誰に覗かれてもおかしくない状況でいちゃつく勇気はエマになかった。

「駄目……っ！」

焦って彼の胸板を押し返そうとした両手は、スカッと宙を切った。ダニエルが素早く横に逃げ、エマの前髪から何かを摘み上げたからだ。

「ごみを取ってあげようとしただけなのに……何を期待したんだ？」

「……え……あっ」

わざと思わせ振りな態度で揶揄《からか》われたのだと知り、茹《ゆだ》るほど顔が真っ赤になった。

恥ずかしい。一人で勝手に勘違いしてしまった。てっきり口づけられると思い身構えたところを見られたと思うと、居ても立ってもいられない。これではまるでエマが常にいやらしい妄想でいっぱいになっているみたいではないか。

「も、もう、ダニエルの馬鹿っ、嫌いっ」

思わず、幼い当時と同じ文句を口にしてしまった。

昔はよくこんなふうに喧嘩《けんか》もした。仲が良ければその分、意見がぶつかり合うこともある。大抵の場合、彼の方が折れてエマに謝り一件落着になったのだが。

「ふふ……、エマの怒り顔、久し振りに見た」

弾けるように笑ったダニエルが心底楽しそうに身を捩った。それはかつての屈託《くったく》のない彼を彷彿《ほうふつ》とさせるもの。懐かしく甘酸っぱい気持ちをエマに思い出させた。

「……私もダニエルのそういう顔……久し振りに見られた……」

胸が締めつけられる。嬉しくて涙が溢れそう。

少しずつでも、彼の気鬱は改善されている。急がなくていい。ゆっくり元気を取り戻してくれれば、何を犠牲にしても惜しくない。

エマはご機嫌で料理を終わらせ、残りの時間はたっぷりダニエルとのお喋りに当てた。あまりにも会話が弾んで、少々予定の時間を超過してしまったほどだ。執事がダニエルを呼びに来るまで、二人とも時計を見るのをすっかり忘れていた。

「りょ、領主様はお忙しいのにごめんなさい……！」

エマは大慌てで頭を下げ、夕暮れに染まり始めた空の下、帰路についた。

足取りは跳ねるように軽い。

この調子でいけば、近いうちに彼の心は完全に癒えるかもしれない。そうしたら時折戻る陰鬱な顔も、明るいものに変わるだろう。一日も早く、そうなってほしい。

希望に瞳を輝かせ、エマはそこでふと気がついた。

――もしダニエルが完璧に良くなったら、王都に帰ってしまうのかな……？

領主として赴任してきたけれど、もともと戦地での優秀な働きぶりに惚れ込んだ国王に取りたてられたほどの人材だ。こんな僻地で燻《くす》ぶっているのは、どう考えてももったいない。

エマでさえそう思うのだから、誰だって同じ考えを抱くだろう。精神状態が落ち着けば、中央に戻る話が出てもおかしくはなかった。いや彼自身、向こうに復帰したいと望んでいる可能性もある。

――それはそうよね……綺麗だけど何もない田舎に相応しい人じゃないもの……

何故これまでそんな簡単なことに思い至らなかったのだろう。気分が沈む中、エマは自分があえてその件について触れないようにしていたのだと気がついた。

いずれダニエルがこの村を再び出ていってしまうなんて、考えたくなかったからだ。

――ずっと一緒にいられるなんて、あるわけがないのに……

無意識に夢見てしまった。とっくに諦めたはずが、本当に往生際が悪い。また近くにいることが許されて、触れ合う喜びを知ってしまったから、いつしか欲張りになっていた。

そんな自分に嫌気が差す。

軽やかだった歩みが止まり、エマはひと気のない道で立ち竦んだ。

村から領主の館に行き来するには、森の中にあるこの道が近道になる。けれど、日暮れ時のこの時間行き交う人はいない。鬱蒼と茂る樹々の間から茜色《あかね》に染まる空をエマが見上げた時――

「よう、エマ。今日は随分遅いお帰りじゃねぇか」

まるで待ち構えていたかのように、大木の陰から男が現れ、道を塞いだ。

「ミック……」

彼は、村の数少ない同年代の若者の一人だ。生まれた時からよく知る仲なのは、ダニエルだけではなくミックも同じ。しかし、エマが抱く印象はまるで正反対だった。

「……また酔っているの？」

酒臭い息を吐きかけられ、エマは顔をしかめた。

村で唯一の食堂と商店を経営している彼の家は、比較的裕福な方だ。彼の父親の発言力も村一番と言って差し支えない。だがその息子であるミックは、ろくでもないドラ息子として有名だった。

幼い頃から乱暴者で、気に入らなければ平気で年下の相手や女性にも暴力をふるい、成人してからは家業を手伝うでもなく、日がな一日酒を飲んで酔っぱらっていることが多い。そして色々な場所で騒ぎを起こすのが日課だった。

「ああ？　今日はたいして飲んでねぇよ。それより質問に答えろ」

そう言う割には、足元がおぼつかない。ふらふらと左右に揺れながら距離を詰められ、エマは思わず後退った。

「……貴方に命令される謂《いわ》れはないわ」

エマも家族も、ミックの家で働かせてもらっているわけではない。仮にそうだとしても、給金を払っているのは彼の父親であってミック自身ではない。ならば偉そうにされる理由はなかった。

「何だと？　相変わらず生意気な女だな」

けれどひと気のない場所で体格のいい男に凄まれれば、どうしたって足が竦んでしまう。

エマは怯みそうになった自分を鼓舞し、眼前の男を精一杯睨みつけた。連日遊び歩いて喧嘩を売ってばかりの人間に、脅されたくはない。元来エマは気が強い方なのだ。

「ミックには関係ないでしょう」

「ふん。どうせ領主サマとよろしくやっていたんだろう。お前たち、昔から陰で乳繰《ちちく》り合っていたもんなぁ」

「そ、そんなことしていないわっ」

現在はともかく、過去は完全なる言いがかりだ。しかし多少の後ろめたさを抱えるエマは、真っ赤になって顔を逸らした。

「――ああ、やっぱりな。そんなことだろうと思ったぜ」

エマの態度に察するものがあったのか、ミックが下品に鼻を鳴らした。どうやら確信はないもののカマをかけられ、エマが過剰反応してしまったらしい。

「昔の男が出世して戻ってきたら、待ってましたとばかりにいそいそと股を開くなんて、とんでもない尻軽だな。それともあの男が権力を笠に着て弄《もてあそ》んだのか？」

「何てこと言うのよ、ダニエルを侮辱しないで。謝りなさいよ！」

自分が悪く言われるのは耐えられる。けれどダニエルが馬鹿にされるのは許せなかった。

この国が戦争で揺れていた時、ミックは兵士に志願する気などさらさらなく、他人事のように振る舞い、今と変わらずお気楽に遊んでいただけなのに。国のため、この村のために心も身体も傷だらけになって戦ってくれた人を悪し様に罵《ののし》ることのできる資格がこの男にあるはずがなかった。

「この村の住民なら感謝して当然のダニエルを、根拠のない嘘で貶《おとし》めるなんて許せないわ……！」

「……っち。ちょっと戦場に行って生き残っただけで偉ぶりやがって……気にくわねぇ。本当ならお前は俺のもんになるはずだったのに……」

「えぇ……？　何の話？」

ダニエルの傷痕だらけの身体を知っているエマにしてみれば、『生き残っただけ』などとこき下ろされたのは心外だった。だがその後に続いたミックの台詞が引っかかり、眉根を寄せる。

「この村で適齢期になっても身を固めていないのは、俺とお前だけだ。つまりお前は俺と結婚するしかねぇんだよ」

「じょ、冗談じゃないわ！」

確かに、他の者たちは皆家庭を築いている。子供がいる人も多い。

女が独り身で生きてゆくのが厳しい現実を前に、早いうちに誰かに嫁ぐのは普通のことだ。エマだってそのことは痛いほどよく分かっていた。これまで縁談を申し込まれたことも何度かある。それでも頷けなかったのは、ダニエルを忘れられなかったからだ。

村中の女に断られ続けたミックとは、『結婚しない』理由が違う。にもかかわらず残り者同士くっつくのが当然だという言われ方をして、愕然とした。

「私は、絶対に貴方だけは選ばない」

だったら、後ろ指さされ嘲笑《ちょうしょう》されたとしても、独り身を貫いた方がずっとマシだ。ミックと所帯を持てば、暴力をふるわれ尻拭いに奔走する未来が眼に見えていた。他の女性たちもそう思ったからこそ、いくら彼の実家が裕福でも首を縦に振らなかったのだろう。

「はっ、女が独りで生きていけるわけがない。男の庇護がなきゃなぁ。今は親が元気だから強気でいられるのかもしれねぇが、そのうちお前の方から俺に嫁にしてくれと泣きついてくるに決まっている」

「そんなはずないでしょう。寝言は寝て言って」

「口の減らない女だな。ダニエルに使い捨てられた中古品でも我慢してやるって言っているんだぞ」

容赦のない力で突き飛ばされ、エマはその場に尻もちをついた。咄嗟に地面についた掌が擦りむけ、かなり痛い。顔をしかめていると、しゃがんだミックがエマを押し倒そうとしてきた。

「やめて……！」

「今更出し惜しみすんなよ。どうせもう生娘でもないくせに。お貴族様と平民が上手くいくはずもねぇんだから、お前は遊ばれているだけさ。俺が慰めてやるよ」

「ふ、ふざけないで……っ、嫌ぁ！」

近くで鳥が飛び立つ音がした。砂利《じゃり》だらけの道に押さえつけられたせいで、背中が痛い。暴れるほどに小石がエマの身体に食い込んだ。

「勿体ぶってんじゃねぇ！」

頬に痛みを感じ、最初は何をされたのか見当もつかなかった。エマには殴られた経験など、一度もないからだ。瞳の奥がチカチカし、泣きたくないのに勝手に涙が溢れてくる。

たった一発平手で叩かれただけでもこれほど痛いのに、深い傷が残る怪我を幾つも負ったダニエルは、どれだけ辛い思いをしたのだろう。

嫌いな男に組み敷かれ、服を脱がされそうになっても、エマが想うのはたった一人の愛しい人のことだけだった。

相手がダニエルではない――――その一点で、同じ行為が悍《おぞ》ましいものに変わる。ダニエルが相手なら夢見心地で身を任せられることが、鳥肌と吐き気以外何も催さない。彼が慈しみ労わってくれたこの身体に、勝手に触れてくるミックに感じたのは怒りのみ。

エマは全力で手を振り回し、無我夢中で摑んだ石を男の頭を振り降ろした。

「ぐぁっ」

まさか反撃されると思っていなかったのか、ミックがエマに殴られた場所を押さえて地べたを転がった。指の間から血が伝い落ちる。けれどエマは微塵も罪悪感を抱かなかった。

「こ、今度こんな真似をしたら、もっと酷い目に遭わせてやるわ！」

震える声で啖呵《たんか》を切って、乱された胸元を掻き合わせた。屈辱感やら恐怖やら様々な感情が渦巻き、指が戦慄いて上手くボタンが留められない。喘いだ拍子に喉からは情けない悲鳴じみた声が漏れた。

「エマ……お前、俺にこんなことをして、ただで済むと思うなよ……っ、家族諸共この村に住めないようにしてやるからなっ」

エマは憎々しげにミックを睨んだ。しかし、立ちあがった膝は言い返したい気持ちを裏切ってガクガクと笑う。この程度の脅しで簡単に従う女だと思われたくはないのに、エマの身体は踵を返し、縺《もつ》れる足で逃げ出していた。

一刻も早くこの場を離れたい。安全な家に帰りたくて、頬を涙が伝った。

――こんなこと、何でもない。ミックのしたことくらいで私は傷ついたりしないし、毅然としていればいい……泣くな、情けない……っ！

「くそっ、ダニエルにも俺の女に手を出したことを後悔させてやるからな……！」

未だ起き上がれず喚き続ける男を置き去りにして、エマは全力で走った。速度を緩めれば恐ろしい化け物に食い殺される気がして、一度もミックを振り返らないまま。

そしてそれが、彼を見た最後になった。

ミックの遺体が発見されたのはその翌朝のことだった。

村を流れる用水路に彼はうつ伏せで浮かんでいた。強かに酔っぱらい、足を踏み外したらしい。頭部の怪我は落下した際に負ったと判断され持病もなかったことから、不幸な事故で溺れ死んだとして処理された。

常日頃から酔ってあちこちぶつかり生傷が絶えなかったことから深くもない傷に関して誰も特別気にとめなかったのだ。

簡単な調査が終わり、今日は彼の葬儀。黒い服を着た村人の大半が、沈鬱な顔で集まっていた。

「まったくねぇ……厄介者だったけど、まだ若いのに哀れなことだよ……」

気のいい村人たちは、皆ミックに少なからず迷惑をかけられていたものの、誰もが同情の涙をこぼした。どんなに煙たがられていても、同じ村の仲間が突然命を落とすのは悲しい。しかも若い身空での悲劇は、一層憐みを誘う。

その中で、エマだけが複雑な心地で泣けずにいた。もしも彼との間に何もなければ、エマだって当たり前に涙を流しただろう。同年代の友人――と呼ぶにはさほど懇意にしていなくても、幼馴染ではあったのだから。

「領主様も、あんなに大量の花を贈ってくださったんだね。お優しい人だ。ミックの親も、さぞ感謝していることだろうよ」

葬儀の場にダニエルは列席していない。だが立派な花を手配してくれたそうで、盛大に死者を送り出すことができたと人々が囁き合っていた。村の権力者に相応しい体裁を整えられたのではないかと。

「……近頃あの家は、ミックの行状が原因で、商売に陰りが見え始めていたからねぇ……」

「ああ。領主様が街道の整備を進めてくれたおかげで、行商人たちも行き来しやすくなったからなぁ。商店がたった一つしかない頃はいくらでも儲《もう》けを上乗せできても、競合相手がいればそうはいかないものな」

「その分、怪しい奴らも増えたけどねぇ」

先日、粗悪品の種を大量に売りつけようとした商人のことを言っているのか、そこかしこで苦笑と溜め息が漏れ聞こえる。

普段閉塞的な村での生活に飽きている彼らは、変わった話のネタに飢えているのだ。先ほどまで涙を流していた者も、気になるのか耳を傾けていた。

「そういや知っているか？　二日前、隣村で喉を切り裂かれて死んだ男がいたらしいぞ。しかも見事な切り口で、即死だったそうだ。おそらく悲鳴を上げる暇もなかったって話だから、到底初めての殺しとは思えないな」

「俺も小耳に挟んだが、本当なのか？　何でも噂じゃ、領主様の館近くの森の中で女子供に良からぬことをしていた男だそうじゃないか」

「いやぁ、隣村の奴ら、自分たちの恥になるとでも思っているのか、口が堅くて喋りやがらねぇ。でもどうやら火のないところに煙は立たぬってやつみたいだ」

いつしか話題の中心は、ミックのことから別件に移っていた。

「それにしても喉を裂かれたなんて恐ろしいな。まるで十五年前と同じじゃないか」

「ああ……ダニエル坊や……領主様の家族が殺された時の手口とそっくりだな……おっと」

彼らは流石に葬儀の場で喋る内容ではないと気がついたのか、口を噤《つぐ》んだ。気まずげに視線を交わし、それ以降は沈黙する。

十五年前、ダニエルの両親は盗賊に襲われ殺された。運よく一人息子である彼だけが生き残ったのだ。

あの時は村中が騒然とした。本当に陰惨な事件で、エマも当時の騒ぎはよく覚えている。犯人はまだ捕まっていない。

だから一層、ダニエルの耳にこんな話は入らなければいいと思った。隣村も彼の領地なので、事件のことをまるで知らないはずはないけれど、家族の死を思い起こさせる内容に触れてほしくない。

あの当時、しばらく笑顔が消えてしまった彼を思い出し、エマは嘆息《たんそく》した。

せっかく元気を取り戻してきたダニエルに心労をかけたくない。耳に入れば、どうしたって過去の辛さがよみがえるに決まっていた。

そんなことを思えば、エマは自分やミックとのいざこざでダニエルを煩《わずら》わせることはできないと、より強く感じる。けれどつい考えるのはあの日のことばかりだった。

——別れ際、ミックは『俺の女に手を出したことを後悔させてやる』なんて言っていたけど……まさかそんな嘘をダニエルに言ったりしていないよね……？

勿論、エマはミックの女などではない。それは断じて違う。いくら余り者同士だったとしても、彼と一緒になることだけはありえないし考えたくもなかった。

しかしいきなりそんなことを言われたとしたら、ダニエルはどう思うだろう。嫉妬してくれたらまだいい。だがミックの妄言を信じ、恋人がいながら別の男に身を任せた女としてエマを軽蔑の眼で見たとしたら。

——いいえそれよりも……

どうでもいいと思われたらと考えると、息ができないほど苦しくなった。

一時の遊び相手が誰と付き合っていようと関係ないなどと割り切られたら、きっとエマは生きていられない。悲しみで、胸が引き裂かれてしまう。

ミックがあの後ダニエルに会ったかどうかは分からないし、仮にも葬儀の場でこんなことを考えている自分に嫌気が差す。しかしエマの心は不安と焦燥でいっぱいだった。

本来であれば幼馴染の死を悼むべきなのに、本当に何て冷たく醜い女なのだろう。

これではいけないと思考を切り替えようとしても、やはり考えるのはダニエルのことばかり。彼が今、何を思っているのかだけが心配で堪らなかった。

——家の用事が色々あって、もう何日も領主様の館に行けていないし……

だが丁度良かったのかもしれない。エマの胸元には、ミックに服を破かれた際についたひっかき傷があった。もうかさぶたになっているけれど、絶対にダニエルには見られたくないものだ。

でも会いたい。エマの身体にはあの日からずっと恐怖がこびりついていて、それを拭い去れるのはダニエルだけ。

——せめて顔だけでも見られれば……

話すことはできなくても、一眼姿を見ることができたら、落ち着くはず。そう思うと、もうじっとしていられなくなる。

エマは葬儀が終わると、喪服のまま領主の館に向かった。

森を抜け門を叩けば、顔馴染みの使用人が中に通してくれる。予定も約束もなく突然やって来たエマを、ダニエルは快く迎え入れてくれた。

「——今日はミックの葬儀のはずだが、どうしたんだ?」

今は立場が違うとは言え、彼も同じ村で生まれ育った幼馴染であることに変わりはない。気にかけていたのか、ダニエルも黒を基調にした服を纏っていた。

「……葬儀はもう、終わったわ。ご両親がとても嘆いていて、見るのが辛かった……」

「俺たちとさほど変わらない年の仲間だ。俺も参列できれば良かったんだが……」

「領主の仕事は忙しいでしょう？　領民全員の葬儀に出るなんて、不可能だわ」

彼が治めるのは、エマたちが住む村だけではない。広大な土地に住む者たち全員の葬儀に列席するなど、現実的ではなかった。

――普段通りだわ……

いつもと変わらないダニエルの様子からは、ミックが余計なことを言ったかどうかを探ることは難しかった。何も聞いていないのかもしれないし、歯牙《しが》にもかけていない可能性もある。

どちらとも判断できず、エマはそっと盗み見るように彼を窺った。

――ああ、でも仮にミックがあの日ここに押しかけたとしたら、彼と最後に会ったのは私ではなくダニエルだということになるんだ……

あの男が事故で亡くなる間際に、顔を合わせた最後の人物。

――変な噂が広まったら大変よね……

あれは不幸な事故だったのだから、案じる必要はないのかもしれない。しかし人の口には戸が立てられないし、無責任で刺激的な噂ほど、狭い田舎では瞬く間に駆け巡るのだ。仮に会っていても、彼の立場なら『関わり合いになりたくない』と考えて不思議はなかった。

「ミックのことは残念だった。最後に会ったのは俺が村を出る前だったから、戻った後で一度顔くらい合わせておけばよかったな……」

「あ、ああ、そうだったの……」

どうやらミックはあの日、領主の館に押しかけることはなかったらしい。流石にそこまで非常識な真似はできなかったのか。

どちらにしても、エマは心底ほっとした。

「顔色が悪いな。どうかしたのか、エマ？」

「ううん、何でもないの……昔から知っている人が亡くなって、気持ちが落ち込んでいるだけ……まだ若くても、人って簡単に死んでしまうんだなって思って……」

声を震わせたエマを、ダニエルは優しく抱きしめてくれた。

「大丈夫。エマのことは俺が守るよ。五年前もそう約束したじゃないか」

「そうだったわ。何だか最近不穏なことが続いているから、少し過敏になっているみたい」

大きくて温かい胸に抱き寄せられ、強張っていた身体から力が抜けた。

「……君を傷つける可能性があるものは、全部排除してやる……これまでも、これからも」

「ありがとう。そう言えば、子供の頃にも同じことを言ってくれた」

幼かった時分、エマが苛められればダニエルが庇ってくれた。それどころかやり過ぎなほど仕返しをしてくれた。

思い返せば、二つ年上で身体の大きかったミックにも立ち向かってくれたのだ。髪を引っ張られて泣かされたエマを背中に隠して、殴られても蹴《け》られてもダニエルは一歩も引かなかった。

そして一瞬の隙を突いてミックを突き飛ばし、馬乗りになって殴り返したのだ。あの雄姿は忘れられない。

心優しくて穏やかなのに、一度本気で怒らせると手が付けられなくなる――そんな一面が彼にはあった。冷静で容赦のない、まるで別人のような――

結局駆けつけた大人たちに引き離され、喧嘩両成敗にされたけれど、数日後に見かけたミックは酷く顔を腫らしていた。手数はダニエルの方が少なかったものの、一発の威力が桁違いだったらしい。

以降、ミックはダニエルを目の敵にして、何かにつけて絡むようになった。ダニエルの方はエマが巻き込まれない限り、まるで相手にしていなかったが。

「俺の気持ちは欠片も変わっていない。何もかも、エマのためにしている。――戦争に行ったのだって、君が暮らすこの村の平和を守りたかったからだ」

「うん。ありがとう。……でももうどこにも行かないでね。私にとってはダニエルがいてくれないと、何も意味がないの。……貴方がいなければ、幸せにもなれない……」

昂った気持ちが、エマの本音を吐露してしまった。これでは好きだと言ったのも同然。口が滑ったと慌てても、もう遅い。一度声になってしまったものを、取り消すことはできなかった。何より紛れもない本音だったため、上手い言い訳が捻り出せず、狼狽える。

「い、今のは……」

「エマ、そんなことを言われたら、俺は期待してしまう。――そんな資格はないのに」

「資格って何のこと……？　ううん、それより期待って……」

ドクンっと胸が高鳴った。

期待と不安が交互に揺らぐ。望む答えを求め、エマは真剣に彼を見つめた。

「……俺はエマが好きだ。いつからなんて分からないぐらいずっと……君しか見えていなかった」

「ダニエル……っ」

まさかこんなことを言ってもらえる日が来るとは思ってもいなかった。

大事にされているとは感じていたけれど、それは家族や仲間としての絆だ。一人の女として見られているなんて、肌を重ねた後も信じられなかった。奇跡が起きたところで、身分の差はいかんともしがたく、心のどこかで諦めていたせいもある。

「嬉しい……私も、ダニエルが好き」

たとえ結ばれないと分かっていても――

「結婚しよう、エマ」

「え……っ」

諦念の中にいたエマは、求婚の言葉に唖然とした。聞き間違いだろうか。彼に焦がれるあまり、自分に都合がいい夢を見ている可能性もある。

だが生真面目な表情でこちらを凝視するダニエルの眼は、視線を逸らせないほど真剣で切実だった。取られた右手の温もりも力強さも、幻などではない。

「そんなこと……無理に決まっている……」

「どうして？　もしかして俺の爵位を気にしている？　だったら陛下に申し出て、今すぐ返上する。そしてただのダニエルに戻って、エマにもう一度結婚を申し込むよ」

身分など惜しくないと言われ、エマの両眼から涙が溢れた。

「か、簡単に言わないで。爵位や地位は、貴方が命を懸けて頑張った証でしょう？　軽々しく放棄するなんて冗談でもやめて」

ましてそれらを捨てて彼が得るものはエマだけだ。とても釣り合いが取れていない。自分にダニエルが失うものを埋め合わせられるだけの価値があるなんて、到底思えなかった。

「何故そんなことを言うんだ。君と引き換えにしてまで欲しいものなんて、一つもない。エマがまだ誰にも嫁いでいないと知って、俺は嬉しかったよ。ひょっとしたら俺を待っていてくれたんじゃないかと思った」

「だ、だったら、何故戦争から戻ってすぐに迎えに来てくれなかったの……っ？」

「それは……」

エマを避けるような素振りばかり見せられ、悲しかった。淡い期待は、そのせいで消えてしまったのだ。

待っていたのは自分だけ。別れ際の言葉に心震わせ、分不相応な夢も見たのも——

「——前に言ったように、俺なんかがエマに触れてはいけないと思った」

長い睫毛を伏せた彼がぼそりと呟く。あまりにも沈んだその声に、エマは言葉を失った。

「……戦地に行った当初は、一日でも早く功績を立ててこの村に凱旋《がいせん》しようと思っていた。だけど戦況が厳しさを増し、この手で大勢の人を屠る度に、どんどんエマから遠ざかって、二度と会えなくなってゆく気がしたんだ……」

「ああ……」

優しい人だからこそ、罪の意識に苛まれ、心を摺り減らした。あんなにも面差しが変わってしまうほど追い詰められ、それでもダニエルはエマのもとに帰って来てくれたのだ。

その真心を、誠実さを、疑う気にはもはやなれなかった。

「……お帰りなさい、ダニエル」

本当は一年以上前に伝えたかった言葉。けれど不思議なことに今こそ告げたいと思った。

きっとこの瞬間、真実、彼がエマのもとに戻ってきたと感じられたからだ。

ダニエルに手を伸ばし、エマの胸へ素直に顔を埋めた彼の頭を撫でる。何度も何度も髪を梳いてつむじにキスをした。昔と、同じように。

「……ただいま、エマ。愛している。……俺と結婚してくれる？」

「……喜んで。私も、ダニエルを愛しているわ」

ようやく帰郷した恋人の全てを、エマは全身で包みこんだ。

◇◇◇◇◇

「だから『俺』の言った通りにして正解だっただろう」

「煩《うるさ》い、黙れ。俺はお前がエマの初めてを奪ったことを、まだ許していないからな」

「何を言っている。途中からはお前に戻っていたじゃないか」

薄暗い室内で、男たちが言い争っていた。

いや、聞こえてくるのは一人分の声なので、『たち』と言うのはおかしいかもしれない。

部屋の中央のソファに座る人影も一つだけ。室内には他に誰もいなかった。

「勝手なことはするなと散々言い聞かせたはずだ。エマを血に塗れた手で抱きたくなかったのに……」

「勝手なのはお前の方だ。『俺』のおかげで戦場で生き残り、立派な功績を引っ提げて生還できたくせに、戻るや否や昔のように『俺』を奥底に閉じ込めようとしやがって」

「それはお前が残忍な真似ばかりするからだろう！　俺は知っているぞ、お前が嬉々として人を殺めていたことを……」

「馬鹿だな。『俺』はお前だ。殺戮《さつりく》を楽しんでいたと言うなら、それはお前も同じだろう」

鏡に映った自分自身と会話をしていたダニエルが、うっそりと笑った。直後に顔を悲痛に歪め、頭を抱える。

「やめろ……俺は違う……っ」

「違わないさ。十五年前、『俺たち』を虐待していた両親を殺した時は、すっきりしただろう？　共に快哉《かいさい》を叫んだじゃないか」

思い出すのは、血塗れのナイフ。床に転がりこと切れた男女。

彼らは『理想的な家族』を演じながら、家の中ではダニエルをいたぶっていた。外からは見えない場所を殴る蹴るは当たり前。食事を抜かれ、言葉で嬲られ、如何に自分が至らない子供であるかを、繰り返し叩き込まれた。

ダニエルが壊れずに済んだのは、隣家に暮らすエマがいてくれたからだ。そして苦痛と憎悪を引き受けてくれる『相棒』がいてくれたおかげだった。

辛い記憶は彼に預け、エマの前では明るく笑う。そうやって十一歳まで生き抜いてきた。けれど日々苛烈になる虐待に、限界を迎えたのだ。

このままでは殺される。殺《や》られる前に殺れ。

今となってはどちらの『ダニエル』が主導権を握っていたのか分からない。たぶん、二人同時に殺意を迸らせたのかもしれない。あの瞬間の自分は、いつものダニエルであり、もう一人の『ダニエル』でもあった。

いや、本来の自分がどちらであるかなど、もはや問題ではないし判別もできない。戦地から戻って以来、境目が曖昧になっている。仮にもう一人に身体を預けていても、同じ視点できちんと自分も見ているし、感覚の全てを共有していた。

相棒の選択は、ダニエル自身の意思でもある。

だからエマの父親を騙そうとした商人を痛めつけ処分したのも、いつも彼女が通ってくる領地の森で悪事を働いていた不届き者を消し去ったのも、エマに汚い欲望をぶつけようとしたミックを断罪したのも全部、紛れもなくダニエルが望んだ結果だ。

むしろ率先して手を汚したと言っても過言ではない。

「……あいつらは、エマも毒牙にかけようとしていた」

親と呼ぶのも汚らわしい二人は、機会さえあればエマを攫って、王都の幼児愛好家に売り飛ばそうとしていた。善良な振りをして、あちこちで盗みを働き、あくどい真似を重ねていたくせに外面が良く、彼らを疑う者は村にいなかった。

たとえダニエルが真実を訴えたとしても、子供の戯言《ざれごと》として信じてはもらえなかったと思う。良くも悪くも、この村の住人は善人が多い。

だから、手っ取り早く殺した。そのことに後悔は微塵もない。

犯した罪は全てエマのため。誇らしく感じこそすれ、罪悪感などこれっぽっちもなかった。

「ああ、そうだ。だから『俺』とお前で手を下した。戦争だって同じだ。生き残るため、一緒に楽しんだじゃないか。忘れたわけじゃあるまい？　あの心躍《こころおど》る感覚を」

そう。忘れられるはずがない。

ダニエルは血の匂いがする戦場で自分が解放された心地になった。あそこでなら己の本性を解き放っても許されると分かったからだ。

「……やはり俺はエマの傍に帰るべきじゃなかった……」

自らの両手を見下ろし、ダニエルは声を震わせた。赤黒い血が、ベッタリと掌を汚している。これは幻覚だ。分かっていても、鉄錆《てつさび》に似た幻臭が鼻腔を擽る。

こんなに穢《けが》れた身で、無垢な彼女に触れていいはずがない。だから一年間は、死に物狂いで我慢した。毎晩胸を掻きむしり、夜ごと悪夢に魘《うな》されても。

だがどうしても会いたい欲求に勝てなかった。戻ればエマを求める気持ちに歯止めがかからなくなることを悟っていたのに。

「よく言う。エマがいなけりゃ、『俺たち』はとっくの昔に頭がおかしい殺人犯として捕まっている。彼女だけが『俺たち』をギリギリのところでこちら側に繋ぎとめてくれているんだ」

相棒の言うことに、間違いはない。ダニエルが辛うじて倫理観を持ち続けられるのも、表向き普通の人間を演じられるのも、エマという存在があればこそだ。彼女がいなければ自分はたちまち欲望のまま血の匂いを求めるに決まっていた。

ダニエルの中には化け物がいる。

己でも制御しきれない恐ろしい獣が。しかもそれは紛れもなく自分自身でもあった。

「……いっそ戦場で死んでしまえばよかったのかもしれない」

「そう嘆くな。『俺』はお前。『俺』だってエマが愛しくて堪らない。彼女を泣かせたり苦しめたりするつもりはないし、一生をかけて大事にする」

クルクルと表情を変えながら、ダニエルは自分との対話を続けた。こんな姿は誰にも見せられない。ましてエマには死んでも知られたくない秘密だった。

「だいたい考えてもみろ。もし『俺たち』が戻らなかったら、エマは今頃ミックと結婚させられていたかもしれないんだぞ。そんなことは許せないだろう」

「ああ……お前の言う通りだ」

考えただけで吐き気がする。

酔って館に押しかけた挙句《あげく》、『エマは俺の女だ』と忌々しい寝言を吐いた男を思い出し、ダニエルは奥歯を嚙み締めた。

どうせならもっと苦しむ死を与えてやればよかった。だが下手に殺人の痕跡を残せば、エマにあらぬ疑いがかかりかねないと思い、事故に見せかけてミックを殺したのだ。

「そうだろう？　だから『俺』の言った通りにして正解だったんだ。さぁ、『俺』たちの愛しい妻に会いに行こうじゃないか。エマをあまり待たせるのは可哀想だ」

今夜は二人の初夜。いや、三人の初夜だ。

エマと二人のダニエルが結ばれる大事な結婚式の夜なのだから。

国の英雄の望みならと、陛下はエマとの婚姻を祝福してくれた。国王のお墨付きとあれば、身分の差など何ら問題はない。

柔らかな笑みを浮かべたダニエルはソファから腰を上げ、隣の部屋に向かった。そこには、愛しい花嫁が待っている。扉を開ければ、恥じらいつつもエマが微笑んでくれた。

「――お待たせ、エマ」

「あの、その、よ、よろしくお願い……します」

既に何度も身体を重ねているのに、生娘のような反応が愛らしい。愛おしさが込み上げ、ダニエルはベッドに腰かけた彼女の隣に座った。

細い身体を抱き寄せれば、薄い夜着越しにエマの身体の線が感じられる。入浴後に香油を肌や髪に塗っているのか、いい香りが漂った。

この日今夜、自分のために美しく装ってくれたのだと思うと、どうにもならないほど心も身体も昂る。欲求に従い何度も口づけを交わしながら、ダニエルは彼女をベッドに押し倒した。

「……ダニエル」

「愛しているよ、エマ」

ずっと昔から。彼女のためなら、血の誘惑に打ち勝って正気を保っていられる。

夢中でキスを繰り返し、互いに生まれたままの姿になった。素肌が触れ合う感触に恍惚感が湧き上がる。しっとりと汗ばむ肌を撫で摩り、ダニエルはエマの乳房を愛撫した。

柔肉を揉み解し、色づいた頂を舐《ねぶ》る。

すすり泣く艶声が彼女の唇からこぼれる頃には、花弁に蜜液が滲んでいた。

「……あっ……」

「エマ、もっと脚を開いてくれ」

ダニエルの言葉に従い開かれた園へ、楔の先端を宛てがった。既に透明の滴をこぼす屹立で、蜜口を上下に擦る。早く中に入りたいと急く自分を宥め、身悶える彼女を堪能するために。

「……ゃ、んんっ……」

にちゃにちゃと淫靡《いんび》な音が奏でられ、捏ねられた陰唇は卑猥な色に染まっていった。

「ダニエル……っ」

切なく自分を求めるエマの声に脳が痺れた。戦場に立っていた頃よりもずっと興奮する。この女がいれば、他には何もいらない。逆にダニエルから彼女を奪おうとする者がいれば、絶対に許さないと思った。

きっと八つ裂きにするだけでは、気が済まない。そういう意味では、ミックはまだ楽な死に方ができたのだから、自分に感謝すべきだろう。

「……ぁッ……あああっ」

隘路を楔で貫けば、エマが歓喜の声を上げた。歓迎を示すように蜜洞がきゅうきゅうとダニエルの肉槍を締めつけてくる。それだけでもう、達してしまいそうになった。

「……っく、エマ。時間はたっぷりあるんだから、そんなに焦らないで」

「ん……ぁ、あっ……」

そう。時間はいくらでもある。これから一生、彼女は自分のもの。誰にも渡さない。

「ダニエル……！」

もっと名前を呼んでほしい。エマに呼ばれる時だけ、自分は己の形を思い出すことができるから。まだ人間であると安堵し、辛うじてこちら側に留まっていられる。

この身に潜む化け物の手綱を握るのは無垢な乙女。血の誘惑を断ち切ってでも、彼女にだけは傅《かしず》くことができる。

だからおやすみ、愛しい人。

真実を見ることなく、これからも優しい夢の中で眠っていて。

バケモノと恋を影にひそませて

八巻にのは

ら始まる。

月影《つきかげ》家の家政婦『山本莉緒《やまもとりお》』の朝は、坊ちゃんこと『月影神威《かむい》』をたたき起こすことか
「さあ坊ちゃん、今日こそは健康的な時間に起きて、健康的な一日を過ごして頂きます！」

東京都心の一等地。高級住宅が立ち並ぶ地区の中でも一際大きな豪邸の離れに、神威の部屋はある。

いわゆる御曹司という身分に甘え、日々自堕落《じだらく》に過ごす神威の世話係になって十五年。莉緒は今年二十、神威は三十二なので一回りも年齢は違うが、布団をすっぽり被って丸まっている姿は小学生男子のようだ。

「……いやだ、今日は良い天気だから外に出たくない」

「普通は、良い天気だからこそ外に出るんですよ？」

「無理だ。太陽の光を浴びたら溶ける、絶対に溶ける」

布団の中でもぞもぞと身悶《みもだ》えながら、情けなく主張する様《さま》に呆れつつ莉緒は布団を剝《は》ぎ取ろうとする。しかし大人げない抵抗にあい、なかなか上手く行かない。

「じゃあせめてベッドから出ましょう。朝食を食べて、廊下くらい歩きましょう」

「俺は、朝食は午後二時に食べる主義だ」

「それは朝食とは言いません！　そもそも眠いのは夜中までネットゲームをしているからでしょう」

「仕方ないだろう、目当ての武器が出なかったんだから！」

「ならせめて、早く寝て、起きてからゲームをなさってください」

「昼間にログインしたら、引きこもりなのがバレるじゃないか！」

「実際引きこもりなんだから、しょうもない見栄をはるのはやめてください。それに夜中までやってる時点で、引きこもりなのは薄々バレてますから！」

と言うか実際バレている。莉緒もまた神威に付き合わされて同じネットゲームをやらされているのだが、二人とよく遊んでくれる友人たちから『カムイさん絶対ニートだよね？』と質問されたこともあるのだ。

そのたび否定も肯定もできず、居たたまれない気持ちで「ｗｗｗｗ」と草を生やして誤《ご》魔《ま》化《か》すしかない莉緒である。

「ともかく朝はちゃんと起きて、昼間は運動して、ゲームもほどほどにしましょうよ」

「それができたとして、どのみち俺はまともにはなれないんだ。だったらこのまま、駄目な引きこもりとして生きる」

そして二度寝すると言い出す神威に、さすがの莉緒も堪忍袋《かんにんぶくろ》の緒が切れる。

莉緒は神威の家に雇われている立場だが、だからと言って全てを黙認するわけではない。むしろ叱るときは叱れる莉緒だからこそ、今日までずっとお世話係を任されてきたのだ。

「ごちゃごちゃ言ってないでとにかく起きる！」

渾身《こんしん》の力で布団を引き剝がせば、神威は小さく丸まっていた。

「ううう、見るな……今日は寝癖《ねぐせ》がひどいんだ……」

「寝癖も何も、どこから髪なのかもわからないじゃないですか」

なにせ布団の下から現れた男は、人ではないのだ。

全身を真っ黒な毛に覆われた神威は獣《けもの》を思わせる歪《いびつ》な姿をしており、寝癖どころか体中がボサボサだ。

「寝癖が気になるならブラッシングしますから、こっちに来てください」

「莉緒にされるのは恥ずかしい」

「人として恥ずかしい生き方しておきながら、今更何言ってるんですか」

「俺は人じゃないし、引きこもるのが仕事だから……」

「はいはい。とにかくブラッシングしましょうね。その後は、お外に出ましょうね」

そう言ってブラシを片手に近付いた瞬間、神威の身体は霧散《むさん》する。粒子となった黒い身体は莉緒の腕をすり抜け、彼女の影の中にすっと入り込んだ。

「こうすれば、触《さわ》れまい！」

「もうっ、勝手に人の影に入るなって何度言ったらわかるんです！」

「入らないと、莉緒は俺をブラッシングしたあげく外に連れ出そうとするだろう」

「だって、今日こそはちゃんとお出かけするって約束したじゃないですか！」

「してない！」

「しました！　昨晩、深夜までゲームに付き合う代わりに明日はお出かけするって、坊ちゃんは私と約束しました！」

「し、したけど、外とは言っていない！」

「屁理屈《へりくつ》すぎます！　せっかく、運転手の木村さんが下で待機してくれてるのに！」

「嫌だ！　せめて廊下だ！　お前が一緒なら、廊下までなら出る！」

「廊下くらい一人で出てください！」

「莉緒が一緒じゃなきゃ嫌だ」

「じゃあせめて庭！　庭くらいは出ましょう！」

「俺を殺す気か！」

「むしろこれ以上引きこもってたら早死にします！」

莉緒は怒鳴ると、いっそ影ごと外に出てやろうと部屋の入り口に走る。

だがその直後、影から身体の半分を出した神威に纏《まと》わり付かれた。

この男は真っ黒な身体を自在に変化させ莉緒の邪魔をするのが得意なのだ。

「外は……外は嫌だ……」

その上、こちらの心を揺さぶる切ない声を出すのが妙に上手い。

「廊下……廊下までは出るから……。莉緒と一緒に屋敷の中を散歩するから許してくれ」

「じゃあせめてサロンまで行きましょう。あそこは日も差し込みますし、おばあさまの育てたお花が見頃ですよ」

「サロンは、ちょっと明るすぎないか？」

「坊ちゃん……」

「わ、わかったよ！　莉緒が手を繋《つな》いでくれるなら、考える……」

「部屋から出てくれるなら、いくらでも繋いでさしあげます」

「なら頑張る……」

妥協の末の言葉に、神威が影から飛び出し莉緒と手を繋ぐ。

二人で一緒に歩くとき、神威の姿はほんの少しだけ人に近付く。

獣のような、鬼のような、なんとも言えない恐ろしい姿ではあるが、嬉々として指を絡めてくる様はなんとも言えず愛らしい。

（いやでも、手を繋がないと部屋からも出ない三十二歳を、可愛いって思ってもいいのかしら……？）

などと現実的になりかけるが、モフモフの尻尾を振りながら莉緒にくっついてくる神威を見ているとやっぱり可愛いと思ってしまう。

「あ、でも二十分が限界だぞ！　それ以上は俺の精神が死ぬ」

「……貧弱すぎでは？」

「だから優しくしてくれ」

「十分すぎる程優しくしているでしょう」

むしろ甘やかしすぎかもしれないと思いつつも、結局莉緒は神威に負けてしまう。

そして今日も、面倒だがどこか愛らしい主人の側で莉緒の一日は始まったのだった。

◇◇◇　　◇◇◇

莉緒が雇われている月影家は日本有数の商社『天神興産《てんじん》』を経営している大財閥『天神家』に属する家柄である。

天神興産のはじまりは、江戸時代にまで遡《さかのぼ》ると言われている。

代々商いを営む家系だったそうだが、商才と時の運を武器に店を広げ、多くの戦争を乗り越え、現在では物流から金融、不動産から半導体の開発まで様々な分野に手を広げていた。それに伴い天神家は八つに分かれ、月影家はそのひとつとして不動産関連の会社を経営していた。八つの家の中では二番目に大きく、数え切れないグループ会社を持っている。

月影家を含め、天神興産の関連会社は今では珍しい一族経営を続けており、そのせいで業績が悪化し負債を抱えたこともあるが、家が傾くたび不思議な幸運が舞い込み、それまで以上の発展を遂げるのが常だった。

表向き、全ては企業努力の結果だということになっているが、一族の繁栄の裏にはある不思議な言い伝えがあった。

『天神家は神を封ずる。神は百三十年に一度八つの家のいずれかにバケモノの子を与え、その子を正しく育て導けば、全ての家に至福の富がもたらされる』

古くからの言い伝えは嘘ではなく、家はバケモノの誕生によって富を蓄え現代まで続いてきたのだ。

とはいえそんな迷信じみた話を誰も彼もが馬鹿正直に信じていたわけではない。

実際、神威の父はそれを信じていなかったし、現代になってからは親族の多くが迷信だと思っていた。

言い伝えが真実だとわかったのは、今より遡ること三十二年。神威がこの世に生を受けたときのことである。

当時、天神興産の事業は軒並み低調で、中でも月影グループの業績は特に悪化していた。神威の祖父が始めたデパートとホテルの経営が行き詰まり、多くが閉店。くわえてその祖父が急死し、代わりにトップに立った神威の父は、商才に秀でた男とは言いがたかった。

そのせいでみるみる経営が傾いていった矢先、生まれた赤子が神威だった。

神威は、母親の腹から出たときから人ではなかった。

醜《みにく》く歪なその姿に、出産に立ち会った者たちは戦《おのの》き恐怖さえ感じたそうだ。のちに神威の一番の味方となる心優しい姉の『春佳《はるか》』でさえ、その姿を見て悲鳴を上げた程だ。

彼の両親は異形の息子を畏怖し、すぐに殺せとさえ言ったという。

だが言い伝えを覚えていた祖母『芳恵《よしえ》』が「醜くてもその子は富をもたらす子だ」と止めた。

芳恵の話を多くの人々は最初信じなかった。だが神威が生まれてすぐライバルデパートが次々に倒産。一方、月影家の方は、独占契約を結んでいたブランドがヒットを飛ばし、ホテルの方も海外からの客が増え、一気に経営状況が改善されたという。

幸運がここまで続けば、神威の両親もさすがに言い伝えを信じずにはいられない。

だがたとえ富を呼ぶ子だとしても、真っ黒な異形を息子だと認めることはできなかったのだろう。両親は神威を屋敷の離れに監禁し、人目に触れることなく育てた。

最低限の教育は受けさせたが、両親は彼に名前さえ与えず顔も見に来ないという有様だ。

そんな孤独に耐えきれず、神威が身体と心を悪くし始めた頃、莉緒は彼の家にやってきた。

そのときは、二人がこんなにも仲良くなるとは誰も思っていなかった。

当時莉緒は、表向き神威の遊び相手兼世話係として呼ばれた。でもその実態は、神威の

『贄《にえ》』になるために連れてこられたのである。

『バケモノの子は人を喰《く》らうことでその力を増す』

そんな言い伝えがあったが故に、彼女は神威に差し出されたのだ。

でも結局、神威は莉緒を食べなかった。

それどころか神威は莉緒をいたく気に入り、以来手放そうとしない。そんな関係となってから早十五年。

次の春で二十一になる莉緒は今の生活に幸福を覚えつつも、近頃少し焦りを感じ始めていた。

「莉緒、ぼんやりしているが疲れたのか？　一緒に昼寝するか？」

特にこうして、神威に縋り付かれているとき、莉緒は自分の生活はこれでいいのかと思い悩むのだ。

「疲れるほど歩いていませんし、昼寝はしません。朝ご飯を食べたばかりじゃないですか」

僅《わず》か二十分足らずの散歩と朝食を終えた神威は、部屋に入るなり莉緒をベッドに引き込もうとする。抵抗しようと思ったが、ここでもまた影の中に入った神威に操られ、莉緒はベッドの上に無理やり座らされた。

「でも俺は疲れたから昼寝がしたい。いつもよりもいっぱい歩いたし」

「どこがですか。普段より数分長かったくらいですよ」

「引きこもりにとってはその数分が辛い。むしろ数分でも長く歩いたことを褒《ほ》めて欲しい」

「はいはい、でも明日は庭まで出ましょうね」

「わかったから、だから早くこっちに来い莉緒」

待ちきれないと言うように、神威がベッドの上に飛びのり腕を広げる。太くて毛深い腕は人のものとは全然違うけれど、早く早くと揺れる様を見ていると、何だか可愛く思えてきてしまう。

だから言いたい言葉は呑み込んで、莉緒は神威の方に身を寄せる。途端、身体は異形の腕に捕らわれ、背中越しに大きな頭がすりすりとこすりつけられた。

正直に言えば、神威に触れられるのは嫌ではない。むしろ彼に抱きつかれていると、どんなときよりも幸せな気持ちになってしまう。

「莉緒」

けれど同時に、莉緒は最近この体勢が落ち着かない。

無駄に良い声で名を呼ばれ、彼の腕に捕らわれていると身体の奥に切ない疼《うず》きを感じてしまうのだ。

「可愛いな、お前は」

「な、何ですかいきなり」

「昔から、お前は俺が名前を呼ぶとすぐ赤くなる」

「それはその……呼ばれ慣れていないからです」

今でこそ世話係としての給金で大学に通い、まともな友人もできた莉緒だが、かつては自分の名を誰かに呼んでもらうことすらなかった。

神威が両親の愛を得られなかったように、莉緒の両親は典型的な毒親で、学校にもろくに行かせてもらえなかった上、莉緒は神威に会うまでは「おい」とか「お前」が自分の名前だと思っていたくらいだ。

だから神威は、莉緒を莉緒と呼んでくれた最初の相手だ。だからこそ、今でも改まって名を呼ばれると、当時のくすぐったい気持ちが蘇《よみがえ》ってきてしまう。

「呼ばれ慣れないって、毎日呼んでるじゃないか」

「でも、そんな親しそうに呼ぶから」

「莉緒は特別な相手だ。親しそうに呼ぶのは普通だろ」

言うなり耳元に顔を近付け、より甘い声で神威は「莉緒」と名前を呼んだ。

たった二文字の名前を、少し伸ばし気味に甘く発音する神威の呼び方に胸が跳ねてしまい、莉緒は赤く染まった顔を手で覆った。

「隠すなよ」

「からかうから嫌です」

「からかってるんじゃない、可愛がってるだけだ」

なおさら悪いと思っていると、神威が莉緒の首筋を甘噛みする。

「ちょっと……くすぐったいです……」

「可愛いからつい」

「つい、で甘噛みは普通しません」

「でもほら、俺はバケモノだから」

「バケモノでも中身は三十二歳のおっさんでしょう」

「そんなこと言うと、甘噛みじゃ済まさないぞ？」

牙を見せつけながら神威は不気味に笑う。彼を知らない人が見れば恐怖に悲鳴を上げるところだろうが、莉緒はむしろ笑ってしまう。

「人間なんて食べないくせに」

「莉緒だったら食べられる」

「とか言いつつ、子供のときは食べなかったでしょう？」

「あのときの莉緒は、痩《や》せてて美味《おい》しくなさそうだったからな」

むき出しにした牙をしまい、神威は結局甘えるような顔で莉緒にすり寄る。

「確かに、あのときの私はひどかったです」

「まあ、可愛いことに変わりはない」

神威は言うが、思い出せる自分の姿は本当にひどいものだ。

神威に餌《えさ》として差し出されたとき莉緒は五歳。そんな幼さで贄に選ばれたのは、父親が原因だった。

当時、莉緒の父は神威の父の運転手をしていた。

賭け事好きが高じて借金を作り、妻に逃げられるような情けない男だった。

あげく、雇われ先である月影家から家財を盗み、それを賭博《とばく》につぎ込んでいたのが発覚したのである。

盗みが露見したとき、雇い主であった神威の父は莉緒の父を警察に突きだそうとした。

そのとき、父は保身のため『何でもするから警察だけは勘弁してくれ』と訴えたのである。

その話を聞き、ならば娘を差し出せと神威の父は告げた。

当時神威は体調を崩し臥せっていた。それに伴いもたらされる富に翳《かげ》りが出始めていた。それをどうにかせねばと思った神威の父は、バケモノに関する記述の中に『人を喰らうバケモノは強くなる』という一文を発見したのである。

莉緒の父が娘を蔑ろにし、学校にも行かせていないことを神威の父は知っていた。そんな娘なら死んでも問題はない。何かあったとしても、月影家の権力と財力をもってもみ消そうと考えていたのだろう。

故に莉緒は、餌として神威の部屋に放り込まれた。

莉緒自身は事情を何も知らなかったが、神威の方は連れてきた娘を食えと父親から命令されていたらしい。

そのとき彼にはまだ名前さえなく、今よりももっと獣じみていた。彼にとって父親の命令は絶対で、莉緒を喰らうのと引き換えに監禁を解いてやるという条件を提示され、部屋に入ってきた莉緒に容赦なく襲いかかったのである。

巨大な獣に押し倒され、莉緒は驚き悲鳴を上げた。

しかし上にのる神威の姿を見たとき、莉緒は恐怖ではなく安堵を覚えた。

なぜなら神威は、莉緒が当時見ていたアニメのキャラクターにそっくりだったのだ。父の目から隠れて見ていたそのアニメは、『カムイ』という名の大きな犬と少年が出てくる平和な日常系アニメだった。

それを見るたび、莉緒は自分にもカムイのような家族がいたら……穏やかで平和な日々を送れたら……と夢見てきた。

だから自分が殺されそうになっているとも気づかず、莉緒はむしろ『わぁっ』と歓声まで上げた。

『私のところに……カムイが来てくれた……』

そう言って涙さえ流す莉緒を見て慌てたのは神威だ。

『か…かむい……とはなんだ？』

『喋《しゃべ》るのもカムイだ！　声はちょっと違うけど、カムイだ！』

『だからなんだ。俺はそんな者ではない……俺は……』

戸惑う神威が可愛くて、莉緒はぎゅっと彼に抱きついた。想像していたより温かくて柔らかな身体を抱き締めていると、神威もまた莉緒に身を寄せる。

『……かむいという何かがお前は欲しいのか？』

『カムイは、大きなわんちゃんだよ。それでね、一緒にゴロゴロして、ダラダラして、楽しく過ごすの』

『一緒に……？』

『うん、毎日一緒！　こうしてくっついたり、一緒に遊ぶの』

拙い言葉で必死にアニメの内容を説明する莉緒を、神威はじっと見ていた。そして彼は最後に、莉緒に抱き締められながら小さく笑ったのだった。

『なら俺は、お前のカムイになりたい』

莉緒の無邪気さに絆《ほだ》されたのか、餌として差し出された哀れな境遇への同情があったのか、神威は莉緒を喰らうのをやめた。

そして宣言通り、彼は莉緒の側にいることを選んだ。

それを神威の父は咎《とが》めたが、神威が莉緒といると決めた途端に富が戻ってきたことで、二人は引き剝がされずに済んだのだ。むしろもたらされる富は、前以上になったと言っても過言ではない。

月影グループ全体の売り上げが上がり、株価は前触れもなく高騰《こうとう》。難航していた企業買収の話が急に進み出し、八つの家全てに次々幸運が舞い込むという有様だ。

それでも満足しない神威の父は莉緒を喰らえとしばらくはうるさかったようだが、それから程なくして神威の両親は事故で他界した。

その後会社を継ぐことになったのは祖母の芳恵と神威の腹違いの姉である春佳で、二人は神威の両親と違い、神威にとても優しかった。

むしろ今まで二人を辛い目にあわせてしまったと詫《わ》び、人並みの生活を送らせてもらえるようになったのだ。

二人は他人である莉緒にも優しかった。それこそ莉緒の父以上に。

ちなみに莉緒の父は、保身のために娘を売ったのが段々と後ろめたくなったのか、神威の両親の死の後しばらくしてどこかへ消えてしまった。

それに莉緒は泣いたが、芳恵たちが莉緒の後見人となってくれたため天涯孤独にはならずに済んだ。

むしろ学校にも通わせてくれるようになり、衣食住も保証してくれる芳恵たちの方がよっぽど親らしいと言えた。

本当の家族にならないかとも誘われたが、そこまでしてもらうのは申し訳ない気がして結局辞退した。

幼い頃は無邪気に甘えられたけど、年を重ねるにつれ、莉緒は恵まれた自分の境遇が少し怖くなってしまったのだ。

そしてその恐怖は今もどこかにある。だからこそ、神威と過ごす時間に心地よさを感じるたび、このままで良いのかと思ってしまうのだ。

あの頃の約束を守るように、神威は莉緒が望んだ名を名乗りダラダラと過ごしている。でもそんな生活はアニメの中だからできるものだ。

現実は甘くないし、幸せな時間ほど長く続かないという考えが莉緒の中にはいつもある。小さい頃に経験した不幸は今なお莉緒の奥にくすぶっており、大人に近付くほど当時の辛い日々がいつまた戻ってくるかと不安は増していく。

だからこそ必要以上に甘えないように、神威とも適切な距離を取れるようにと思って、十五歳のときに『これからは家族ではなく家政婦として家に置かせて欲しい』と打診した。

元々表向きは神威の世話係として家に来たのだし、その通りの仕事をしっかりしようと思い立ったのだ。

神威も芳恵たちも反対したが、けじめをつけたいと言えば最後は許可してくれた。

その日から神威のことは『坊ちゃん』と呼び、敬語で話すようになったが、任された仕事は神威の世話だったので生活スタイルはあまり変わっていない。むしろ給金という名の高すぎる小遣いが出るようになり、逆に心苦しくなったくらいだ。

けれど報酬を辞退することは許されず、いつか自立するときの資金にしようと決めて、莉緒は今日まで神威の世話係をしてきた。

「ああ、莉緒は可愛い。食べてしまいたい」

でも神威から過剰な愛情を向けられるたび、自分で作った世話係という一線を越えたくなってしまうときがある。

「またそんな冗談を」

「冗談じゃない。莉緒は世界で一番可愛い」

神威は心の底から甘い言葉を口にする。

そしてその言葉に、莉緒は喜びたくなってしまう。

(でも神威がそう言ってくれるのは、私以外の女の子をちゃんと見たことがないからだ)

長いこと親に監禁され、異形の姿故に屋敷から出ることができない神威は世間を知らない。

だからこそ良くも悪くも、神威の中心は莉緒なのだ。彼にとっては初めてできた友人であり家族でもある。そこに異性間の感情は多分無い。なぜなら神威が向けてくる感情は、あまりに無邪気で純粋だ。

でもそれを受け取る莉緒は、純粋ではいられなかった。

神威は引きこもりで、ずぼらで、廊下さえ一人で歩けない残念な男なのに、莉緒はもう長いことずっと彼に特別な想いを抱いている。

最初は多分友愛だった。親に捨てられたという境遇が似ていたし、友達がいない点もそっくりだったから、互いの抱える孤独をすぐに理解し合えた。だからこそ、神威は莉緒を可愛がり、事あるごとに甘やかした。

たとえば莉緒も神威も、出会うまでは誕生日やクリスマスを祝ったことがなかった。

神威の方は知識として知っていたようだが、二人はそうした幸せに縁遠かった。

でも一人から二人になった莉緒たちは、そうしたささやかな幸せを少しずつ叶えることができるようになったのだ。

あまりに知識がなさすぎて、最初のクリスマスはハロウィンの要素が入ったホラーな内容になったりもしたけれど、それもまた良い思い出だ。

そうやって時に間違え、失敗を笑い合いながら、莉緒と神威は普通の人が過ごす当たり前のことを、二人になって初めて体験した。

優しい時間を積み重ね、神威の両親が亡くなってからはそこに芳恵と春佳も加わり、毎日が楽しかった。

でもいつまでたっても、神威が向けてくる眼差しは年の離れた妹に向ける域を出ない。そのことに、莉緒は満足できなくなりつつある。学校に行くようになり、増え始めた友人から恋の話を聞くたび、頭の中で夢想する相手はいつも神威だった。

彼は人ではない。加えて自堕落で引きこもりの残念な男だ。

でもそんな彼に甘えられ、大事にされるのが莉緒は嫌ではないのだ。

その根底に彼への恋心があると、莉緒はもう気づいている。気づいているからこそ、ずっと蓋をしている。

今も莉緒の方から神威に抱きつきたいのに、それをぐっとこらえていた。

「さて私はそろそろ大学に行くので、失礼します」

程よいところで、莉緒は神威の身体を遠ざける。

けれど学校を理由にすればすぐ離れてくれる神威が、今日は何故か莉緒を手放さない。

「神威？」

「ウソつきは、モフモフの刑だ」

むしろ逆にぎゅっと縋り付いてくる有様だ。

「嘘なんて……」

「今日は午前の授業が休講だから、午後からだろう」

「な、何で知ってるんですか……」

戸惑ったのは、休講は昨日突然決まったことだったからである。神威は莉緒の授業スケジュールを勝手に把握しているが、休講のことはさすがに教えていない。

「俺は、莉緒のことなら何でも知ってる」

胸を張る神威を見て、まさかストーカーでもしているのだろうかと思ったが、引きこもりの彼には無理だと考え直す。なにせ莉緒が一緒にいても、庭に出るのがやっとな男だ。

「だから、午前中はずっとくっついていような」

「でも、早めに出て就職課に行きたかったし」

「就職って？」

「就職は就職です」

「そんなの誰がするんだ」

「誰って、私に決まってるじゃないですか」

馬鹿を言うなという目で神威を見ると、無邪気にすり寄ってきた彼の身体がびくりと硬直する。

「就職？　莉緒はどこかに就職するのか!?」

「ええ。だから就職課に……」

「だが、莉緒はもう俺のところに就職しているようなものだろう！　だから今後もここにいればいい」

「えっ、一生お世話係なんて嫌です」

あえてばっさり切り捨てると、神威が衝撃を受けた顔で耳と尻尾をピンッと立てる。

「神威みたいな駄目ニートにはなりたくないし、ちゃんとした仕事を見つけないと」

「俺の世話だってちゃんとした仕事だろう！」

「お世話係って言ってもたいしたことはしていないし、大学を卒業してまで続けられません」

「だが、かなりの額は払っているはずだし、下手な仕事より稼げるだろ？」

「だからですよ。坊ちゃんを起こして、食事を食べさせて、お散歩させるだけで月二十万ですよ？　お陰で学費は払えましたが、いつまでも甘えるわけにはいきません」

もらいすぎているからこそ、自立できる年齢になったら自分でしっかり稼ごうと莉緒は思っているのだ。

「おばあさまや、春佳姉さんには今までいっぱいよくして頂いたから、もう甘えたくないんです。坊ちゃんと一緒に引きこもってたせいでお金も貯《た》まってるし、そろそろここを出なきゃ」

「聞いてないぞそんなこと！」

「そうするのが当たり前ですし、言わなくても察しているかと」

「俺はずっとお前と一緒にいると思ってたんだ！　寝耳に水だ!!」

言いながら神威は身体の形状を変え、莉緒の前にぐるりと回り込む。

金色に輝く異形の瞳を莉緒に向け、神威は不機嫌を表すように全身の毛を逆立てた。

「俺は、お前と離れない！」

「いや、いい加減離れてください。坊ちゃんはもういい年だし、これを機に一緒に自立しましょうよ」

「自立って、こんな俺が外に出られるか！」

「でもせめて家でできる仕事くらいしましょうよ。在宅で大学の卒業資格を取れるくらい優秀なんだし、仕事だって在宅で何かすればいいでしょう？　それにほら、坊ちゃんには特別な才能だってあるじゃないですか」

外に出るのに抵抗があるのはわかる。でも姿を隠しても稼げるだけの特技も、神威にはあるのだ。

「趣味の小説、あれだってもう何度も書籍化の打診が来ているでしょう？」

神威という無駄にカッコいい名前を莉緒がつけてしまったせいか、それに引きずられるように彼は中二病を拗《こじ》らせた時期がある。その結果、彼は痛々しいライトノベル風私小説を書くのが一時期趣味になったのだ。

そこで小説を書く楽しさを覚えたのか、以来暇を持て余した神威は数え切れないほどの小説を書いていた。

特に性格を拗らせた主人公をメインにした推理小説が得意で、あまりの面白さに莉緒も驚いたほどだ。

ただ本人はそれを発表したがらないので、莉緒は勝手に彼の名前でアカウントを作り小説投稿サイトにそれを載《の》せたのである。

以来PVはうなぎのぼりで、多数の出版社から是非本にしたいという打診を受けている。

その反応を本人はものすごく喜んでいるが、『編集との打ち合わせが無理』という引きこもりらしい理由でチャンスを次々蹴飛ばしているのが現状だ。

「新しい小説にもまた書籍化の打診が来てましたし、そろそろ腹をくくりましょうよ」

「いやだ。っていうか勝手に俺の小説を載せるな」

「だって、アレを私だけが独り占めするのは勿体《もったい》ないです。新作を待ってる読者さんも沢《たく》山《さん》いますし」

「独占すれば良いだろ。むしろ莉緒に独り占めして欲しい」

「しません」

莉緒は、神威の小説が受け入れられるところを見るのが好きなのだ。

そして、莉緒以外からは愛されないと信じ込む彼の考えを少しでも変えたいと思っている。

「とにかくあなたも私も、このままじゃ駄目です。だからお互い仕事を見つけましょう」

「嫌だ！　嫌だ嫌だ嫌だ嫌だ!!」

「子供じゃないんだから駄々こねない」

「駄々をこねてもいいなら子供になる！」

「子供になるって、三十超えて何言ってんですか……」

「俺は子供だ！　三歳児だと思って扱え！」

「こんな三歳児嫌です！」

莉緒はあきれ果てたが、子供返りした三十二歳は大人に戻るのを頑なに拒否した。

「とにかく俺は嫌だ。莉緒が側にいればそれでいい！　何もいらない！　だから就職は駄目だ！」

「ちょっと暴君すぎません!?」

「暴君上等だ！　莉緒を側に置くためなら何でもなる！」

「いや、むしろその主張は暴君を通り越して駄目人間のものですよ？」

「駄目人間でもいい。むしろ駄目人間になるから、ずっと側で世話を焼いてくれ」

「それだと今までと同じじゃないですか」

どこまでも続く不毛な言い合いに、莉緒はため息をこぼす。

(本当に、なんで私、これが好きなんだろう)

などと考えてから、しょうもない主張を続ける神威を改めて見つめてみる。

多分自分もまた、神威が自分の世界の中心すぎるのだ。

だからきっと、自立すればもう少し冷静に二人の関係を見ることができる。

神威が自分を異性として見ることがないのであれば、結果的に距離を置き冷静になる方が、末永く……そして適切な距離で彼と一緒にいられる気がする。

「おいっ、聞いているのか莉緒！」

「聞いてないです。じゃあそろそろ大学に行きますね」

「駄目だ、午前中は側にいろ！　……いやいてください！　お願いします！」

言うなり影を捕らわれ、莉緒の身体は動かなくなる。

なりふり構わない神威に呆れすぎて、もはや文句も出てこない。

（これはもう、私だけじゃ説得は無理だな）

とりあえず今は好きにさせよう。そして次の作戦を考えようと莉緒はこっそり決めたのだった。

◇◇◇　　　◇◇◇

ダメダメな三十二歳児が子供返りしたその夜。

神威がネットゲームに夢中になっている隙に、莉緒は協力者になり得そうな二人に相談を持ちかけていた。

「三歳児になるってマジ？　我が弟ながら本気で引くわ！」

相談相手の一人目、手にしたワインをこぼしそうな勢いで笑っているのは神威の姉、春佳である。そして二人目は、感情の読めないすました顔で静かに話を聞いている神威の祖母、芳恵だ。

「このままじゃ、坊ちゃんは死ぬまで駄目人間ですよ……」

「まあいいんじゃない？　駄目人間でも死なない家に生まれたわけだし、生きているだけで金を生み出してるようなものだし」

確かに彼はただ生きているだけで月影家に富をもたらす存在である。それは莉緒もわかっているが、何だか釈然としない。

「だからと言って、あの自堕落な生き方は駄目でしょう」

「あれの将来を憂《うれ》いてくれるなんて、莉緒ちゃんは本当に良い子ねぇ」

「だって坊ちゃんは才能もあるし、とっても優しくていい人じゃないですか。姿は普通じゃないけど、それを隠して活動できる世の中なのに、ずっと引きこもりのままなんて勿体ないですよ」

「まあ、そこは同意かなぁ。うちの財力があればもっと開放的な生き方もできるのに、あいつはこの家と莉緒ちゃんにべったりすぎるわよねぇ」

「それって不健康すぎますよね……。世界を狭めすぎると、本当に得るべき幸せを逃してしまうかもしれないのに……」

憂いつつも、神威が現状に満足しすぎている原因は自分にもあると、莉緒は気がついている。

彼が変化を恐れるのは、彼が莉緒との生活を快適に思いすぎているからだ。人生の選択肢は無数にあるのに、神威はそれに見向きもせず莉緒の側にいることばかり優先する。

「……まあ、そろそろ変化の時期かもしれないね」

それまで黙っていた芳恵が、そこでポツリとこぼした。

品の良い表情を崩さぬままワインを傾ける芳恵は、美魔女と呼んでもいいくらい若々しい。出会った当時はもう少し老けていた気がするが、神威の味方となり莉緒たちの親代わりとなってから、彼女はみるみる若返り美しくなった。

それもまた神威のお陰だと芳恵はいつも言っている。神威の両親の死後、グループのトップに春佳と共に就任した彼女は精力的に働いている。それに見合う体力と美貌を神威が無意識に与えているらしい。

でも芳恵はそれを、少し心苦しく思っているようで、春佳が経験を積んだタイミングで仕事も辞めるつもりらしい。

芳恵は神威の両親が彼を監禁したとき、それを止めることができなかった。そのことを今も恥じているらしく、彼からの不思議な贈り物をなるべく受け取らないようにしている節がある。

だから神威とは少し距離を取ることも多いが、必要なときは助けてくれるし、孫が駄目人間まっしぐらなことをさすがに無視はできないのだろう。

美しくワインを傾けた後、芳恵は「良いものを見せてあげよう」と言って、とても古い写真を取ってきた。

写真に写っていたのは、とても凜々《りり》しい男の人だった。古い写真なので画質は悪いが、それでも男がとんでもない美男子であることはわかる。

「おばあさま、これは誰の写真なんですか？」

「うちのご先祖様だよ。前回の『バケモノ』さ」

莉緒の質問に、芳恵が返した言葉はあまりに衝撃的だった。春佳も初めて見たのか、莉緒と二人で思わず顔を見合わせる。

「でもこれ、弟と全然違うわよ」

「バケモノとして生まれた男は、永遠にそのままなわけじゃない。その男も昔は醜い姿だったそうだよ」

「じゃあ、坊ちゃんも……」

「言い伝えでは、三十を超えるとバケモノは人になる」

「……あれ、でもあの馬鹿三十超えてない？」

「坊ちゃんは、この夏で三十三です」

春佳の質問に答えながら、莉緒は妙な焦りを感じた。

「つまり、坊ちゃんはいつ人間になってもおかしくないってことですか？」

「ないんだけど、あの馬鹿孫にその気配はないね」

芳恵にまで馬鹿呼ばわりされる神威を不憫《ふびん》に思いつつ、莉緒はふと彼が三十になった年のことを思い出す。

当時の神威は今よりもう少しまともで、引きこもりなりに精力的に活動していた。

詳細は教えてくれなかったが、ネットで資格の勉強をしたり、デイトレードか何かに手を出し恐ろしい額を稼ぎ出していたように思う。

そして彼はこう言ったのだ。『三十になったらもう少し真っ当になる。そのとき、お前に伝えたいことがある』と。

もしかしたら、神威は自分が人間になれることを知っていたのかもしれない。そのときのために、彼なりに努力していたのではないだろうか。

だがその後すぐ、神威は『この前の話はなかったことにしてくれ』と言い、突然全てのやる気をなくして引きこもりに磨《みが》きがかかるようになった。

二十代を終え、年を取ったせいで若さとやる気がなくなってしまったのだろうと莉緒は思っていたが、あれは人間になれなかった自分に絶望したからではないだろうか。

「三十を過ぎたら、人間にはもうなれないんですか？」

「なんとも言えないね。言い伝えにあるのは『幸福が積もりしのち、バケモノは人となりさらに百年の幸福を約束する』って件《くだり》だけだ」

「じゃあ、坊ちゃんには幸福が足りないんでしょうか？」

「幸福か、あの様子だと孫自身の努力か……。とにかく何かが足りないのは確かだろうね。両親に蔑ろにされた分甘やかしてきたが、それがいきすぎたのかねぇ」

芳恵の言葉に、莉緒は思わず項垂《うなだ》れる。

（甘やかしすぎるのが原因なら、私のせいだ……）

家から出たがらない神威を叱りながらも、莉緒は彼に嫌われたくなくて最後は折れてしまう。それに三十を超えて引きこもりに磨きがかかったときも、その理由をちゃんと知ろうとしなかった。

それどころか莉緒はあのとき、「いい年して不真面目すぎる」と引きこもる神威を一方的に叱ってしまった。

もしも彼が人間になれるのを期待していたなら、莉緒の言葉で余計に傷ついただろう。

彼だってきっと、人間になったらもっと努力しようと思っていたに違いない。

(神威は自分の姿を嫌ってる。だからきっと、人間になれることをずっと待ってたに違いないのに……)

その願いが叶わないと知ったときはショックだったろう。なのにそれに気づかなかったことが、莉緒は悔しかった。

むしろそのときのことが心の傷になって、彼の幸せが足りなくなってしまったのではと思えて、莉緒はさらに項垂れる。

もしあのときちゃんと励ますことができていたら、もっと頑張ろうと神威が奮起したら、それがきっかけで人間に戻れたかもしれないのに、貴重なチャンスをふいにしたも同じだ。

「おばあさま、坊ちゃんが本当の意味で幸せになれば、きっと今からでも人になれますよね？」

「莉緒は、あいつのほんとの幸せがわかってるのかい？」

「わからないけど、このままじゃ駄目なのはわかります。だってずっと部屋に引きこもって私といるだけじゃ、これまでと何も変わらない」

神威はそれで満足していると言うが、きっと違うのだ。彼にはもっと別の幸せがあって、それが叶わない限りきっと人間にはなれない。

「私、彼を人間にしたいんです。そうしたらきっと、今より坊ちゃんは幸せになれます」

「だとして、具体的にどうするつもり？」

春佳の言葉に、莉緒は覚悟を決める。

「私、坊ちゃんのお世話係を辞めようと思います」

莉緒の決意に、春佳と芳恵は息を呑んだ。

「甘やかす世話係がいなくなれば、きっと嫌でもしっかりすると思うし」

その一言に、春佳が慌て出す。

「でも辞めてどうするの？　もしかして、この家まで出て行くつもり？」

「むしろ二十になったときに出て行くべきだったんです。それなのに大学卒業まではって、ずるずる居座ってしまって……」

「ここは莉緒ちゃんの家でもあるんだからずっといてくれていいのよ？　私だって、あんな駄目な弟より莉緒ちゃんの方が可愛いくらいだし」

「でも側にいると神威が駄目になるから」

「そこはまあ、否定できないけど……」

「それに、もし神威が人間になれたとき私みたいなのが側にいたら迷惑にもなりそうだし」

芳恵に渡された写真を見て、莉緒は別の焦りも感じていた。

神威が引きこもり莉緒にばかり懐くのは、醜い外見のせいだ。異形の姿を恐れず、側にいる莉緒だったから神威は彼女を受け入れ甘えるようになった。

（でも人間になったら、きっと神威は誰にも怖がられない。むしろこれなら、好きになる人がいっぱいいる）

他人から愛情を向けられることに慣れれば、莉緒への関心も薄れてしまうような気がした。そしてそれが、莉緒は恐ろしい。

「本当の妹ならともかく、赤の他人を猫可愛がりしてるなんて変だし、恋人ができたときに拗れそうだし……」

「いや、あいつ多分人間になっても他の子には目を向けないと思うわよ」

「そんなのわからないじゃないですか。だって神威は優しいいし、意外と紳士だし、少女漫画のイケメンみたいな甘い台詞もよく言うし、あの姿じゃなかったら女の子はみんな好きになっちゃいます」

「いや、その甘くて紳士なのは莉緒ちゃん限定だから。そこはきっと人間になったって変わらないわよ」

「でも神威、ゲームでは可愛い猫耳の巨乳キャラとか使ってるんです。あれが好みなら、そういう子に言い寄られたら、くらっとくるかも」

ちなみに莉緒は巨乳とは真逆だ。むしろ胸元はかなり寂しい。

そんな自分の容姿にも焦りを感じてしまうくらい、莉緒は神威が好きになっているのだ。

これで神威が人となり、巨乳な女性たちに言い寄られることになったら、耐えられる自信はない。

「莉緒は、あの馬鹿孫が好きなんだね」

芳恵がこぼした一言に、莉緒は居たたまれない気持ちで身体を小さくする。

「ごめんなさい……」

「何で謝るんだい？」

「だって、月影家の御曹司に私なんかが想いを寄せるなんておこがましいし」

「むしろこちらは感謝してるくらいだよ。あれが明るくなったのは莉緒のお陰だ。あんたが現れたお陰であいつは生きる気力を取り戻したし、この家だって前以上に栄《さか》えてる」

ただ……と、芳恵がそこで苦笑を浮かべる。

「少し離れてみるのは良い考えかもしれないね。そうすれば、見えてなかったものも見えてくる。それでお互い成長できるところもあるだろう」

芳恵の言葉に、莉緒はほっとする。

「じゃあ、協力してくれますか？」

「ああ」

「おばあさまがそう言うなら、私も協力するわ」

芳恵と春佳の言葉に、莉緒は感謝の言葉を口にする。それからもう一度、莉緒は神威の先祖だという男の写真を見た。

バケモノは、幸せによって人になる。それを聞いたとき、莉緒の脳裏に浮かんだのはアニメにもなっている有名な童話だ。醜い野獣が本当の愛によって人間の王子になるという内容の童話で、莉緒も神威もその話が大好きだった。

そしてその内容は、神威の境遇とどこか似ている。だから彼も、もしかしたら愛という幸せを手に入れたとき、人になるのではと思ったのだ。

(だとしたら、彼を人にする運命の人は私じゃない)

だって神威の側にいたけど、彼は変わらなかった。そう思うと苦しいけれど、それがわかったことで莉緒も諦めがついた。

(私はずっと家族で、お世話係で、良くて妹止まりだ。それならやっぱり今の関係は健全じゃない)

だから自分からきっぱり終わらせよう。

そう決めた莉緒は、芳恵たちと神威を独り立ちさせる作戦を話し合い始めた。

◇◇◇　　　◇◇◇

二月の初旬。ひどく寒い冬の早朝に、莉緒はこっそりと月影家を出た。

とはいえ当初の予定とは違い、彼女はお世話係を辞めたわけではない。

辞めるにしても、莉緒は月影家以外に居場所がない。お金はあるが新しい住居を探すにも時間がかかる。

だからまず、しばらく休むという形にしてはどうかと提案したのは春佳だった。

「実際、莉緒ちゃん、有給らしい有給取ってなかったし、神威を怯えさせるためにも『お暇《いとま》を頂きます！』って言って旅行でも行ってきたら？」

そんな提案に、莉緒は乗ることにした。

丁度大学は春休みに入るし、その間はずっと莉緒と過ごせると思っている神威の認識を改めるのだ。

芳恵にも「何なら置き手紙をして消えてみるといい。男はアレが一番堪える」と実体験に基づいたような言い方で提案された。

それに従い『もう坊ちゃんには付き合いきれません。お暇を頂いたので旅行に行きます。しばらく帰りません』という手紙だけを置いて莉緒は家を出た。

出立するときは少し緊張したけれど、旅行という楽しみに目を向けて莉緒は歩き出す。

起きたとき神威はショックを受けるかもしれないと後ろ髪を引かれたが、莉緒はそれを考えないようにした。

気持ちを新たにし、莉緒が向かう旅行先は箱根《はこね》だった。

未知の場所に行くのは少し怖かったので、昔一度だけ父に連れて行かれたことのある場所にしようと思ったのだ。

それに莉緒は乗り物が好きだ。中でもロマンスカーは憧れで、一度乗ってみたいと思っていたので、意気揚々と新宿から小田急線の改札を通る。

ロマンスカーなどの特急や新幹線、船や飛行機などが莉緒は好きだが、引きこもりの神威のせいで乗る機会はほとんどなかった。

自分が莉緒を家に引き留めている自覚があるのか、神威は代わりにと模型なんかをくれたが、やはり実物は違う。ホームにロマンスカーが入ってくる音だけでワクワクし、車内に入れば平日の早朝のせいか客はまばらで、車両はほぼ貸し切り状態だった。

こんな広い空間に一人きり。縋り付いてくる神威がいないというのは新鮮だ。

そんな中で、買った駅弁を広げる時間はまた格別である。

(こういう素敵な空間や時間を知らないから、神威はきっと幸せが足りないのね。ロマンスカーで食べるお弁当、本当に美味しい……!)

多分神威は、電車になんて乗ったことはないはずだ。

必要があってどうしても外出せざるを得ないとき、神威は車を利用するが、それさえ嫌がる。

莉緒を絶対に同行させ、ぐったりした顔で莉緒の膝の上にのっかるのが常だ。

(特急とか乗ったことなさそうだし『速いし怖い！』って大騒ぎしそう)

自分の想像に笑ったところで、莉緒は先ほどから神威のことばかり考えていることに気がついた。

今日は神威なしで、一人の時間を楽しもうと思っていたのにさっそく出鼻をくじかれている。

(坊ちゃんのことは頭から追い出そう。今日は、自分の時間を楽しむんだから)

そう言い聞かせて、莉緒は目の前のお弁当に集中する。しかし神威が好きな黒豆が入っていることに気づいてまた彼のことを考えてしまう有様に、先行きは不安だった。

それでも箱根に着けば、温泉街独特の空気に莉緒は一時日常を忘れた。

宿泊する宿は箱根湯本《はこねゆもと》だったが、芦ノ湖《あしのこ》の遊覧船にどうしても乗りたかったので、バスで湖畔《こはん》まで向かう。

ただ峠を越えると、見る間に天候が悪くなってきた。箱根関所跡《はこねせきしょあと》まで来たときには、空には分厚い雲がかかり、船上から富士山を望むという莉緒の計画は頓挫《とんざ》しそうな勢いである。

山の天気は変わりやすいという言葉を信じ、雲が切れるまで時間を潰そうと関所や近くの美術館なんかを巡ってみたが、空は一向に晴れる気配がない。

その上美術館でうっかり黒い犬の絵を見てしまい、それがきっかけでせっかく忘れかけた神威のことがまた頭をよぎりだす始末だ。

そうしているうちに天気はもっと悪くなりそうだったので、莉緒は急いで元箱根港《もとはこねこう》で切符を買い、船が来るまで土産物コーナーで待つことにした。

芦ノ湖を周遊するコースを選択して切符を買ったが、この天候のせいか待っている客はまばらだ。そしてその中に親子連れを見たとき、莉緒の胸がチクリと痛んだ。

(私が箱根に連れてきてもらったのも、あの子くらいのときだったな)

不意に、今まで忘れていた父との旅行の記憶が莉緒の脳裏に蘇る。

確かあれは父がいなくなる少し前のことだ。神威の餌になることを免れた後、莉緒は週に何度か父との時間を過ごしていた。

莉緒と父の折り合いが悪いのを神威はまだ知らず、いきなり親と引き剝がすのは可哀想だと彼が訴えたので、親子の時間を作ることが叶ったのだ。

そして父も、娘が月影家の御曹司の関心を勝ち取ったことに気を良くし、しばらくの間は柄《がら》にもなく莉緒に優しかった。

くわえて神威が莉緒に懐いたことで父には臨時の収入も入ったのだろう。たまにはドライブ旅行に行こうと、ある日珍しく誘ってくれたのだ。

いつもは自分に構うことのない父からの誘いに、莉緒がはしゃいだのは言うまでもない。

旅行は日帰りだったけれど、彼女が芦ノ湖で船に乗りたいと言うと車でここまで連れてきてくれたのだ。

(でも結局、あのときは船に乗れなかったのよね)

今のように、乗り場の売店で船が来るのを待っているとき莉緒は小さな犬の置物を見つけたのだ。

『欲しいなら買ってやる』

こんなにも気前の良い父を見るのは初めてで、だからこそ小さな莉緒は調子に乗ってしまったのだ。

『ならこれが二個欲しい。神威とおそろいにしたいの』

神威の名が出た瞬間、それまで機嫌が良さそうだった父の表情が一変した。

『俺に、バケモノへの土産を買えってのか？』

小さな置物は、決して高い物ではなかった。けれど、父は頑なに拒否したのだ。

『じゃあ、もう一個は自分で買う……』

『あんな奴のために金なんて使うな。それに土産なんて渡して、あのバケモノに気に入られたらどうする！　一生手放してもらえなくなるぞ！』

かつて自分が莉緒を贄として差し出したことも忘れ、父は莉緒をひどく怒鳴った。

もしかしたらそれは、保身のために娘を差し出してしまった罪悪感からくる怒りだったのかもしれない。でも幼い莉緒はただただ怖かったし、理不尽さをも感じていた。

『別に、莉緒はそれでもいい。神威やさしいもん』

少なくとも目の前の父よりは優しいし、莉緒を気遣ってくれる。そんな考えが透けていたのか、莉緒はそこで激しく頬を打たれた。

口答えをするなと叱られ、店員が止めに来るまで何度も打たれたのだ。

機嫌を損ねた父は遊覧船の切符を投げ捨て、結局莉緒も、そのまま引きずられるようにして家へと帰った。

翌日、顔を真っ赤に腫らした莉緒を見て神威は大層驚いていた。でも父に打たれたことは言わなかった。父が神威のことをバケモノと呼んだことを彼に聞かせたくなかったのだ。

だから何もなかったと神威と自分に言い聞かせ、記憶は心の奥深くにしまい込んだ。

そんなことがあったことさえ忘れていたが、ここに来て記憶の蓋が開いてしまったらしい。

（ちゃんと覚えてたら、わざわざトラウマを刺激するようなところには来なかったのに……）

自分のチョイスの悪さには、もう笑うしかない。

苦笑しながら、莉緒は逃げるように土産物コーナーを後にする。

少し早いが乗り場の側までやってくると、遊覧船はすぐ近くまで来ていた。

先ほどの家族や、カップルらしい男女が船を見て莉緒の方へとやってくる。その姿をぼんやりと眺めていると、一人きりなのは自分だけだと今更のように気づく。

同時に、莉緒は誰かと旅行をするという発想が今の今までなかったことにはっとした。大学には友人もいるが、誘うほど仲良くはない。だから旅行をしようと決めたとき、自然と一人を選んだ。

もちろん誰かと旅行をしてみたいと思ったことはあるが、その誰かはいつも神威だ。だから彼を除外してしまうと、誰かを誘うという選択肢すら浮かばなかったのだ。

当たり前のように、ロマンスカーの切符も宿も一人分だけ手配してここまで来た。そのことがひどく寂しいことなのだと、莉緒はようやく気づく。

そして神威のもとを去るということは、この寂しさの中で生きていくということなのだとその実感が押し寄せてくる。

(私はこの先も、一人なのかな……)

神威の世話係を辞め、自分の時間を持てるようになれば、一緒に旅行に行く友人くらいはできるかもしれない。

でもきっと、そのたび莉緒は神威を思い出すだろう。彼と旅行に行ったらどんな風だっただろうと、きっと何度も何度も思うに違いない。

(一人で、大丈夫なのかな……)

今更すぎる不安に苛《さいな》まれ、莉緒は思わず立ち尽くす。

そのまま、莉緒は遊覧船が到着しても乗り込むことができなかった。周りの家族やカップルが楽しげに歩いて行くのをぼんやりと見送り、出港を促すアナウンスがあったところでようやく我に返る。

乗らなきゃと思い何とか歩き出そうとすると、そこでポツリと頬に雨粒が落ちてくる。

どうやら今日はとことん間が悪いらしい。

嫌な記憶を思い出し、雨にまで降られ、どうしようもなく虚しい気持ちに苛まれたせいで、再び身体が動かなくなる。

そうしているうちに船は岸を離れ、係員たちさえ桟橋を離れていく。

それでもなおぼんやりする莉緒に、雨は容赦なく降り注ぐ。

――おい、莉緒。

そんなとき、雨音の向こうから微かに神威の声が聞こえた気がした。

でも多分幻聴だろう。引きこもりを拗らせた彼が、こんなところまで来られるわけがない。

(寂しすぎて神威の声まで聞こえるとか、私どうかしてる……)

自分から距離を置こうと決めたのに、自分の方が先に音を上げてしまいそうな有様だ。

あまりの情けなさに身体から力が抜け、莉緒は思わずその場にしゃがみ込む。

「……おい、大丈夫か!?」

そのとき、今度は耳元で神威の声がした気がした。

こんなところにいるわけがない。これも幻聴に違いないと思っていると、そこで不意に雨が止む。

驚いて顔を上げると、自分の影の中から大きな腕のようなものが伸びている。

しゃがみ込む莉緒が濡れぬようにと傘を差す腕を見て、莉緒は別の意味で泣きたくなった。

「私の影に、勝手に入るなって言ったじゃないですか……」

「入らなきゃ、外に出られないんだから仕方がないだろう」

腕に続き、莉緒の影からにゅっと出てきたのは神威だった。

人のような、鬼のような、獣のような、捉えどころのない姿をしたバケモノが、傘を差し掛けながら心配そうに自分を見つめている。

目の前に神威がいるのがどうしようもなく嬉しくて、彼の身体にぎゅっと抱きつく。

嬉しいのに少し気恥ずかしくて、莉緒は喜びとは別の言葉を探す。

「……濡れた犬みたいな臭《にお》いがします」

「おいっ!」

すかさずツッコまれたが、たしなめるようにコツンと小突いてくる手つきは優しい。

「ねえ、本物ですか？」

「どういう意味だ」

「だって、引きこもりの坊ちゃんが箱根にいる」

「……それは、お前がその……」

モゴモゴと口ごもった後、神威が莉緒のスカートの裾をぎゅっと引いた。

「話は後にしよう。こんな寒い日にずぶ濡れじゃ、風邪を引く」

言いながら、神威は影の中から自分の携帯電話を取り出し、ラインで誰かに連絡を取り始める。

「……その傘もですけど、影の中って物もしまえるんですか？」

「ああ。だからそれも貸せ」

言うなり、莉緒が持っていた鞄を奪い、影の中にずるっと引きずり込む。

それから彼は莉緒の背後に回り込み、周囲の人影を警戒しながら背中を押した。

「すぐに木村が来るから、車まで行くぞ」

「もしかして、ここまで木村さんに送ってもらったんですか？」

「そのあたりも、追い追い説明する。だからとにかく行くぞ」

有無を言わせぬ声に抗えず、莉緒は神威に背中を押されながらゆっくりと歩き始めた。

◇　◇　◇

待っていたお抱え運転手の車に乗せられ、たどり着いたのは仙石原《せんごくはら》にある高級旅館だった。

「え、なんでこんなところに？」

「二人で泊まれるように部屋を取ったから」

「木村さんすみません」

「なんで木村に礼を言う!?　取ったのは俺だ！」

「ええ、そうです。今回は、坊ちゃんが頑張られたんですよ！」

運転手の木村は感激した顔で言うと、「ではこれで」と言うなり車で颯爽と走り去る。

神威と残された莉緒が戸惑っていると、先ほどのように背中を押され旅館のロビーまで連れてこられた。

そこで神威は影の中に隠れてしまったが、出てきた女将は莉緒の顔を見るなり笑顔で出迎え、タオルを手渡しながら離れにある広い客室まで案内してくれる。

案内されたのは和洋折衷《せっちゅう》の豪華な離れだった。

美しい中庭を一望できる和室と個室露天風呂、低めのベッドが置かれた寝室までついた部屋は戸惑うほど広い。

部屋の説明を聞かされ、夕食はお部屋で六時からですと言われて頷《うなず》けば、女将はすぐに部屋を出て行く。

「……え、なにこれ」

一人になったところで思わずこぼすと、神威が影の中から飛び出してくる。立ち尽くしている莉緒を見て、神威はその手からタオルを奪い頭にかぶせた。

「ともかく身体を拭け。あと風呂で身体を温めてこい」

「坊ちゃんのくせに、発言がすごく真っ当……」

「さっきから失礼だなおい！」

「だってこんな……。色々、信じられなくて」

だって引きこもりで人見知りで屋敷から出たら死ぬと叫び続けてた神威が、自宅から八十キロ以上も離れた箱根の地にいるのだ。

「やっぱり私の夢なのかな……」

「人の努力を夢にするな！　それに俺だって出たくて出たわけじゃない！　お前が辞めるとか休暇をもらうとか言うから、慌てて追いかけて来たんだろ！」

言うなり、神威は莉緒から濡れたコートを脱がせ髪や身体をタオルで拭いてくれる。

「……姉さんと婆ちゃんに脅されたんだ。莉緒は本気で家を出る気だぞって」

神威の説明を聞くと、どうやら春佳と芳恵は莉緒の決意を神威に伝えていたらしい。

「でもどこかであり得ないと思ってた。お前は俺の側以外に居場所はないし、口だけだろうって」

居場所はないという言葉に、莉緒は苦笑する。

(私よりも、神威の方が私のことわかっていたのかも……)

情けなく立ち尽くしていたときの気分が蘇り、項垂れる。

そんな様子を見て、神威はうつむく莉緒の顎に優しく触れ、上へと持ち上げた。

顔を上げると、少し悲しそうな神威の顔と向き合うことになった。

「でもこれを読んで、今度は本気かもしれないと思って慌てて追いかけてきた」

そこで神威は、影の中から莉緒の置き手紙を取り出し、莉緒の手のひらにそっと乗せる。

「じゃあ木村さんに箱根まで送ってもらったんですか？」

「いや、新宿駅の時点で追いついてた。でも何て声をかけたら良いかわからなくて、慌てて影の中に入り込んでそのまま……」

「つけてたってことですか？」

「こ、声はかけようと思ってたんだ。でも莉緒が乗った電車はものすごく速くて怖いし、出るタイミングを逃し続けた」

それに……と、神威はしょんぼりと尻尾を下げる。

「お前が、思いのほか楽しそうにしていたから……ちょっとショックだった……」

「ショック？」

「俺は莉緒がいないと生きていけないないし人生も楽しくない。でも莉緒は、一人でも楽しめるんだなって……」

落ち込みすぎて声をかけられなかったという神威を見て、莉緒は驚く。

どうやら神威は、莉緒とは真逆のことを考えていたらしい。

「だから影の中でいじけていた。……そうしたら急に莉緒の様子がおかしくなって慌てて出てきたんだ」

タオルで優しく身体を拭きながら、神威が毛深い手で莉緒の頬にそっと触れる。

「具合が悪くなったのかと心配したが、そういうわけじゃないな？」

「はい。ただちょっと、気分が落ち込んでしまって」

「だからって大雨の中しゃがみ込むなよ。今は二月だぞ、風邪を拗らせて肺炎にでもなったらどうする」

こんなときでも心配してくれる神威を見ていると、彼と離れたくないと言う気持ちが強まっていく。

それを隠しておけなくて、莉緒は神威の身体にそっと寄りかかる。

「私、本当は……あんまり楽しくなかったんです」

「でも、笑顔で弁当食べてただろ」

「あのときはまだ大丈夫だったんです。でも気がつくと坊ちゃんのこと考えちゃってるし、月影家を出たらもう二度と坊ちゃんと旅行に行けないんだなとか考えたら……」

「寂しいと、思ってくれたのか？」

問いかけに、莉緒は頷くこともできずぎゅっと神威の首に抱きつく。

「おかしいですよね。坊ちゃんは引きこもりだし、どのみち旅行なんて無理なのに」

苦笑すれば、そこで神威がぐっと莉緒を抱き寄せた。

「お前が望むなら、旅行くらい連れて行く」

身体を抱き締める腕に莉緒は泣きたくなる。実際その目には涙が浮かんでいた。

「俺は、お前の望みを叶えたい」

重ねられた決意は嬉しかった。だが、こぼれかけた涙が不意に引く。押しつけられた身体に頬を寄せていた莉緒は、そこである違和感を覚えたのだ。

「莉緒のためなら引きこもりも卒業する……！」

「え……？」

「そんな驚いた声を出すな。今度こそ俺は本気だ。だから、俺の側からいなくなるとか言うな」

神威の言葉は泣きそうなほど嬉しかったのに、それを口にする余裕は莉緒にはなかった。いつになく真面目な言葉に驚いたのももちろんある。だが莉緒を一番戸惑わせたのは、身体を抱き締めてくる神威の変化だ。

肌をくすぐっていた毛並みが消え、莉緒の指先が撫《な》でるのは人を思わせる艶やかな肌だ。そして莉緒を抱き寄せていた腕もまた人のものへと変わり、獣の名残は黒くて少し長めの髪だけになる。

「頼むから、俺を一人にするな。俺は、お前がいないと生きていけない！」

言うなり神威が莉緒の顔を覗き込む。その眼差しはバケモノを思わせる金色の瞳だったが、面立ちは先日芳恵が見せてくれた写真の男によく似ていた。

予想外の展開に啞然とする莉緒を見て、神威は端正な顔立ちを苦しげに歪ませる。

「頼むから何か言ってくれ。莉緒の決意を覆すためなら、何だってするから」

「いや、あの……」

「お散歩だってする。朝もちゃんと起きる。莉緒の言うことは何でも聞く良い子になる！」

「いや、良い子って……犬じゃないんだから」

「むしろ俺は莉緒の犬になる。お前がどうしても家を出るなら俺も犬としてついて行く！ だから、ペット可の家に住んでくれ！ 良い子で飼われるから！」

必死になるあまり、神威の主張は段々おかしなことになっている。

でも一番おかしいのは、やはり彼の姿だ。

「いやだからあの、もう……犬も無理かなって」

「な!?　犬も駄目ならどうすれば良い!?　どうすれば、莉緒の側にいられる!?」

そう言って肩を摑まれ、莉緒は戸惑う。

「……い、犬と飼い主以外の関係じゃ……駄目ですか？」

そう言って、人の形になった腕を莉緒は軽くつつく。

そこで神威がぎこちなく動きを止めた。どうやら自分の変化にようやく気づいたらしい。

「お、俺……モフモフじゃない!?」

ペタペタと自分の身体や頬を触り、神威が間抜けな顔で青ざめる。無駄に凛々しい顔が台無しである。

「これじゃあ、莉緒に飼ってもらえないじゃないか！」

「いや、問題はそこじゃないでしょう……！」

「だって莉緒に飼ってもらえなきゃ一緒にいられない！　モフモフじゃないペットなんて、莉緒は嫌だろう!?」

「す、少し落ち着いてください！　モフモフでも、私は坊ちゃんを飼う気なんてないですから！」

「ペットも……駄目なのか……？」

顔に絶望の二文字を貼り付ける神威を見て、莉緒は咄嗟に彼の頬に手を伸ばす。そこからはもう、無意識だった。

「す、好きな相手をペット扱いするなんて、私は嫌です！」

そのまま勢いで神威の唇を奪うと、逞しい身体がビクッとして固まる。

彼の驚きを肌で感じると同時に、莉緒ははっと我に返った。

（……まずい、今私……神威に……）

落ち着けと神威に言っておきながら、混乱しているのは莉緒も同じだったのだろう。自分のしでかしたことに、今更真っ赤になる。

「……お、おかわりを要求する」

そして対する神威も、多分まだ混乱している。

「お、おかわりって……？」

「今のだ。もう一回してくれ」

「いやあの、今のは勢いというか……」

「あと、好きってもう一回言って欲しい」

「いや、それもあの……勢いで……」

「頼む、おかわりが欲しい。それがもらえないと、今すぐお前を押し倒してしまいそうだ」

というか既に、莉緒は神威に押し倒されていた。

「だ、駄目です……！」

「ならキスしてくれ」

「しても落ち着く気配が皆無なのですが!?」

「だってずっと好きだった子にキスされたんだぞ！　落ち着けるわけがない！」

「え、ずっと……？」

「気持ち悪がられるから隠していたが、お前のことがずっと好きだった。好きすぎて、姉さんたちにどうかしていると引かれるほど好きだった」

言うなり、神威は莉緒に縋り付く。そこで、莉緒は今更のように神威が全裸であることに気がついた。

端から見ればとんでもない状況になっているが、どけと言える状況じゃない。というか、莉緒もどいて欲しくないと思ってしまっている。

（好きって……神威が……私を……？）

怒濤《どとう》の展開に混乱しつつも、神威に冷静になる気配がない以上自分がしっかりせねばと、莉緒は乱れる呼吸を落ち着かせる。

「あの、本当に？　本当に私のこと……好きなんですか？」

「好きじゃなかったら、あんなに毎日くっつかない」

「あれは、家族へのスキンシップの延長かと……」

「好きだから我が儘を言って甘えていたんだ。それに莉緒に叱られるのも好きで、だから隙あらばくっついていた」

「し、叱られるのが好きって変態みたいですよ!?」

「多分変態なんだと思う。他にも、莉緒が好きすぎてもっとイケナイこともした」

「……へ？」

「実を言うと、今日のようにお前の影に入るのは初めてじゃない。というか、お前が出かけるときは大抵影の中に忍び込んでた」

「はい!?」

思わず素《す》っ頓狂《とんきょう》な声を上げると、神威は莉緒の影を手で撫でる。

「だってお前は可愛いし、何かあったら困るだろう。だから影の中に入り、ずっと見守っていた」

どうやら神威は『陰ながら見守る』という行為を影の中から行っていたらしい。

「いやそれ、ストーカーみたいですけど」

「多分ストーカーだと思う。婆ちゃんや姉さんにも犯罪行為だからやめろと何度も止められたし」

「あの二人は知ってたんですか!?」

「ああ。だから今回も影にひそむのはやめろと言われたが、あの姿ではそうしないとついて行けないだろう」

「どんな姿でも、こっそりつきまとうのは駄目でしょう！」

「でも、俺はお前から片時も離れたくない！」

どうやら神威は引きこもりではなかったらしい。それどころか、かなりアクティブな変態だったようだ。

「外に出ろって叱ってた私が馬鹿みたいじゃないですか！」

「だって、外出できると知られたら叱ってもらえなくなるし」

「……もう、呆れて物も言えないです」

「き、嫌いになったか？」

不安そうに眉をひそめる顔に、莉緒は怒るに怒れなくなる。人の姿になっても、しゅんとする表情と仕草は今までとよく似ている。

そして莉緒は、しょげる神威にめっぽう弱いのだ。

(それにちょっと、嬉しいとか思ってる自分がまずい……)

もっと引くかと思ったのに、ずっと側にいてくれたのかと思うと、顔までにやけてしまいそうになる。

「キスと好きのおかわりは、もう無理か……？」

その上しょんぼりした顔で縋り付かれると、目の前の変態を可愛いとさえ思ってしまう。

「別に嫌いになったりはしませんけど……」

「じゃあ、おかわりをくれ」

「いやでも、その前にこの体勢と服をどうにかしましょう」

「脱がせた方が良いのか？」

「何でそうなるんですか！　坊ちゃんが服を着ろって意味です！」

「ん？　俺はいつも着ていないだろう」

「くっついてたのが今更恥ずかしいです」

「服は窮屈なんだ。それにお前の温もりも感じづらい」

「でも今は、あの、人の格好ですし」

「完全に人というわけではない」

そう言うと、獣のような尻尾が莉緒の身体に巻き付く。

それによく見れば、人のように見えても所々肌が黒く、彼の頭にはツノのようなものも生えている。

「じっと見ているが、やはり変か？」

不安そうな神威に、莉緒は首を横に振る。

「いえ。ただ、こんなにも人に近い姿を見たことがなかったので」

「俺も、ここまで人に近付いたのは初めてだ」

今更のように、神威は自分の身体をまじまじと見る。だが完全な人ではないことに、彼は少しがっかりしているようだ。

「中途半端だと、これはこれで気持ち悪いな」

「そんなことありませんよ」

「だが、気持ち悪いからキスしたくないのかと……」

「できないのは、恥ずかしいし戸惑っているからです。まさか、神威が私を好きだなんて思ってなかったし……。思わなかったからこそ、さっきはやけくそでできた感じだし」

「これまで結構わかりやすく好意を示していた気がするが、気づかなかったのか」

「妹的な意味で言っているのかなって思ったし、そんなこと一言も……」

「妹にあんなにくっつくか！」

「じゃあの、本当に……」

「ずっと莉緒が好きだった。でも年の差もあるし、バケモノのままじゃそれも言えなくて」

いつものように頬をすり寄せながら、神威は大事そうに莉緒の身体を抱き締める。

「いつか人になれたら、ちゃんと告白しようと思ってたんだ。だが三十を超えても変化が起こらず、なけなしの勇気も失ってしまったせいで、お前から気づいてくれないかと卑怯なことばかり考えていた」

「人になれること、やっぱり坊ちゃんも知ってたんですね」

「ああ。そして人になれれば、何もかも上手く行くと勝手に思ってたんだが、人生は甘くはないな。今も結局、完全な人とは言いがたい」

悲しげに尻尾を揺らし、神威が切なげな声をこぼす。それが見ていられなくて、莉緒は優しく彼の頭を撫でた。

「人でなくても、私は好きって言ってもらえて嬉しいです。ずぼらすぎるところと不健康な生活は改めて欲しいけど、あなた自身を変えて欲しいと思ったことはありませんから」

人ではなくても、優しい彼であればそれでいい。そんな気持ちで、莉緒は背伸びをして、うつむく神威の唇をそっと奪う。

「だからこれからも、ずっと一緒にいましょう。容姿のせいで不自由なことも多いかもしれないけれど、そこは私が頑張って補いますから」

「莉緒の負担にはならないか？」

「なりません。少なくとも、こうしてお出かけできることはわかったし」

冗談めかして言えば、神威の顔に明るい笑顔が浮かぶ。

「まあ莉緒と一緒のとき限定だけどな。お前の影の中じゃないと、安心できない」

「影にも色々あるんですか？」

「莉緒の影の中は暖かい。だから心が安らぐし、そこに入っている間はどんなことでもできる気がする」

「だからって、ストーカーするのはどうかと思いますけど」

「こ、これからは、ついて行くときは自己申告する。それに影に入らなくても、少しずつ外を歩けるようにする」

努力すると告げて、今度は神威の方からそっと莉緒の唇を奪った。

「だからどうか、俺の恋人になって欲しい。そして今までみたいに、二人でいろんな初めてを積み重ねていこう」

「たとえばその……旅行とかデートとかも？」

「もちろんだ！　むしろ俺だってしたい。こんな姿だから場所は限られるが、莉緒が望むところに連れて行く」

約束だと優しい声で告げられ、莉緒はより強く神威の身体を抱き締めた。

そのまま自然と彼の胸板に頬をすり寄せる。するとそこで神威の身体が僅かに強張った。

「……神威？」

「すまない、喜びと温もりでちょっと色々と限界だ」

そんな言葉と共に、神威の身体に再び変化が起きた。獣のような尻尾が消え、彼の下腹部が完全な人のものへと変わる。同時に太くて硬い物が莉緒の太ももに当たった。

「もしかしてあの、これ……」

「わ、わざとではない！　ただ、身体が……いつもみたいに変化させられない」

見ればもう、バケモノの名残があるのは人ではない目の色とツノくらいだ。そしてその変化を促しているのは自分である気がして、莉緒の心は弾む。

「あの……よかったらその……する？」

「すっ……!?」

「さっきから肌を合わせているときに変化が起きてるから、もしかしたらって……」

「でも俺は初めてだし、お前を傷つけるかもしれないし、そもそもバケモノの俺と交わって莉緒に何かあったら――」

「だ、大丈夫！　きっと、私たちなら大丈夫」

神威の言葉を遮り、莉緒は神威の唇を奪う。

それがトリガーとなったのか、情けなかった神威の顔が凛々しいものへと変わった。

「一度始めたら止められる自信はないぞ？」

神威が覚悟を決めたように言うと、莉緒の心も変化していくようだった。

「止まらなくていい。神威のしたいようにして欲しいの」

気がつけば呼び名も口調も、子供の頃のものに戻っていた。自分は世話係だと言い聞かせ、彼との間に引いていた線を取り払うと、神威が好きだということを隠せなくなる。

愛おしさが表情にも現れ、莉緒は甘えるように神威を見つめた。

「なら莉緒と繋がりたい。あと避妊もちゃんとするから」

「……そういえばあの、そういうものは……」

「持ってないが、力はまだ使えるから影で膜を張る。絶対に、莉緒の中には出さない」

その言葉を最後に、神威の情けない表情と雰囲気が消え去る。

彼は莉緒を持ち上げ、ベッドへと彼女を運ぶ。

バケモノだった頃より少し小さく見えるが、それでも立ち上がった神威は背が高く大柄だった。

ベッドに横たえられながら、改めて見た神威の身体は息を呑むほど逞しくて美しい。全身を覆う筋肉が彼の動きに合わせしなやかに隆起すると、見つめる莉緒の頬に赤みが差す。

思わず目を泳がせれば、神威が戸惑うように動きを止めた。

「顔を背けるってことは、やはり俺はどこか変か？」

「そ、その逆……。顔も体つきも男らしいから、戸惑って」

「もしかして照れてるのか？」

「当たり前でしょ。私だってこういうこと初めてだし……」

「照れてくれて嬉しい。少なくとも、俺の姿が嫌いじゃないってことだしな」

言いながら、神威は莉緒の服に手をかける。

「濡れているし脱がすぞ。先に風呂に入れてやりたかったが、もう我慢できそうもない」

「うん。私も神威が先に欲しい」

「あ、あまり煽《あお》らないで欲しいんだが」

そういうつもりは微塵もなく、今はただ神威の側にいたいという思いから発した言葉だった。

しかし莉緒の何気ない言葉は神威の情欲に火をつけたのか、彼は手早く莉緒の服を取り払う。

下着も脱がされ、生まれたままの姿にされると莉緒の身体に僅かな緊張が走った。

「怖いか?」

「ううん。ただ、上手くできるかなって少し不安で……」

「安心しろ、失敗する自信は俺の方がある」

そんなことを言いつつも、神威が向けた笑みには余裕があるように見える。

間近で見る神威の顔は凜々しくて、年相応の落ち着きも見て取れた。そこにゾクッとするような色香をのせ、神威が莉緒の唇を優しく奪う。

おかわりを要求していたときのぎこちなさが嘘のような甘い口づけに、莉緒は瞬く間に蕩《とろ》けてしまう。

「……ぁ、んッ……かむ、い……」

貪《むさぼ》るように口づけられ、神威の舌に口内を犯されていると、莉緒の身体がじんわりと熱を持つ。腰の奥に感じたことのない疼きが芽生え、莉緒は身悶えながらキスを受け入れ続けた。

最初は深いキスに戸惑うばかりだったけれど、莉緒だって映画やドラマで恋人同士の触れ合いについては最低限学んでいるし、憧れもあった。

その記憶を思い出しながら自ら舌を絡めてみると、快楽の波が理性を掠《さら》っていくような感覚に陥る。夢中になって顔を傾け、唾液を絡ませながらお互いを貪る行為は想像していたよりずっと甘美だった。

「……不安がる必要もないくらい、キスは上手じゃないか」

長いキスの合間に、神威が莉緒と額を合わせながら笑う。

「そ、それは……私の台詞……」

「言っておくが、これが初めてのキスだぞ？」

「でも上手すぎない？」

「シミュレーションだけはずっとしてきたからな」

「……それは、私で？」

「莉緒以外の誰でするんだ」

啄《ついば》むようにチュッと唇を吸い、神威が笑った。

「でも想像と現実はやっぱり違うな。本当なら、もう少し上手くできる気がしてたんだが」

「こ、これ以上上手くなったら困るかも」

「莉緒は下手なキスが好きか？」

「そうじゃなくて、今も十分上手いからこれ以上だと死んじゃいそう……」

思わず唇を押さえながら、莉緒は赤面する。

その顔を見た途端、神威の相貌《そうぼう》が悩ましげに歪んだ。

「俺は、莉緒が可愛すぎて死んでしまいそうだ」

「私は……っン、ンん……!?」

そこで先ほど以上に激しいキスが再開され、莉緒は呼吸さえままならなくなる。

「世界で一番可愛いと思っていたが、その記録を自分で塗り替えるのはやめてくれ」

「あ……、私、別に……ッん」

「恥じらう顔も、キスに蕩ける顔も、可愛くてたまらない」

唇へのキスがようやく終わったかと思えば、神威は莉緒の首筋を舌で舐り始める。同時に晒された胸を愛撫され、莉緒の身体は熱と快楽に染まり始めた。

「胸……駄目ッ……」

ささやかな乳房を、神威の手のひらが包む。彼の大きな手で隠れてしまうほど、莉緒の胸は小さい。そのことを恥じつつ身悶えていると、首筋を舐めていた神威の舌が胸の頂《いただき》へと降りてくる。

「莉緒の胸は、可愛いな」

「あ、舐めちゃ……ンッ……！」

赤く色づき始めた先端を、神威の舌が容赦なく刺激する。そのままチュッと吸い上げられると、腰がビクンと跳ねるほど大きな愉悦《ゆえつ》が全身を駆け抜けた。

「すうの、や……駄目……」

「気持ちよさそうなのに、駄目なのか？」

「よす、ぎて……やなの……」

軽く吸われただけで悲鳴を上げるほど気持ちいいなんて、自分の身体は変だと莉緒は思う。

「恥じることはない。気持ちよくなってくれる方が、俺は嬉しい」

「けど、何も考えられなくなっちゃう……」

「それでいい。俺に夢中になって、もっと可愛い表情を見せてくれ」

言うなり、神威は指先で、莉緒の乳首を優しくこねる。熟れた果実を摘み取るように刺激されると心地よさが始まったが、同時にほんの少しだけ申し訳ない気持ちも芽生えた。

「あ……でも、……本当は、いやじゃない？」

「いや？」

「神威……胸の大きな女の子……好きでしょ？」

「好きじゃないが？」

「うそ、だって……ッん、ああっ……」

言葉の続きは、神威に胸を食まれたせいで口にできなかった。

だが甘い愛撫を施しながら、神威は莉緒の考えに気づいたらしい。

「もしかして、ゲームのキャラのことを言ってるのか？」

質問に、莉緒はコクンと頷く。

「神威のキャラは巨乳だったし、もしかして胸がおっきな子が、好きなのかなって……」

「むしろ小さな方が良い。というか莉緒の胸が良い」

「ならなんで……」

「あのキャラは少し莉緒に似ているだろう？　だから選んだんだが、裸同然の格好になると気づいて段々罪悪感が湧いてきてな……」

ゲームを始めた当時は、まさか下着姿になるとは思っていなかったらしい。けれど際どい装備が多くなるにつれ、キャラを直視できなくなったようだ。

「だから髪型や胸の大きさを調整して、莉緒から遠ざけようとしてたんだ」

「そ、そんな理由だったの……？」

「男にしようかと思ったが、ゲームのキャラは現実の俺からは程遠いイケメンばかりだろう。それが莉緒にくっつくのは複雑だったから、性別も変えられなかった」

「けどゲームのキャラより、今の神威の方がカッコいいよ？」

ひいき目ではなく、今の彼はとても素敵だ。どれほど素敵なのか口にしようと思ったが、それよりも早く、神威に唇を塞がれる。同時に再開された胸への愛撫で、莉緒の言葉は快楽の波に掠われた。

「ッ、なん……で……」

「莉緒が煽るからだ」

「煽ってなんて……あっ、そこ……強くしないで……ッ」

「可愛い顔をしたりこの俺を褒めたり、ずっと理性を試されてる気分だ」

全身を駆け抜ける切なさが辛くて、莉緒はシーツを握り締めて甘い刺激をやり過ごそうとする。

だが神威は莉緒の我慢を許してくれない。

「もっと乱れて良いんだよ、莉緒」

莉緒の白くて華奢な足を持ち、神威が膝を立たせる。ゆっくりと開いた太ももの間に身体を滑り込ませ、彼はやんわりと濡れ始めた下腹部に手を触れた。

「ま…待って……」

「待てない。それに俺は、莉緒が俺に夢中になるところが見たい」

少し前まで胸を貪っていた唇が、今度は莉緒の花襞に食らいつく。

男を受け入れる方法も、女性が感じる場所がどこにあるかも莉緒は知っていたけれど、まさかいきなり口づけられるとは思わず戸惑った。

「あ、ッん……！」

花襞を舌で押し広げられると、想像していたよりもずっと甘美な電流が走る。

莉緒の理性を飛ばそうとするように、神威が舌先で花芽を刺激したのだ。

「神威……かむ、い……駄目……」

想像以上の愉悦に、莉緒は背を反らしながら喘ぐ。名前を呼んだのは無意識だったが、彼女の声は彼を求めているように響いた。

途端に神威の舌使いが激しくなり、莉緒の蜜を強く吸い上げ始める。同時に指で花芽を押しつぶすように刺激され、莉緒はビクンビクンと腰を跳ねさせた。

キスや胸への愛撫だけでも十分凄かったのに、この心地よさはその比ではない。

「あ……や、きちゃ……う……」

経験のない莉緒でも、こみ上げてくるものが絶頂だということくらいはわかる。

この世のものとは思えない愉悦に翻弄《ほんろう》されてしまうのは怖いが、かといって上り詰める身体を止める方法もわからない。

る。

「莉緒……」

そのとき、神威が甘い声で名を呼んだ。同時にシーツを握り締めていた片腕を捕らわれ
大丈夫だと言うようにぎゅっと握り締められると、こみ上げてきた恐怖がすっと消えた。

彼に身を委ね、乱れても良いのだという実感が繋がった手のひらから伝わってくる。

「あ、神威……かむい……——ッ！」

そして莉緒は、生まれて初めての絶頂を迎えた。

身体を駆け抜ける快楽の波が理性を浚《さら》い、得も言われぬ心地よさに全身がガクガクと震える。身体をしならせ、四肢を痙攣させながら愉悦に溺《おぼ》れていると、神威が満足げな顔で莉緒を抱き締める。

しばし穏やかな時間が続いたが、それで終わりではなかった。

ぐったりと横たわる莉緒の全身に口づけながら、神威は莉緒の入り口をほぐしその身体に再び官能の火を灯し始める。

力の抜けた身体は絶頂前よりも神威に従順で、ささやかな愛撫にさえ身悶え、隘路《あいろ》は蜜をこぼし続ける。

神威はその蜜をかき出し、肉洞を丹念にほぐした。じれったいほどの時間と手間をかけ、少しずつ指を増やされながら隘路を押し広げられるうちに、莉緒はまた絶頂の兆《きざ》しを感じ

取り始めていた。

「あ、神威……もう……」

しかし先ほどとは違い、もたらされる刺激が少し足りない。

指ではなく、もっと他のものが欲しい。そんな気持ちで名を呼ぶと、神威が頷く。ぞくりとするほどの色香に満ちたその顔を見て、莉緒は自分が求めるものに気がついた。

「神威、私……」

「俺と、繋がってくれるか？」

問いかけに、莉緒は蕩けきった顔で頷く。

（繋がりたい……。神威ともっと深く……、ひとつになりたい）

願いを込めて右手を差し出すと、神威が重ねるように身体を倒し、先ほどのように優しく手を繋いでくれる。

「……ッ、あ……」

そのとき、熱杭の先端が莉緒の入り口を優しく擦った。ただそれだけで期待に震える莉緒の唇を、神威が優しく奪う。

「少し痛むと思うが、我慢してくれ」

神威の顔には隠しきれない熱情が溢れ、一刻も早く莉緒を貫きたいという欲望が見て取れる。なのに激しい情欲をこらえながら、彼はこんなときでも莉緒を気遣おうと努力してくれている。それが嬉しくて、莉緒は繋いだ手をぎゅっと握った。

「私は大丈夫だから、神威も気持ちよくなって……」

「っ、ああくそ、本当にお前は……！」

繋いでいない方の手で莉緒の腰を抱き、神威が己を隘路へと突き入れる。

ピリッとした痛みと共に彼の物が中に入った瞬間、これまで感じたことのない心地よさと幸福感が莉緒を満たす。

「……すごい…ンッ、…なに、これ……ッ」

信じられないほどの愉悦が溢れ、莉緒はその時点で軽く達していた。

神威が少しずつ肉杭を埋めていくのを感じながら、莉緒は彼が幸福をもたらす存在だということを、身をもって実感した。

「ああ、莉緒の中は……凄く温かいな」

吐息と声を聞くだけで全身が甘く震え、繋いだ手からもさざ波のような愉悦が走る。

神威の幸せな気持ちが伝わると、それは莉緒を甘く蕩かす快楽へと変わるのだ。

それが挿入の痛みを消し、莉緒を絶頂へと押し上げる。

人が受け入れるには、神威のもたらす快楽は強すぎる。それは少し怖いほどだった。

自分の状態は明らかに普通ではないと、甘い悲鳴を上げ続けながら莉緒は悟る。

「莉緒ッ……動いても、いいか……？」

けれど神威に懇願されると、僅かな恐怖はすぐに消えた。

身体がおかしくなっているのは、神威が自分を深く愛しているが故だと気づいたからだ。莉緒と身体を繋げているからこそ彼は幸せを感じ、それが二人の時間を甘く幸福なものへと変えているのだ。

「動いて……、神威も、気持ちよくッ、あ、なって……」

蕩けた顔で懇願すると、神威が抽挿を開始する。

「っ、ん、すごい……、アッ、あ」

「気持ちいいか……?」

「良すぎて、ッアアッ、またすぐ……いっちゃう……」

「いっていい、……っく、俺もすぐに追いかける」

最初は気遣うような動きだったが、莉緒の乱れる様にあわせて神威の腰使いは激しさを増す。

隘路を穿つ神威の物は太くて逞しく、莉緒の心地よいところを全て抉る。そのせいで早々に、莉緒はまた一度果てた。

いや、一度ではなかったかもしれない。愉悦は増すばかりで引かず、立て続けにもたらされる法悦に莉緒の理性は幾度も爆《は》ぜた。

「莉緒……りおッ……！」

でも、快楽に身も心も焼かれていても、愛する神威の声だけは彼女にしっかりと届いていた。

「好きだ、誰よりも……莉緒が好きだ……！」

言葉を返す余裕はなかったけれど、神威の言葉に莉緒は必死に頷く。そして最後の力を振り絞り、彼女は彼の身体に縋り付く。

大好きだという気持ちでぎゅっと身体を抱くと、神威も莉緒を抱き締め激しく腰を穿つ。あまりの激しさに莉緒は咽び泣き、歓喜によがった。それでもまだ足りないと言うように彼女の肉壁は戦慄き、神威をより感じようと中を収縮させた。

「ッ……莉緒――!!」

最奥を貫いていた神威のものが、莉緒の愛に捕らわれ激しい熱を吐き出す。

「……ッ、かむい――!!」

腹部を抉る肉杭の熱さに焼かれた莉緒は、愛おしい男の名を呼びながら最後にもう一度果てた。

今度こそ完全に意識が飛び、多幸感が心地よい眠りへと誘う。

「莉緒、愛してる……」

意識を手放しながら、莉緒はとろけそうなほど甘い神威の声を聞いた。

愛おしいその声に微笑んだところで、莉緒は完全に意識を手放したのだった。

◇◇◇　◇◇◇

「ああ、本当に可愛い……。何でこんな、ああくそっ、可愛くて死にそうだ……」

心地よい眠りの中にいた莉緒は、神威の声で眠りから引き上げられる。

穏やかな眠りを覚ます滑稽な声が紡ぐのは、何とも言えず残念な言葉だった。

少々変態的な声と視線に目を開けると、そこには凛々しい男の顔がある。

「あれ……？」

思わず首をかしげると、目の前の顔が情けなく歪んだ。口からは「可愛いいいい」という悲鳴にも似た声がこぼれ、そこで莉緒は神威が人になったことを思い出す。

同時に彼と身体を重ねたことを思い出して赤面したが、恥ずかしさは長くは続かない。

「莉緒どうしよう。莉緒のことが前以上に可愛く見えて、俺の心がずっと爆発してる」

間の抜けた台詞を吐きながら、神威は獣だったときのようにスリスリと顔をこすりつけてくる。顔はイケメンだが神威は相変わらず神威だ。

せっかくの凛々しい顔が台無しになるほどの情けなさで縋り付いてくる彼に、恥ずかしさや甘い気持ちは霧散し苦笑が漏れる。

「ねえ、もう少し落ち着いて？」

「これが落ち着いていられるか」

そう言うと、神威は莉緒をぎゅっと抱き締める。その力強さに小さく呻くと、そこでようやく神威は少し真面目な顔になった。

「身体は平気か？　夢中になりすぎて、莉緒を苦しめたりしてないか？」

「それは大丈夫」

「でも気絶したように眠ったから心配した」

神威の言葉によると、身体を重ねてから二時間程がたったらしい。

その間に神威が身体を拭き清め、風邪を引かないように浴衣を着せてくれたようだ。

「寒気はないか？　熱が出たりしていないか？」

「神威は心配しすぎ。私は全然大丈夫だから」

いつもように、自然に神威の頭に手が伸びる。安心させるようそっと撫でると、彼はバケモノのときと同じように目を細め、優しげに笑った。

その顔は、どこからどう見ても人間だ。気がつけばツノもないし、金色だった虹彩も少し明るめの茶色に変化している。

「ねえ、神威こそ風邪引いたりしてない？　この感じ、服着てないよね？」

布団に隠れているので見えないが、彼の背中を撫でる限り絶対に裸だ。

「そもそも服を持ってない」

「浴衣は？」

「着方がわからなかった」

なら莉緒の浴衣はどう着せたのかと思ったが、探ってみると上下が反対だし帯の結び方もむちゃくちゃだ。

「そっか、今まで服なんて着たことなかったもんね」

「これからは、着ないと駄目か？」

「駄目かって、当たり前でしょう」

「でも裸の方が、莉緒をより感じられるし……」

言うなり肌をすり寄せられ、莉緒は赤面しつつ小さく呟き込む。

「ね、寝るときとかなら良いけど、常に全裸とか困る」

なにせ神威は無駄に良い身体なのだ。それを始終見せつけられたら、色々我慢できる気がしない。正直今だって、抱き締められているだけで妙にソワソワした気持ちになるのだ。

思いが繋がり好意を隠す必要がなくなったせいか、莉緒もまた神威に甘えてしまいたくなる。

（いやでも、二時間寝てたってことはそろそろご飯よね……）

全裸の男をこのまま放置しておくわけにもいかず、莉緒は名残惜しさを感じつつ布団から出る。

「もっとくっつきたい」

「それは浴衣を着てからです」

「おい、口調が戻ってるぞ」

「神威が全裸でウロウロしてるから、お世話係モードになっちゃったの」

拗《す》ねた顔をする神威に背中を向け、まず自分の浴衣を直す。それから莉緒は、部屋の隅に置かれた男用の浴衣を取ってくる。

「はい、しゃんと立ってください」

「完全に子供扱いだな」

「子供みたいなもんでしょう」

莉緒の言葉に一瞬不満そうな顔をしたが、浴衣を着せ始めると彼の機嫌はすぐさま直る。

「でもまあ、こういうお世話も良いな」

帯を結び襟元を整えていると、神威が楽しそうに頬を緩める。

「莉緒に服を着せてもらうのは、好きな気がする」

「でもいずれは自分で着られるようになってね」

「嫌だ。俺が何でもできるようになったら、莉緒はまた家を出て行こうとするだろう」

「けど今はもうすっかり人間だし、もし出て行っても会いに来てくれるでしょう？」

尋ねると、神威はそこで何故か胸を張る。

「自分で言うのも何だが、引きこもりというものはそう簡単に治らないぞ」

「でも箱根までは来れたじゃない」

「それは影に入ってきたからで……」

そこで神威が、不意に言葉を切った。はっと息を呑む彼に、莉緒は小さく首をかしげる。

「神威？」

「なあ莉緒、俺はもう完全に人間か？」

「そう見えるけど、どこか変なの？」

莉緒の問いに答えぬまま神威は青ざめ、せっかく整えた浴衣を乱しながら莉緒の足下に這いつくばった。

「ああああどうしよう!!　莉緒の影に入れない!!」

「いや、もう入らなくて良いじゃない」

「入れないと大学まで一緒に行けないだろう！」

「待って、もしかして大学にもついてきてたの!?」

「莉緒が外出するときはいつもついて行っていたぞ」

「……だから休講のことも知ってたのか」

「ああああどうしよう……、入れないとわかったら今更滅茶苦茶緊張してきた！　影……影の中に入りたい……!!」

そう言って莉緒の影を触りながら這いつくばっている神威に、莉緒は苦笑する。莉緒が思っている以上に、影の中は神威にとって居心地が良かった場所らしい。

「大学はともかく、これからは普通に歩いてついていきて」

「普通なんて俺には無理だ」

「無理じゃないわ。今だってほら、もうすっかり普通の人間の姿だし」

むしろ普通にしてはカッコ良すぎると思いながら、莉緒は神威の側にしゃがみ込む。

「それに人間の姿に慣れるまではお世話係も辞めないし、ちゃんと側にいるから」

「慣れたら、辞めてしまうのか？」

「そのときは、もうちょっと別の関係になるのも良いかなって」

「夫婦か!!」

「ふ、夫婦はさすがに気が早いよ。でも神威がよければ、家族になれるのは嬉しいかも」

「嫌なわけがないだろう！　むしろ今すぐにでも結婚しようか！」

言うなりぎゅっと抱きつかれ、莉緒は頷きたくなる。

「いやでも、いきなり許可したら頑張るご褒美がなくなるでしょう？　それにせっかくなら、まずは恋人から始めたいかなって」

「わかった。莉緒が望むなら、まずは恋人になろう」

そう言って優しく口づけられ、莉緒は幸せな気持ちで頷く。

「じゃあデートもできるように、引きこもりを治そうね」

「そ、外に出るのは怖いが、デートのためなら頑張れる……気が……する……」

などと言った矢先、部屋の扉がノックされ食事の準備をしに仲居《なかい》が現れたことで、神威は怯えた猫のように飛び上がった。

「ひとおおおおおおおお!!」

直後、引きこもり属性を爆発させた神威が、隠れようと再び莉緒の影に縋り付いた。

もちろん入れるわけがなく、彼は床に頭を打ちつけ痛みに悶える。

「ご、ごめんなさい、彼ったらちょっと寝ぼけてて」

などとフォローをしながら、莉緒は悶える神威の背中を落ち着かせるように叩く。

(うん、これは思った以上に時間がかかるかもしれない)

前以上に色々な世話が必要かもしれないと思ったが、今はもう憂鬱《ゆううつ》な気分にはならなかった。

世話係は継続だが、莉緒は神威の恋人でもあるのだ。

そしてその関係が神威に幸福をもたらすという予感を莉緒は抱いていた。

だって神威は莉緒を抱き締め、愛を告白したことで人になれたのだ。ならばきっと、今後彼を真っ当にするのも自分の役割だろう。

神威を外に出し、広い世界で今以上の幸せを見つけさせること。彼を隣で支え、その幸せを見守ることこそが莉緒の人生であり幸せだと今は思える。

「ううう、人間怖い……」

とはいえ、そう簡単にいかないのは間違いないが。

「本当に手がかかる坊ちゃんですね」

「そ、そこは恋人って言って欲しい」

「ならもう二度と影に入ろうとしないでね、いい？」

最後の言葉は神威にだけ聞こえるように言うと、彼は頷く。とてつもなく情けない顔をしているが、莉緒のためならきっと彼は努力を怠らないだろう。

険しい道のりではあるが、手間のかかる恋人の世話を焼くのは嫌いではない。

新しい関係にこっそり浮かれながら、莉緒は情けない恋人を勇気づけるようにその手をぎゅっと握り締めた。

前途多難ではあるが、二人の恋はまだ始まったばかりである。

ソーニャ文庫アンソロジー
化け物の恋

恋廓あやし絵図
葉月エリカ

──カン、カン、カァン、カン……

自身番《じしんばん》が打つ拍子木《ひょうしぎ》の音が、静寂《しじま》の深まる夜の吉原に鳴り響く。

その数、八回。拍子木が知らせる八ッ（午前二時頃）を大引けとして、すべての見世《みせ》は終《しま》いとなる。

とはいえ、寝床に入った客と遊女は、これからが本番というところ。

江戸町《えどちょう》一丁目における中見世《ちゅうみせ》、高良屋《たからや》の二階でもそれは例外ではなく。

「んっ、あぁ、淀屋《よどや》様……やぁっ……」

音羽《おとわ》は、とある部屋の前でしゃがみこみ、襖《ふすま》の隙間から中を覗いていた。

暦は霜月《しもつき》。足袋《たび》を履かぬ素足に、板張りの廊下は氷のように冷たい。

その冷たさも気にならぬほど、目の前の光景に釘付けになってしまう。

「ああ、夕霧《ゆうぎり》、お前は可愛い……本当になんて可愛いんだろうね」

行灯《あんどん》の明かりが揺らぐ中、布団を囲む衝立《ついたて》は取り払われて、交合《まぐわ》う男女の姿があけっぴろげに見えている。

仰向けになった男の上に跨《またが》り、濡れた声を上げるのは、音羽の姉女郎である夕霧。

二十五という年齢は廓《くるわ》では年増の部類に入るものの、泣き黒子《ぼくろ》のある瓜実顔《うりざねがお》には、はんなりした色香が漂っており、高良屋では二番手の稼ぎ頭《がしら》だ。

突き上げられるたびに、はだけた襦袢《じゅばん》から胸乳《むなぢ》が零れ、南天のように凝《こご》った乳首が揺れる。杵《きね》で餅を搗《つ》くような、ぬちゃぬちゃという音もひっきりなしに響いている。

淫靡《いんび》な行為には違いないが、それだけなら音羽にとって、特に珍しいものでもなかった。

振新《ふりしん》――振袖新造《ふりそでしんぞう》と呼ばれる遊女見習いで、いまだ水揚げを迎えておらずとも、九つで売られてから八年間、色事の気配にまみれて暮らしてきたのだ。

よって、音羽が視線を向ける先は。

「ほうら、もっと脚を開け。私とお前が繋がっているところを、そこの絵師によく見せてやれ」

「淀屋様も、お人が悪うございんす……んっ……あ、いやぁ……」

廓詞《くるわことば》で恥じらう夕霧の姿を、布団の傍らで端座《たんざ》した青年が、紙に写し取っていた。

髪結い床《どこ》に通う余裕もないのか、肩下まで伸びた髪は麻紐で無造作に束ねただけ。

着たきり雀らしい子持ち縞《じま》の袷《あわせ》には、墨を零した痕がいくつも。

見るからに金のなさそうな、貧乏絵師そのものの風体《ふうてい》だが、筆を滑らせる手には一切の迷いがなかった。

何よりも――と音羽は息を呑む。

(あの横顔……なんだか怖い)

若い男ならば、劣情を催さずにいられないだろう夕霧の艶姿《あですがた》を前にしても、彼は眉ひとつ動かさなかった。

ほとんど手元を見やることなく、描《えが》く対象に据えられたまま、炯々《けいけい》と光る瞳。
異様な集中のもとに生まれる線は紙の上で躍動し、墨の濃い匂いが立ち昇る。
刀を打つ鍛冶のように。
神楽《かぐら》を奉納する神職のように。
呼吸さえ忘れた様子で、一心不乱に筆を振るう姿を見ていると、彼の描く絵にはあやし
の力が宿る――という噂も本当らしく思えてくる。
「ああ、あああ、もうだめ、だめぇ……」
「っ……私もだ……いくぞ、いくぞ……う、おぉうっ……！」
客との交わりで気を遣《や》るふりをするのは、遊女のお定まりの手練手管《てれんてくだ》だ。
まんまと騙された男が荒い息を吐き、ぶるぶると腰を震わせる。
同時に、絵師の青年が最後の線を引き終えた。
ぐったりした二人に向けて頭を下げると、描きあがった絵をその場に残し、矢立《やたて》に筆を
収めて立ち上がる。
彼が出てくる気配に、音羽は焦った。急いで引き上げようとするも、いつのまにか足が
痺れて、無様に尻餅をついてしまった。
襖を開けた青年が音羽を見下ろし、さきほどとは打って変わった、気の抜けた顔で呟い
た。

「――音羽さん？」

「せ……晴《せい》さん……」

盗み見していた後ろめたさから、音羽はにへらと気まずい笑みを浮かべた。

「……お疲れ様。よかったら、大門《おおもん》が開くまでお茶でも飲んでく？」


丸火鉢に炭を入れ、「ほら、ここ座りなよ」と座布団を出してやる。

「……ほんとに入っていいのかい？」

細身だが背の高い青年は、腰を屈めて遠慮がちに鴨居《かもい》をくぐり、あたりをきょろきょろと見回した。

「ここが音羽さんの部屋……立派なもんだなぁ」

水揚げ前の音羽は本来、部屋持ちになれる身分ではない。

少し前に遊女の一人が瘡毒《かさ》にかかり、河岸見世《かしみせ》に格下げされて空いた部屋があったため、どうせ独り立ちも近いことだしと、大部屋から移ってくることになったのだ。

経緯《いきさつ》を思うと縁起が悪いが、簞笥や文机《ふづくえ》などの調度品も含めて譲り受けることができたのはありがたかった。妓楼《ぎろう》の中では何を揃えるにも自腹で、稼ぎがない今の身では、必要な費用《かかり》はそのまま見世への借金になってしまう。

火鉢が温まるのを待ちながら、音羽は息をついた。

「こんな寒い夜に呼び出されて、晴さんも気の毒だね。姐さんじゃないけど、淀屋様もほんとに人が悪いよ」

「俺は、絵を描くしかできねぇから」

胡坐《あぐら》をかいた青年は、自嘲的にでもなくからりと笑った。

晴さんと呼んではいるが、彼の本名は晴太郎《せいたろう》だ。特定の流派に名を連ねているわけではなく、描絵《かきえ》は飲んだくれの町絵師だった父親から、見様見真似《みようみまね》で覚えたという。

普段は大川《おおかわ》を挟んだ向島《むこうじま》に住んでおり、日銭を稼ぐために、人相書きから提灯絵《ちょうちんえ》までなんでもこなす。

高良屋に顔を出すようになったのは、ここ一年ほど。

もとは浅草の扇商に出入りし、扇の絵付けをこなしていたのだが、そこの若旦那である淀屋淳一郎《じゅんいちろう》から『敵娼《あいかた》との情事を絵にしてくれ』と頼まれ、初めて吉原の門をくぐった。

そのうちに音羽とも顔見知りになり、こうして言葉を交わすようになったわけだが。

「淀屋様は絵を描いてもらいたいんじゃないんだよ。姐さんとやってるところを、誰かに見ててほしいだけ。そういう変わった趣味のお方なの」

「へぇ……？」

もともとのどんぐり眼《まなこ》を、晴太郎はさらに丸くした。

彼の歳《とし》は十九だと聞いている。その割には童顔で、世知に疎《うと》そうだと思っていたが、他人に見られて興奮する性癖というものを、本気で理解できないようだった。

（まさか、晴さんって……まだ？）

女を知らぬ身であんな絵を描いていたのかと思うと、驚くやら呆れるやらだ。

そういう音羽も今は生娘《きむすめ》だが、こんな境遇ではどうしたって耳年増になってしまう。

（でも、そっか……晴さんもあたしとおんなじなんだ）

なんとなく嬉しいと感じる心を、音羽は見て見ぬふりをした。

「なんだ。俺はてっきり、淀屋様も俺のあやし絵が欲しいんだと」

晴太郎は、ぽりぽりと耳の後ろを掻いた。

「そのさ。あやし絵っての、本当なの？　晴さんが絵を描くと不思議なことが起きるって……」

ずっと気になっていたことを音羽は尋ねた。

絵師としての晴太郎には、様々な噂がある。

『晴太郎の絵を布団の下に敷いて寝ると、絵と同じ夢が見られる』

とありがたがられる一方で、

『晴太郎が描いた鉢植えの朝顔や、籠の中の鶯《うぐいす》が消えてしまった』

『絵に描かれた女がにたりと笑った』

という話もあり、彼のことを「鬼絵師」と呼んで恐れる人々もいる。

淀屋の場合は前者の噂にかこつけ、『離れていても夕霧との甘いひとときを夢に見たい』という理由で、晴太郎を房事の傍観者に仕立てているのだ。

「あー……そういうことも、たまにはあるらしいなぁ」

晴太郎はのんびりと言った。

「なんで他人事みたいなの？　本当だったらすごいじゃない！」

「っても、俺がわざとやってることじゃねぇからさ。何十枚と描いたら、そのうちの一枚くらいは、そういう不思議もあるってことで……布団の下に絵があろうとなかろうと、見たい夢を見ることは誰にだってあるだろ」

「だけど、ものが消えるのは偶然じゃないでしょ？」

「朝顔も鶯も、誰かが盗んでいったんじゃないか？」

「絵の中の女が笑ったっていうのは？」

「それこそ、目を開けたまま夢を見たのかもな」

飄々と答える晴太郎は、自分の妙な力を信じていないか、本当だとしてもどうでもいいと思っているようだった。

確かに奇怪は奇怪だが、大騒動になるような事柄でもない。絵に描いた美人や小判が顕現するというのなら、彼の力をこぞって求める輩《やから》もいるだろうが。

「きっと晴さんは、絵の神様に気に入られてるんだよ」

さきほどの晴太郎の様子を思い出し、音羽は言った。

「だからときどき、神様が悪戯《いたずら》するんだと思う」

「神様？」

「うん。絵を描いてるときは、普段の晴さんと全然違うし。いつもはぽやっとしてるのに、別人みたいに真剣で。怖いくらいだけど、か……」

——格好良くて。

言いかけた言葉を、音羽は慌てて呑み込んだ。うっかりしていた。頬が熱い。

「そっか。神様か。……だったらいいなぁ」

晴太郎は照れたように体を前後に揺すった。

「鬼や化け物呼ばわりされるより、俺には神様がついてるって思うほうがよっぽどいいや」

何かを言おうとして、音羽はまた言葉を呑んだ。

今はこうして笑っているが、その奇妙な噂ゆえに、晴太郎も人には語れぬ苦労をしたのかもしれない。

「……ねぇ、晴さん。晴さんは、見たことのないものでも絵に描ける？」

「どういうことだい？」

「たとえば、あたしの家族……とか」

膝の上で、音羽は両の拳をきゅっと固めた。

晴太郎と話をする機会があったら頼んでみようと、少し前から考えていたことだった。

「あたしさ。年が明けたらじきに水揚げなんだ。相手はまだ決まってないけど、多分、姐さんの客のうちの誰か」

慣例として、新造の初客は姉女郎の馴染みから選ばれることが多い。

水揚げの支度にはまとまった金がかかるため、妹分を抱《かか》える姉女郎は自《みずか》らの客に頼み込み、文字どおりにひと肌脱いでもらうのだ。

「姐さんの客って、爺さんに近いような歳《とし》の人がほとんどで。一番若いのが三十過ぎの淀屋様だけど、それでもあたしの倍近いし。大見世《おおみせ》の花魁《おいらん》でもない限り、客を選べないのはわかってるけど、やっぱりちょっと……やなんだよね」

苦い薬を飲みたくない、とごねる子供のように、音羽は舌を出してみせた。

本当は怖気《おぞけ》が走るくらいに嫌だし、気が塞《ふさ》いで仕方がないけれど、女衒《ぜげん》に手を引かれて大門をくぐったときから、逃《のが》れられない定めだとわかっていた。

「あたしが吉原《ここ》に来たのは、両親や弟たちのためだから。せめて絵だけでも、家族がそばにいてくれたら、覚悟が決まるんじゃないかって。年季が明けたら、あたし、きっと家《うち》に帰るの。手紙をやりとりできたらいいんだけど、家族の誰も字なんか読めないし、書けないし」

音羽の故郷は、越後《えちご》の貧しい農村だ。

音羽自身は高良屋に来てからひととおりの読み書きを習ったが、農民として一生を終える人間にそんな学は必要ない。

「似絵《にせえ》を……ってことだよな。特徴を教えてくれたら、描けないことはねぇよ」

「ほんと？」

「ああ。聞かせてくれ。音羽さんの家族のこと」

促されて、音羽は夢中で語った。

家族の顔立ちだけでなく、父は村一番の働き者で、竹とんぼ作りの名人でもあったこと。唯一の女の子である音羽のために、母が紙の雛《ひな》人形を折ってくれたこと。両親が農作業に出ている間、三人の弟たちに聴かせてやった子守唄や、ふかし芋を分け合って食べたこと。

晴太郎はうんうんと頷きながら、いつも絵を描くときとは異《こと》なる、寛《くつろ》いだ様子で筆を走らせた。

やがて出来上がった似絵は、筆跡《ふであと》も豊潤で柔らかく、記憶の中の家族の姿と寸分違《たが》わぬものだった。

「すごい、本当に皆がここにいるみたい！　晴さん、ありがとう……！」

まだ墨の乾ききらない紙を、はしゃぎあまりに抱きしめる。そんな音羽をじっと見つめ、晴太郎はおもむろに言い出した。

「どうせなら俺が行って、今の皆の絵を描いてきてやろうか？」

「え？」

「音羽さんが家を出て何年もたつんだろう？　一番気になってるのは、家族が今も元気でやってるかどうかってことだよな？」

思いがけない申し出に、音羽は目を白黒させた。

「そうだけど……あたしの家、遠いんだよ？　越後だよ？」

「いいから教えてくれ。音羽さんが住んでた村の名前」

「ええっと……」

勢いに押されて答えると、晴太郎は膝を叩いて立ち上がった。

「よし！　ちょっくら行って、すぐに戻ってくるからな」

「晴さん!?」

襖をぱしんと引き開け、転がるような勢いで段梯子《だんはしご》を駆け下りる。止めようと伸ばした音羽の手は、宙ぶらりんで浮いていた。

（なんの義理もない晴さんが、どうしてそこまでしてくれるの……？）

路銀だって馬鹿にならないのに――と考えたところで、これは冗談なのだと思い直す。

いや。あるいは本気なのかもしれないが、だとしたら晴太郎は世間知らずすぎて、越後までの距離がわかっていないのだ。生粋《きっすい》の江戸っ子だという話だし、いざ地図を見れば諦めて、「やっぱり無理だった」と謝ってくるだろう。

それでもいい。

音羽のために行動しようとしてくれた、その気持ちだけで嬉しい。

「……ってか、まだ大門閉まってるよ」

勇《いさ》んで飛び出しておきながら、四郎兵衛《しろべえ》会所《かいしょ》の門番に止められ、しょげかえる晴太郎を想像し、気の毒だと思いつつも音羽はくすりと笑った。

それから、およそ半月後。

音羽は夕霧と連れ立ち、商店や裏長屋の並ぶ師走《しわす》の揚屋町《あげやまち》を歩いていた。泊まり客を見送った夕霧が昨夜の汗を流すのに付き合い、湯屋に行ってきた帰りだ。

「ふわぁ……――」

「もう、音羽。どうしてあんたが欠伸《あくび》してるの」

糠袋《ぬかぶくろ》の入った木桶を抱え、洗い髪を垂らした夕霧が、呆れ顔で音羽を見やる。

「ひと晩中客の相手して、寝不足なのはこっちのほうよ。それに、その大きな口。手で隠すくらいはしなさいな」

「はぁい、姐さん」

音羽は甘えるように語尾を伸ばした。幼い頃に母と別れた音羽にとって、姉女郎の小言は口うるさいだけのものではない。

と、夕霧が足を止め、音羽に目配せした。

「ねぇ、あそこにいるのって……」

夕霧の視線の先を追い、音羽は目を瞠《みは》った。

「晴さん！」

「……よぅ」

防火用に積まれた天水桶《てんすいおけ》の横に佇んでいたのは、ここ半月、姿を見なかった晴太郎だ。人よりも大きな身を、どことなく所在なさげにすくめている。

「どうしてたの、晴さん。長屋に何度遣いをやっても留守だったって、淀屋様がご立腹だったのよ」

「すみません、夕霧さん。しばらく遠出してたもんで」

晴太郎はぺこんと頭を下げた。遠出という言葉に反応し、音羽は彼に駆け寄った。

「晴さん。もしかして、あんたほんとに」

「ああ。行ってきた。音羽さんの故郷に」

「はぁ……!?」

開いた口が塞がらなかった。

まさかとは思っていたが、本当に越後まで向かうとは。こっちはいっこうに現れない彼に何かあったのではと気を揉んで、眠りも浅くなったというのに。

「なんだか込み入った話なの?」

若い二人を、夕霧は半眼になって眺めた。

「九ツ前には帰ってきなさいよ。昼見世の支度を手伝ってほしいんだから」

音羽の分の木桶を引き取り、さっさと歩いていってしまう。ありがたいが、何やら妙な誤解をされている気もする。

「……こっちで話そう」

音羽は近くの路地裏に足を向け、晴太郎を手招いた。

人目のある中、水揚げ前の身で男と一緒にいるのは、あまりよいことではない。高良屋の楼主《おやかた》や遣《や》り手の耳に入ったら、いらぬ詮索《せんさく》をされてしまう。

日の射さない路地で、音羽は晴太郎と向き合った。

「あたしの村まで、本当に行ってきてくれたの?」

「ああ。――音羽さんの家族は、皆元気だったよ」

晴太郎は言ったが、その目は音羽を見ていなかった。

すぅっ……と冷えた空気が項《うなじ》を過ぎた気がした。

「絵は？」

尋ねる声は、嫌な予感に上擦った。

「あたしの家族の絵。描いてきてくれるって言ったでしょう？」

音羽の問いに、晴太郎は弱り果てたように眉を下げた。

「それは……すまん。実は、道具を忘れちまって……」

「嘘！」

撥《は》ねつけるように音羽は叫んだ。

音羽の知る晴太郎は、常に紙と筆を持ち歩き、気を惹かれるものがあればその場ですぐに写し取る。

何もかもを紙の中に取り込もうとするかのような、あの貪欲な目で。

「本当のこと言って。――晴さんに嘘はつかせたくない」

晴太郎の袂《たもと》を摑むと、彼は悄然と項垂《うなだ》れた。

「音羽さんの家族には会えなかった。……全員、行方が知れなかったんだ」

近所の者に聞いたという話を、晴太郎はぽつぽつと語った。

音羽を売って手にした金で、家族の暮らしはひとたびは楽になった。

しかし、その後も度重なる凶作に見舞われ、ついには年貢《ねんぐ》を納めきれず、一家で夜逃げをしたということだった。

「音羽さんの家ももうなかった。根雪《ねゆき》で潰れて、ぼろぼろになってて……——ごめん！」

頭を下げた晴太郎を、音羽は虚《うつ》ろに見やった。

「どうして晴さんが謝るの」

「だって、俺が……俺が余計なことをしなかったら、音羽さんは」

「皆があたしを待ってるって信じて、笑いながら体を売れたって？……やめてよ」

目尻から熱いものが噴き零れ、音羽は顔を覆った。

食いしばる歯の間から洩れる息は、しゅうしゅうと蛇《へび》が唸《うな》るようだ。

家族が夜逃げをしたというのは本当だろう。

だがその後、流民となった彼らがどうやって暮らしていくというのか。まともな働き口もなく、年端もいかない子が何人もいて。

運よくどこかで生きのびているにしても、再び会える可能性はなきに等しい。

(現に父さんも母さんも、ここには来てないもの……)

音羽のことが今も大事なら、土地を捨てて江戸を目指せばいい。ひと目顔を見せにきて、すまなかったと詫びてくれれば、音羽はそれだけで頑張れたのに。

「……あたしの帰る場所、なくなっちゃった」

他に手段がなかったとはいえ、両親は自分のことを切り捨てたのだ。

そんなことは、女衒に売られた九歳のときからわかっていた。それでも、皆が自分を待っていてくれると信じることで、一人ぼっちではないと己を奮い立たせていた。

「あたし……これから、どうしたら……」

「逃げよう！」

晴太郎が声を張った。

音羽はぽかんとして、泣き濡れた顔を上げた。

「俺が逃がしてやる。そんなに嫌なら、水揚げなんざするこたねぇ。音羽さんが悲しい顔の遊女になるのは、俺は嫌だ！」

「ちょ……ちょっと……！」

音羽は慌てて、晴太郎の口を塞いだ。優しい彼は音羽を泣かせた責任を感じて、勢いでまくしたてているのだろうが。

「足抜けなんかして捕まったら、死ぬよりひどい目に遭うんだよ。あたしだけじゃない、手引きした側の人間だって」

「えも」

「でもじゃなくて――……ああもう、大声出さないで」

音羽は溜め息をつき、晴太郎の口を覆っていた手を離した。

「ありがとう。晴さんは同情してくれてるんだよね。……だけど、これ以上振り回さないでくれないかな」

「振り回すって」

「故郷にまで行ってくれて感謝してる。つらいけど、本当のことを教えてもらえてよかったと思う。……それでも、期待してたんだよ。いい知らせを持って帰ってきてくれるんじゃないかって。期待しちゃうんだよ。そんなふうに、あたしのために一生懸命になってくれる晴さんを見てたら……馬鹿なことばっかり考えちゃう」

「それは――多分、馬鹿なことじゃねぇよ」

晴太郎が一歩踏み込んだ。

気圧《けお》された音羽が後ずさると、さらに一歩。

「俺だって、音羽さんの期待に応《こた》えたかった。俺なんかの絵で喜んでくれる顔が見たくて、だから調子に乗ったんだ。――俺は、あんたのことが好きなんだと思う」

音羽の体から力が抜けた。嘘や冗談の気配のない晴太郎を、呆然と眺める。

「思う、って……何それ」

「わかんねぇんだ。初めてだから」

晴太郎はもどかしそうに言った。

「ずっと、絵を描いて暮らせたらそれでいいと思ってた。俺の絵は普通じゃないらしいから、注文を受けて描くのは大概妙なもんばっかりだ。閨《ねや》を覗いて描けって言うのは、さすがに淀屋様くらいだけど、枕絵の類《たぐい》だったり、依頼主が小判の海で泳いでる絵だったり」

人の色と欲にまみれた絵を、生計《たつき》のために描いてきた。

そんな晴太郎に音羽が願ったのは、たとえ絵だけでも家族にそばにいてほしいという、ささやかで切実な願いだった。

「俺には兄弟がいないし、お袋は親父に愛想尽かして出て行った。その親父も飲みすぎで早くに死んじまったし、一人は慣れてるつもりだった」

だけど、と晴太郎は言った。

「音羽さんの家族を描いたとき、なんでか俺も、この人たちに会いたいと思った。音羽さんの家族なら会ってみたいって。それってよく考えたら、音羽さんを好きだからじゃねぇのかなって。あんたがもうすぐほんとの遊女になるんだって思ったら、どうにも腹が煮えて……なんもできねぇ自分が悔しくて」

いてもたってもいられず、音羽を再び笑わせたい一心で、越後まで足を伸ばしたのだ。

「音羽さんが泣かないでいられる場所があるなら、連れて逃げたい。本気だよ」

「晴さん……」

止まりかけていた涙が、また溢れ出した。晴太郎があたふたし、音羽の肩に手を伸ばしかけては引っ込める。

「悪い。――こんなことしたらいけないんだな」

「……ううん」

音羽は首を横に振った。

自分は近いうちに、高良屋の商品になる女だ。足抜けをする度胸なんて到底ないし、そんな恐ろしいことに晴太郎を巻き込みたくもない。

だがせめて、こう望むくらいは。

「晴さんがいい」

意味が通じなかったのか、晴太郎が目を瞬《しばた》かせる。

「どうせ遊女にならなきゃいけないなら、晴さんに初見世の客になってほし――」

言い終わらぬうちに、やみくもな力で抱きしめられた。

細身に見える晴太郎のどこに、こんな荒々しさがあったのか。

「そう言ってもらえるのは嬉しいけどよ……それじゃあ、音羽さんが」

望みを叶えたところで、本当の意味で音羽を自由にすることはできない。

葛藤する晴太郎の背中に、音羽は手を回した。

「『音羽』でいいよ」

――愚かなことをしている、と思った。

この吉原で遊女として生きていくのなら、淡々と仕事をこなし、心を殺し、恋しい男など作らぬほうが利口に決まっている。

けれど、自分はこの温もりを知ってしまった。

全身で求められ、抱きしめられて。これまでどれほど寒くて寂しい場所にいたのかと、気づいてしまったらもう駄目だった。

「好きだよ。あたしも晴さんが。……遊女の嘘だって思わないで」

女郎の誠と卵の四角、あれば晦日《みそか》に月が出る。

春をひさぐ女が真心を持つなどありえないという喩《たと》えだが、晴太郎は頷いた。

「疑うわけねぇよ」

重なり合った音羽の胸に目を落とし、「ここが」と呟く。

「さっきから、こんなにどきどきしてんのに」

「っ、……」

男に口を吸われたのは、生まれて初めてだった。

互いに止めた息が続かなくなるまで、音羽は晴太郎の唇の熱さと、着物に染みつく墨の香りだけを感じていた。


音羽が水揚げを迎えるにあたり、特別な儀式めいたものは何もなかった。

披露目《ひろめ》の道中《どうちゅう》も、豪奢《ごうしゃ》な裲襠《しかけ》も、新しい積み夜具も、初会《しょかい》のための宴でさえも。

高良屋がさして格式の高くない、半籬《はんまがき》の中見世だからということもある。

だが一番の理由は、音羽の相手に祝儀を弾めるだけの余裕が到底なかったからだ。

（……とうとうだ）

冬の日はとうに沈んだ、暮れ六ツ。

張見世《はりみせ》が始まった店先からは、清搔《すががき》と呼ばれる三味線の音が聴こえてくる。

音羽は自分の部屋でそわそわと、晴太郎の訪れを待っていた。

襦袢《じゅばん》の上から帯を結ばず羽織る小袖は、夕霧のお下がりだ。

今の自分には幼すぎるからと譲られた赤い椿の柄を見つめ、音羽は姉女郎とのやりとりを思い出す。

あれは、まだ年が明ける前。

湯屋の帰りに晴太郎と出会い、互いの気持ちを確かめたすぐあとのことだ。


『馬鹿な子』

姫鏡台の前に座った夕霧は、ぼそりとぼやいた。

初見世の客を勝手に決めてくる振新など、聞いたこともない――と、紅を塗ったばかりの唇で溜め息をついた。

『ごめんなさい、姐さん』

音羽は畳に手をつき、頭を下げた。ここまで面倒を見てもらった恩を思うと、申し訳なさで身が縮む思いだ。

『でも、約束したんだ。初めては晴さんじゃなきゃ嫌なんだ。それだけ叶ったら、もう我《わが》儘《まま》言わない。どんな客でも嫌がらないで、一生懸命働くから』

『だから、楼主《おやかた》に口添えしてほしいって?』

夕霧は白魚《しらうお》のような指で眉間を押さえた。

首元まで白粉《おしろい》を塗り込めた肌に纏《まと》うのは、くすんだ紅絹《もみ》色の襦袢。昼見世のための化粧と憂いを帯びた表情が相まって、いつにもまして艶冶《えんや》な風情《ふぜい》だ。

『こんなことになるんじゃないかって、前から思ってたよ。晴さんが私と淀屋様の絵を描いてるところ、ずっと覗いてたもんね』

音羽は驚いて顔を上げた。

『知ってたの?』

『知ってるよ。晴さんが私の裸を見るたび、あんたがもやもやしてたことも』

まごつく妹分に、夕霧は苦笑した。

『心配しなくても、晴さんはなんとも思ってないよ。岩や山を絵に描くときとおんなじ。若いのに役立たずなのかしらんって気の毒に思ってたけど、音羽相手だと違うみたいね』

『ええと……それは、まだわかんないけど……』

『いいよ。頼むだけは頼んでやっても』

思いがけずあっさり言われて、音羽は耳を疑った。

『いいの？』

『頭ごなしに駄目だって言っても、大人しくなる性分じゃないもの、あんたは。他の男に抱かれる前に一度だけでも……って、出合茶屋《であいぢゃや》にでもしけこまれるよりはましでしょう。晴さんだって、金さえ払えば客は客だし。——逆に言えば』

夕霧はすっと目を細めた。

『一度でも客と遊女の関係になったら、年季が明けるまではそのままよ。そこまで続くとも限らないけどね。男側の気持ちも金も。女側の寿命だって』

『……うん』

音羽自身、間近に見てきたから知っている。

間夫《まぶ》の心変わりか、病に倒れてもがき苦しみながら死んでいくか——遊女の恋などほとんどが、惨めで悲惨な末路ばかりだ。

『その覚悟さえあるならいいんじゃないの。……まぁ』

夕霧は表情を曇らせ、独りごちるように言った。

『本当なら、私は止めたいよ。音羽はともかく、晴さんはまっすぐすぎて——なんだか危なっかしいんだもの』

前触れもなく襖が開いた。

「いらっしゃったよ」

腰を浮かした音羽を睨んだのは、不機嫌顔の遣り手だった。

夕霧のおかげで楼主の承諾を取りつけたとはいえ、音羽は仮にも禿立《かむろだ》ちの遊女だ。十五、六で売られてきた留袖新造《とめそでしんぞう》でもあるまいし――と、初見世を高値で売りつけられなかった苛立ちを露骨に滲ませている。

「今夜ひと晩は買い切りってことでしたね。……どうぞごゆっくり」

厭味たらしく言い置いた遣り手の後ろから、晴太郎が顔を出す。

いつもよりいくぶんこざっぱりとした恰好をしているが、誰かからの借り物なのか、濃藍《こいあい》の着物は丈が短く、踝《くるぶし》がにょっきりと覗いていた。

後ろ手に襖を閉めると、晴太郎は背筋を伸ばして正座した。

「こんばんは」

「……こんばんは」

緊張のあまり、しゃちほこばって挨拶を交わし、同時に小さく噴き出す。

「駄目だな。こんなとき、何言ったらいいのかわかんねぇ」

「うん……あたしも」

きっと言葉などいらないのだ。

傍らに延べられた布団を見やり、晴太郎がさっと頬を赤らめた。

その純情さが愛《いと》しくて、哀《かな》しい。

金銭を介した関係ではなく、ただの絵師と町娘として出会い、この夜を迎えられていたならどんなに幸福だっただろう。

「音羽」

晴太郎が唾を飲み下し、膝を進めた。

音羽は彼の手を引いて、布団の上に倒れ込んだ。

肩も背中も骨ばっていて薄いのに、のしかかられると存外重い。

体が火照《ほて》り、心の臓がどくどくと騒いだ。この重みを、自分は一生忘れない。

晴太郎の手が、性急に体をまさぐった。小袖を脱がせるところまでは勢いがよかったが、襦袢の腰紐にかけた指は明らかな困惑を見せた。

「……ここ、引っ張ったら解《ほど》けるから」

「わかってる」

結び目の場所を教えてやると、ぶっきらぼうに答えられた。照れ隠しだとわかるから、滅多に聞かない低い声も怖くない。

襦袢の前がはだけ、か細い裸身が覗いた。

覚悟はしていたけれど、かといって堂々とできるものでもない。どこを見ていいかわからないでいると、晴太郎が剝き出しの肩にそっと触れた。

「――絖《ぬめ》みたいだ」

「絖って……絵を描く布のこと？」

「ああ。薄い生地で、なめらかで艶がある。音羽の肌に絵を描いたら筆がよく滑りそうだ」

筆の代わりに、今は晴太郎の指先が、撫でるように肌を這う。

ほの白い乳房は熟れきらぬ青い実のようで、男の掌《てのひら》に包まれると反射的に強張《こわば》った。

「痛いか？」

気遣うように尋ねられ、首を横に振る。

たとえ痛かったとしても、晴太郎に触れてもらえるのなら、それだけで嬉しい。

「触って……いっぱい」

(あたしの全部に、晴さんの感触を刻んで)

想いを受け止めたかのように、晴太郎の手が動く。左右の乳房をぎこちなく押し捏ね、音羽の息があがってくると、膨らみの先端を口に含んだ。

「んんっ……」

ざわ、と一気に鳥肌が立つ。晴太郎の舌がそこを舐め、ちゅうと吸われるたびに、腰の奥がとろ火で炙られる心地がした。

「これでいいのか？」

逆の尖りも指先で摘みながら、晴太郎が上目遣いに問うてくる。

音羽の反応を見極め、できる限りの快感を与えようと、彼はどこまでも真剣だった。

「うん……気持ちいい……」

我ながら、笑ってしまうくらいに他愛無い。

遊女らしい仕事など、何もできていない。

これではいけないと思い直し、晴太郎の着物の裾《すそ》を割る。下腹部に手を伸ばすと、大きく昂《たかぶ》ったものが、音羽に捕まえられてびくりと震えた。

「させて……あたしにも」

手探りで下帯を解き、まろび出た雄茎《おすぐき》の形を直《じか》に確かめる。

硬く太く芯の通ったものは、不思議と卑猥さを感じなかった。

音羽を求めて一生懸命に身をもたげている、生まれたての健気《けなげ》な生き物のようだった。

「うぁ……っ」

丁寧に撫で上げ、亀の首に似た部分をやんわり揉み込むと、晴太郎が声を上げる。

ふと夕霧の言葉を思い出し、こんなときなのに音羽は笑った。

「なんだよ。なんかおかしいか」

「ごめん。違うの」

不安そうに突っかかる晴太郎に、話して聞かせる。

「姐さんが言ってたの。淀屋様の依頼で絵を描くとき、晴さんが平然としてるから、『若いのに役立たずなのか』って思ったんだって」

「……筆を握ったら、そういう雑念は消えるんだよ」

晴太郎は憮然と言った。

「仕事で描く絵の半分は、枕絵みたいなもんだし。それとも音羽は、俺が夕霧さんにむらっときてたほうがよかったのか？」

「それは嫌」

唇を尖らせると、晴太郎は意外そうに言った。

「音羽も俺に妬《や》いてくれるのか」

「当たり前でしょ」

「……じゃあ、あいこだ」

苦しそうに微笑んだ晴太郎が、唇を重ねてくる。

舌を絡められながら、音羽の胸は軋《きし》んだ。

この先、晴太郎以外の客を相手にしなければいけない自分が、こんなことで嫉妬する筋合いなどなかった。

口吸いをしながら、晴太郎の手は胸から脚の付け根へと降りていく。

そこはもう、とっくに潤《うる》んで綻びていた。じゅくじゅくと溢れた蜜の泉に、長い指がつぷんと呑み込まれた。

晴太郎が目を瞠り、内壁をそろりとなぞる。

「こんな、ぐずぐずになるもんなのか……すげぇ熱くて、なんなんだ……」

「あっ、……や、だめ……そこ」

「いっぱい触っていいって言ったのは、音羽だろ」

興奮に駆られた指が、蜜壺を浅く深くさまよう。襞と襞の窪みをぐいと押し込まれ、潮が満ちるかのように、熱いものがとめどなく溢れた。

「んぁ……はぁあっ……」

「――ここ、いいのか？」

関節を曲げて内壁を引っ掻くと、音羽の腰が跳ねることを知った晴太郎は、何度も同じ場所を責め立ててくる。

背骨をぞわぞわとした戦慄が遡り、音羽は必死に頭《かぶり》を振った。

「やめ……こんなんじゃ、仕事になんないから……っ」

「仕事してほしいなんて誰が言ったよ」

晴太郎は怒ったように音羽を睨んだ。

「思い出させるな。そんなこと」

「ひ……いやぁ……！」

腹いせのように激しくなる指遣いに、腰が浮く。

絵筆を操ることしか知らぬはずの指が、何故こんなに巧みに動くのか。実はすでに経験があるのではないのかと、憎らしいような思いが湧く。

けれど、じゅんじゅんと込み上げる愉悦の前には何もかもが無力で。

閉じた目の裏が橙《だいだい》に染まり、胎《はら》の奥がかっと煮えて溶けた。

「あっ……んぅううっ……！」

絶頂に痙攣する体を、晴太郎が片腕でぎゅうと抱きしめた。

もう片方の手の指はまだ音羽の内部にあって、引き絞られる隘路《あいろ》をなおもくじっている。

あまりにも呆気なく果ててしまい、音羽は途方に暮れた目で晴太郎を見上げた。

「どうしよう……」

「何が」

「最初から、こんなに気持ちいいなんて……でも、もう動けないよ……」

快楽という名の泥に絡めとられ、全身が重だるい。

晴太郎としては「仕事」を忘れてほしいのだろうが、それを抜きにしても、音羽からも彼を気持ちよくしたいのに。

「大丈夫だ」

子供がいばって胸を張るように、晴太郎は言った。

「音羽はなんにもしなくていい。あんたのいいところは大体わかった」

「え……？」

「邪魔するぞ」

蕎麦屋の暖簾《のれん》でも掻き分けるように言って、音羽の両脚を開かせる。くち、と音を立てて、濡れた膣口に亀頭の半分が嵌《は》まった。

「い……――っ……」

「ごめんな。……痛いんだよな」

奥歯を噛み締める音羽に、晴太郎が眉根を寄せる。

「けど、今日しかないから。音羽の初めての相手、誰にも譲る気はないから……つらいだろうけど、堪《こら》えてくれよ」

「ん……」

音羽は晴太郎の背中に腕を回した。一度果てた余韻に痺れる場所を、自《みずか》ら擦りつけるように腰を動かす。

「いいよ――あたしの中、入ってきて」

隙間なく抱き合い、吸う息と吐く息をひとつに重ねると、肉の抵抗はわずかに減った。引き裂かれる痛みと圧迫感を、晴太郎と繋がれる喜びが凌駕《りょうが》する。

音羽は歓喜混じりの悲鳴を上げ、晴太郎も呻《うめ》きながら腰を進めた。

「っ……――まだ、奥がある……」

奥の奥、真の突き当たりまでが、みっちりと埋まった。埋められた。

至近距離で見つめ合う瞳は、同じ温度の熱に浮かされ、薄い涙の膜を纏っている。

「……ありがと、晴さん」

「なんで、音羽が礼なんか」

「今日のこと、きっと忘れないから……絶対に後悔しない瞬間を、あたしにくれて」

「それを言うなら俺もだろ」

は、と息を震わせて晴太郎が笑った。

「惚れた女の、一番大事なもんをもらえて。身に余るってやつだ。――あんたが好きだ」

「晴さぁん……っ」

音羽は晴太郎の体に手足を絡め、目の前の肩に噛みついた。濃い汗の味と匂いがした。

鳩尾《みぞおち》がうずうずするほど愛おしい反面、やたらと凶暴な気分にもなって、この男の肉と骨を食らい尽くしたくなってしまう。

それは晴太郎の側も同じだったのか。

「……動いていいか?」

音羽が頷くやいなや、彼の腰が弾み出した。ゆるやかなのは初めのうちだけで、次第に抑制を振り切った、がむしゃらな動きに変じていく。

「あぁ、いい……すげぇ、止まらねぇ……っ」

「あんっ、は、あたしも、……やあぁ……!」

何もかもがおかしかった。

破瓜《はか》の血も乾かない場所をがつがつと摩擦され、気持ちよくなどなれるわけがないのに。

「んぁ、ああっ、晴さん……晴さん……!」

ぐちゅぐちゅと濡れた音が立ち、嬌声が夜気《やき》を裂く。

晴太郎のものがたくましく内部を行き交《か》って、彼の形にすみずみまでを拓《ひら》かれる。

「いいのか、音羽。ここで、いいか?」

「……ん、そこ……そこ好き、あっ……すごくいい……いいけど、だめぇ……!」

もはや、自分が何を口走っているのかもわからない。

さきほど指で探り当てた弱点を、晴太郎はぬこぬこと擦り上げてくる。一往復ごとに快感が膨らみ、張り詰めた乳房のてっぺんで、乳首が紅梅のように赤くしこった。

「あぁっ、また来る……さっきの、また……」

「……あぁ……もう、俺も、駄目だ」

音羽の腰を摑む手に、ぐ、と力がこもる。

息を切らし、汗を散らし、晴太郎は最後にひときわ強く己自身を叩きつけた。

「っ――出る……！」

「あぁん、あ、……ぃ、あぁあぁっ――……！」

木目の浮いた天井が、ぐるりと回って落ちてくる。

熱い飛沫《しぶき》を浴びせられ、深い恍惚の波間に漂いながら、音羽の意識はふつと途切れた。


日の出前の仲之町《なかのちょう》は、肌をちくちくと刺すような冷えた風が吹きすさぶ。

音羽は羽織の衿に首を埋《うず》め、大門の手前で昨夜の客を見送った。

「また来てくんなまし、吉治《きちじ》さん。今度はきっと雛祭りの日に」

「そりゃお前、紋日《もんぴ》じゃねぇか。会いに来てやりたいが、こっちにも事情があるからなぁ」

音羽に腕を取られた客が、弱った顔をした。

紋日とは吉原独自の祝い日で、客の支払う揚げ代が倍となる。

男は生糸《きいと》を扱う商家の手代《てだい》だが、最近子供が生まれたばかりで、妻の手前そうそう派手に遊ぶこともできないらしい。

「そこをどうにか……わっちには吉治さんの他に頼れる人がおりんせん」

「こらこら。誰にでも同じこと言ってんだろうが」

そう言いつつ、相手はまんざらでもないようだった。音羽が彼の手を引き寄せて、温かい息をほうっと吐きかけたせいだ。

「気をつけて。風邪ひかないよう帰ってくんなまし」

「……おう。わかった、来るさ。雛祭りだな」

「嬉しい！　約束でありんすよ、吉治さん！」

去っていく客に、音羽は満面の笑顔で手を振った。

大門から見返り柳に至るまでの五十間道《ごじゅっけんどう》は、途中で大きく曲がりくねっている。そこを越えた客の姿が見えなくなるなり、拭《ぬぐ》われたように笑みが消えた。

初見世を終え、本格的に客を取るようになってそろそろひと月。廓詞《くるわことば》を操り、いっぱしの遊女らしく媚びを売る自分に嫌気が差したが、それも一瞬のこと。

（よかった……これで身揚がりはしないですみそう）

体調を崩して休む日はもちろん、紋日にも客がつかないと、遊女は自分で揚げ代を払わねばならない。身揚がりするたび膨らんでいく借金は、今の音羽にとってひどい重荷だ。

好きでもない男に抱かれることを恐れていたのは、最初のうちだけだった。

客を取れずにお茶を挽《ひ》いていると、楼主や遣り手にねちねちと厭味を言われる。

罰として食事を抜かれたり、病気持ちの客や相撲《すもう》取り並みの巨漢の相手を、あえてさせられることもある。

空腹に寝不足。酷使される秘部の痛みに、客が取れなければ年季が明けるのもそれだけ延びてしまうという焦り。

一日を終えるごとに、音羽は自分の心身が音を立ててすり減っていくような気がした。最近は泥のように疲れているのに、寝つきが悪くて嫌になる。このあと昼見世の支度にかかるまでに、今日はどれだけ仮眠がとれるだろう。

吐く息が白く散る中、早く帰ろうと踵《きびす》を返したときだった。

「音羽」

声をかけられ、音羽は足を止めた。

影法師のような体つきの男が、路地裏から音もなく現れる。

「……晴さん」

「疲れた顔してんな」

そういう晴太郎こそ、目の下に黒い隈を浮かべていた。どこぞの酒楼《しゅろう》で飲み明かしたか、その金すらなく軒下で夜を明かしたか。

「そうだよな。音羽は昨日も仕事してたんだもんな」

彼らしくもないひねた口調に、こちら側の気持ちもささくれる。

「ねぇ、待ってよ。ここじゃあ……」

「すぐ帰る。ひと目顔を見たかっただけだから」

痛々しい笑みに、音羽の胸は一転して引き攣《っ》れた。

晴太郎の、絵師としての稼ぎは知れている。高良屋に揚がって抱き合えるのは十日に一度がせいぜいで、それでも彼にとっては相当な無理をしているはずだ。

音羽としても晴太郎が恋しかったが、こんな形で会うことは望んでいなかった。さきほどの客に見せた媚態を思い出し、そわそわと足踏みしそうになる。

「音羽」

晴太郎に手首を摑まれ、音羽は縫い留められたように動けなくなった。

どれほど長い間待っていたのか、氷のように冷えた手だった。

「なんで俺を見ないんだ」

「……見てるよ」

「嘘だ。こないだ見世に行ったときだって、俺とろくに目を合わせなかった」

音羽は俯き、唇を嚙んだ。

(なんでって……そんなの決まってる)

晴太郎に抱かれて純粋な喜びを覚えたのは、初めの一度きりだった。

あとは、ただひたすらに後ろめたい。他の男に肌を許し、他の男に吸われた唇で、「好きだ」と囁《ささや》くことすら欺瞞《ぎまん》に思える。

晴太郎だって、それくらいのことはわかっているはずだ。

わかっていても、彼はなお願うのだ。自分だけを見ていてほしいと、まっすぐに。

「さっきの客との約束、反故《ほご》にできるか」

目を据わらせた晴太郎に、ぎくりとする。

大門のそばでのやりとりを、彼は案の定見ていたのだ。

「紋日には俺が行く。金ならなんとかする。長屋の仲間に頼み込むか、絵を買い取ってくれる版元に前借りさせてもらえれば……」

「駄目だって！」

悲鳴のように音羽は叫んだ。

「あたしのために、晴さんに無理してほしくない。そんなことばっかりしてたら、すぐ駄目になる。借金まみれになって、仕事も信用も全部なくすよ」

「なら、俺はどうやったら音羽に頼ってもらえる？」

晴太郎の顔が悲痛に歪んだ。

そんな表情をさせてしまっていることが、ひどく苦しかった。

自分は、いつでも呑気に笑っている晴太郎が好きだったのだ。あるいは、絵を描いているときの、ぞくりとするほど真摯な横顔が。

「頼りにしてるよ……」

やはり目を逸らしたまま、音羽は言った。

「あたしの心は、ずっと晴さんが支えてくれてる。年季が明けたら一緒になろうって、約束してくれたじゃない」

初めて枕を交わした翌朝に、晴太郎は照れながら言った。

『前に、音羽は桜が好きだって言ってたろ。外に出られたら一番に、俺と向島の桜を見に行こう』と。

何気ない会話を覚えていてくれたことが嬉しくて、音羽は裸のまま晴太郎に抱きついた。その誓いだけで、どんな苦難も耐えていけると思った。晴太郎は誠実で、一度口にしたことを裏切らない。

裏切ったとすれば自分のほうだ。

あれほど嫌悪していた商売としての色事も、軽蔑していた客へのご機嫌取りも、食っていくためには仕方ないじゃないかと、ふてぶてしく開き直るようになった。

晴太郎のことは変わらず好いているけれど、そんなすれっからしの自分を見抜かれるのが怖いのだ。

「ごめん。もう帰らないと」

背を向けようとすると、手首を摑んでいた指が力なく解《ほど》けた。

「……俺の手は、あっためてはくれねぇんだな」

ぽつりと口にした晴太郎がどんな表情をしていたのか、振り返って確かめる勇気は湧かなかった。


年季明け間近の夕霧に、唐突な身請け話が降って湧いた。

相手は、夕霧がおかっぱ頭の禿《かむろ》だった頃から知っている、長い馴染みの両替商だ。

古希も近い立派な老爺《ろうや》だが、昨年妻を亡くし、独り身の侘しさがつくづく嫌になったという。喪が明けるのを待ち、夕霧を後添《のちぞ》いとして迎えたいと申し出てきた次第だった。

「私には充分ありがたい話よ」

相手を好いているのかと問うた音羽に、夕霧はただそう言った。身の回りの品を整理し、妹分に残すための着物や簪《かんざし》を選《よ》り分けながら。

「向こうでもいろいろと準備があるらしいから、あと少しはここにいるけど。その間もう客は取らなくていいって、身請け金とは別に花代を弾んでくださったし」

「でも……姐さんなら、もっと」

夕霧の人となりを知っている音羽は、どうしても歯痒さを覚える。

両替商の旦那は悪い人物ではないのだろうが、もっと若くて男ぶりのいい相手こそ相応《ふさわ》しいと思ってしまうのだ。

「私みたいな身の上の女が、多くを望んだら罰が当たるわ。――それより心配なのは、あんたのことよ」

夕霧はふうっと息をついた。

「私の馴染みだった何人かは、そのまま音羽の客になる。中でも厄介なのは淀屋淳一郎様ね。晴さんとあんたの関係は話してあるから、まさか無体はなさらないと思うけど……」

しかし、その懸念は当たってしまった。

夕霧とそんな会話を交わした翌日に登楼した淀屋は、音羽との絡みを晴太郎に描かせるのだと、幾本もの銚子《ちょうし》を空けながら息巻いた。

「あの男はお前の間夫だろうが、その前に一人の絵師だろう。絵師なら、頼まれた仕事はなんだろうと誇りを持って受けるもんだ」

「やめてくんなまし。後生でありんす、淀屋様」

音羽は青ざめ、懇願した。

そんなことをさせれば、晴太郎がどれほど傷つくか。ただでさえ追い詰められているのに、本当におかしくなってしまうかもしれない。

「わっちだけのことなら、精一杯お勤めしんす。夕霧姐さんに代われるよう、淀屋様の望まれることはなんでも。だけど、絵は……この場所に、あの人を呼ぶことだけは」

「うるさい！」

怒号とともに、中身の入った杯をこめかみに投げつけられた。

おかしな性癖を持っているだけでなく、淀屋は酒癖もいたって悪いのだった。

「考えただけで興奮するじゃないか、あぁ？　惚れた女が目の前で、他の男に犯される。どれだけ悔しくても、晴太郎は命じられたとおりに、その様《さま》を写すことしかできない。そんな中、お前を四つん這いで貫いてやったら、どれだけ気持ちがいいだろうねぇ？　本当に昇天しちまうかもしれない」

「なんて下衆《げす》……」

心の裡《うち》だけに留めておけず、思わず声が洩れた。

聞きつけた淀屋は音羽の髪を鷲掴《わしづか》みにし、逃げられないようにした上で、力任せに頬を張った。

「金で股を開く女のくせに、私に逆らう気か!?」

「あうっ……ぐっ……！」

右から、左から、また右からと殴りつける勢いが激しくなる。

頬の内側が切れ、口の中にたちまち鉄の味が広がった。

「水揚げ早々に情夫《いろ》を持つなんぞ、お前はどだい生意気なんだ。晴太郎も悔しいなら、金の力で堂々と自分だけのものにすりゃあいい。それすらできないくせに、知らぬ場所でこうして女に庇われて。情けない、惨めな青二才が」

「や……めて……」

音羽はもはや息も絶え絶えだった。

右目の上が腫《は》れあがり、視界が半分になっている。鼻の下がぬるぬると濡れているのは、鼻孔から噴き出した血のせいだ。

「……興が冷めた。こんな不細工な顔の女と寝る気にはなれんね」

淀屋が音羽を突き飛ばした。拳を汚した血に顔をしかめ、衣桁《いこう》にかかった小袖に手をなすりつける。

「今夜はこれで引いてやる。だが、その傷が治ったら――そのときこそ、晴太郎の前で私に抱かれるんだ。いいな?」


顔の腫れはなかなか引かず、音羽は数日間、仕事を休まざるをえなかった。

楼主は『淀屋様を怒らせた音羽が悪い』の一点張りで、布団で横たわっている間にも身揚がりの額は膨らんでいく。

「ああ、ごめんね。ごめんね、音羽……」

夕霧だけが懸命に音羽の看病をしてくれた。痣になった右目に井戸水で絞った手ぬぐいをのせて、少しでも温《ぬる》くなるとこまめに取り換える。

「私が、淀屋様に晴さんとのことを喋ったから。だからあの人、余計に興奮して」

「……姐さんのせいじゃないよ」

淀屋の性格を考えれば、遠からずきっとこういうことにはなっていた。

「晴さん、また旅にでも出てくれないかな……ああ、でも、そんなお金もうないか……」

淀屋から閨の場に呼び出されたら、晴太郎はどうするだろう。

普通に考えて断るだろうが、そうすれば次に暴力を受けるのは、きっと彼だ。

ここはぐっと辛抱して、言われるがままに絵を描いてくれと、音羽から説得するほうがましなのかもしれない。

「晴さん、音羽のことすごく心配してた」

夕霧が呟き、あっと口を押さえた。音羽は身じろぎ、枕から首をもたげた。

「晴さんに会ったの？」

「……昨日、湯屋に行ったときに、また待ち伏せされて。最近、音羽が張見世にも出てないみたいだけど、どうしたのかって」

聞けば、晴太郎は可能な限りの時間を、吉原《なか》でうろうろしているらしかった。高良屋への登楼が叶わなくとも、音羽がどうしているのか気になって仕方がないようだった。

「馬鹿だね、そんなことばっかりして……本当に仕事なくしちゃうよ」

「それだけ音羽のことが好きなのよ。だから晴さんに問い詰められて、私、黙ってられなくて……」

「喋ったの？　淀屋様とのこと？」

「……ごめんね」

さっきから夕霧がやたらと謝っていたのは、この件も含めてだったらしい。

責めるつもりはないが、音羽は顔をしかめた。殴られた傷がいっそう痛んだ。

晴太郎の性格からして、淀屋に殴り込みをかけるようなことはないと思うが、恨みや憎しみを溜め込むだけ、濁りのない彼の心は悲鳴を上げて軋むだろう。

（……あたしは晴さんを、地獄への道連れにしたのかもしれない）

彼を初客に選んだことを、後悔しないと確かに思ったのに。

囚われの身の遊女も、貧しい絵師も無力なものだ。淀屋の言うとおり、互いに分不相応な恋だったのだろうか。

（ごめん、晴さん……会いたいけど、こんな顔見せられないよ……）

夕霧に気づかれぬよう、音羽は手ぬぐいの位置をさりげなくずらして、溢れる悔し涙を吸わせた。

晴太郎と次に顔を合わせたのは、ようやく傷も癒えた如月《きさらぎ》の終わりだった。

指名の客はついていなかったので、音羽は朋輩《ほうばい》たちに混ざって張見世に並んでいた。

ざぁざぁと、激しい雨の降りしきる夜だった。

赤い格子の向こうを通り過ぎる客も少なく、たまに足を止める者がいても、品定めの挙句に別の見世へと向かってしまう。

「なんでもいいから早く選べよ。こっちゃ寒いんだって」

隣に座る朝月《あさづき》が、不貞腐《ふてくさ》れたように吐き捨てた。音羽と時期を同じくして客を取るようになった娘で、火鉢から遠い場所に二人して追いやられている。

音羽はさきほどから、妙な居心地の悪さを感じていた。

他の遊女たちがちらちらとこっちを見やり、気の毒そうな、それでいて恐れるような目を向けてくるのだ。

「……あたし、なんかしたかな」

「音羽、まだ知らないの？」

呟くと、朝月が待っていたとばかりに食いついてきた。彼女は噂好きな性格で、聞いたことを半刻と黙っていられないお喋りだ。

「あんたの馴染みになった淀屋様だけどね。三日前から行方知れずなんだってさ」

「え？」

「それも、家出とか失踪とかじゃないんだって。帳場で算盤《そろばん》を弾いてるときに、奉公人たちが見てる前で、ぱっ！　っていきなり消えたんだって。手妻《てづま》師の術にかかったみたいに。真冬の怪談だって騒がれて、吉原でも大概の人は知ってるよ。あんたは昨日まで寝込んでたから、遠慮して誰も話さなかったんだろうけど」

「……何それ」

からかわれているのではないかと周囲を見ると、遊女たちが揃って目を逸らした。

淀屋が消えたという真偽はともかく、そういった話が出回っているのは本当らしい。

「それでね、もうひとつ噂があるの。淀屋様を消したのは、あんたの間夫の……」

「朝月」

咎めるように誰かが咳払いした。

喋りすぎたと気づいたのか、朝月が口を噤《つぐ》んだ。

しん――と水を打ったように気まずい沈黙が広がった。そこに。

「音羽」

名を呼ばれ、音羽はぎょっと息を呑んだ。

音羽以外の他の遊女も、ちょうど彼の話をしかけていた朝月も。

「……部屋、あげてくれ」

傘も持たず、格子ごしにずぶ濡れで立っていたのは、死人のように青い顔をした晴太郎だった。

◆　◆　◆

有り金を握りしめて登楼したというのに、その夜の晴太郎は音羽を抱かなかった。代わりに晴太郎が抱きしめられていた。

膝の上に取りすがって震える彼を、まるで母親のように音羽が抱いていてくれた。

「音羽、どうしよう……俺……俺」

「淀屋様のことね？」

見上げた音羽の表情は、困惑と怯えが入り交じったものだった。

その反応から、彼女もすでに噂を聞いているのだと知る。

真昼間から奉公人たちの目の前で、淀屋が消えてしまったこと。

それが、一人の遊女を巡って反目していた「鬼絵師」の仕業《しわざ》だと囁かれていることまで。

「何があったのか、あたしに話して」

不安なのは音羽も同じだろうに、晴太郎の背中をさすってくれた。その手の温度に、晴太郎はようやく順序だてて話すことを思い出す。

「夕霧さんから、音羽があいつに殴られたって聞いて。俺に閨の絵を描かせることを、音羽が拒んだからだって」

「……うん」

頷く音羽の面《おもて》に、今は怪我の痕はない。

それでも、どれほどの痛みと屈辱を味わったかと思うと、初めてその事実を知ったときのように、晴太郎の腹は煮えたぎった。

「悔しくて。どうしても許せなくて。けど、俺が淀屋様をどうにかすれば、音羽にも迷惑がかかると思って——……いや」

晴太郎は首を横に振った。

認めるのも悔しいが、ここで音羽に嘘をつけば、自分のことをいっそう嫌いになりそうだった。

「そんなのは言い訳だ。俺は怖かった……弱かったんだ。まともにやりあったって淀屋様には勝てないし、扇絵の注文がなくなるだけじゃなく、他の仕事の伝手《つて》まで潰されるかもしれない。そうしたら、今よりもっと音羽に会えなくなる。それが怖くて——だから、俺は」

他に手段がなかったから。

身を焼き焦がしそうな怒りを噴出させる方法は、ひとつきりだったから。

「淀屋様の、絵を描いた」

頭上で、ひゅっと息を吸う音がした。

「鬼みたいな顔をした淀屋様の絵だ。描きながらずっと思ってた。こんな屑野郎は消えちまえばいいのに。音羽に触れる男全部、いなくなっちまえばいいのに、って……」

どれだけの間、絵筆を握っていたのかも覚えていない。

叩きつけるように荒々しい筆致で描かれた淀屋の顔は、亡者をいたぶり尽くすという、地獄の獄卒《ごくそつ》のようだった。

「まさか、願っただけでこんなことになるなんて。朝顔や鶯だけじゃなく、人まで消しちまうなんて……」

「晴さん！」

己のしでかした罪に慄《おのの》く晴太郎に、音羽が泣きそうな声で呼びかけた。

「そんなの、偶然かもしれないじゃない。前に言ってたじゃない。晴さんが描いた絵のせいでおかしなことが起こっても、それはわざとじゃないんだって」

これまではそうだった。

世間で言われる不可思議な力を、自在に操れたことは一度もなかった。

自分の絵に妙な現象が起きると初めて知ったのは、七歳のときだ。

当時の晴太郎は父の真似をし、寝食を忘れるほどひたすらに絵を描いていた。

酒飲みで気の短い父は、絵師としては凡庸だったが、息子の才をすぐに見抜き、内心恐々としていたらしい。

ある日、反故紙《ほごかみ》に富岳絵を描いていた晴太郎は、酔った父にいきなり殴られた。小さな体は容易《たやす》く吹っ飛んで柱にぶつかり、こめかみからだらだら血が流れた。

『あてつけか？　わざわざ俺の前でそんなもん描きやがって』

ちょうど父も富岳絵の注文を受けていて、思うように描けず苛ついていた。年端もいかぬ我が子のほうが達者に筆を運ぶ様《さま》に、とっさに激高したのだった。

画材のいっさいを取り上げ、怪我をした晴太郎を放置して、父は酒を買いにいった。その頃すでに母親は若い男と出奔《しゅっぽん》しており、晴太郎は一人だった。

筆も絵皿もなくした晴太郎は途方に暮れた。

父の道具を使えばまた怒られるだろうし……と悩んだ挙句に思い出したのは、絵師であり僧でもある、雪舟《せっしゅう》という人物の逸話だ。

小坊主の頃、絵ばかり描いて経を学ぼうとしない雪舟を、寺の和尚は柱に縛りつけてしまった。手の使えぬ雪舟は、己の零した涙を足指につけ、床の上に鼠を描いた。その見事さに感心した和尚は、雪舟が絵を描くことを許すようになった――という伝説だ。

同じことをすれば、自分の絵にかける情熱を、父も理解してくれるかもしれない。

ただし、涙ではいけない。乾いたら跡も残らず消えてしまう。

晴太郎はこめかみから溢れる血を指にすくい、長屋の壁に鼠を描いた。部屋を汚せば余計に怒られると思い至らなかったのが、所詮は子供の浅知恵だ。

が、結論から言えば、晴太郎は叱られなかった。

晴太郎が己の血で描いた鼠は、キュッ！　と鳴き声を上げ、壁を伝って走り出し、床に空いた穴に逃げ込んでしまったのだ。

何が起こったのかわからなかった。

白昼夢を見たのだと、そう思うしかなかった。

数年後、父が酒の飲みすぎで死んだとき、晴太郎は悲しみよりも強い感情を覚える自分に気づいて慄然とした。

これで父の目を気にせず、のびのびと絵を描くことができる——と、晴太郎は確かに安堵したのだ。

それからは幾人かの高名な絵師に師事しようとしたが、例の力が邪魔をした。

人物画を描けば表情が変わり、梅の蕾を描けば知らぬうちに開花している。

気味悪がられて破門され、仕方なく扇絵や枕絵を描くことで食い繋いだ。厄介な噂がこれ以上広がっては困るから、どうか何事も起きぬようにと願いつつ絵を描いてきた。

だから、あれが初めてだったのだ。

自分に異能の力があるのなら、今こそそれを使わせてくれと、禍《まが》つ神とも知れぬ存在に全身全霊で祈ったのは。

「淀屋様が鬼なら、俺も鬼だ」

あのときの晴太郎には、まぎれもない悪意があった。

自分だけは安全なところに身を置いて、憎い男に卑劣な呪いをかけようとした。

長屋仲間から淀屋が消えた話を聞かされ、晴太郎はとっさに部屋を飛び出した。奉行所がどういった沙汰《さた》を下すのかはわからないが、捕まればただではすまないと思ったのだ。かくなる上は江戸を出るべきかと迷うも、最後にひと目音羽に会いたくて、矢も盾もたまらず大門をくぐってしまったのだが。

「……来ちまってごめん」

「待って、どこ行くの!?」

ゆらりと立ち上がった晴太郎に、音羽が声を上げた。

彼女のぬくもりに溺れたかった。

何もかもを忘れて柔肌《やわはだ》を貪り、『晴さんは悪くない』と言ってほしかった。

けれど。

「音羽と顔を合わせる資格なんて、なかったんだ」

晴太郎の口元は、笑みとも言えない形に歪んだ。

「──俺はもう、本当の化け物になっちまったのかもしれない」

どこをどう歩いてきたのか、皆目《かいもく》わからない。

気づけば晴太郎は、日本堤《にほんづつみ》をふらふらと進んでいた。雨の勢いはより強まって、濡れた着物が肌に貼りつき、体温を容赦なく奪っていく。

堤の両端には、吉原へ行き帰りする遊客向けの水茶屋が並んでいたが、この悪天候では稼ぎも見込めまいと、早々に店じまいしているところが多かった。

土手の下には山谷堀《さんやぼり》が走り、水嵩《みずかさ》を増してごうごうと流れている。この雨の中、ぼんやり歩いて足を滑らせていたら――と、いまさらながらにひやりとした。

背後から泥濘《ぬかるみ》を跳ね散らす足音が迫ってくる。

振り返れば、着物を尻っ端折《ぱしょ》りにした町人風の男が二人。晴太郎の姿を認めるなり、彼らは気色《けしき》ばんで囁き合った。

「あいつか？」

「きっとそうだ、間違いねぇ」

なんだと思う間もなく、二人の男に詰め寄られる。

「絵師の晴太郎だな。若旦那《わかだん》さんをどこへやった!?」

「お前のせいで若旦那さんが消えちまったって、お内儀《かみ》さんが泣いてるんだよ！」

胸倉を摑んで責め立てられ、瞬時に合点《がてん》がいった。

彼らは、淀屋の店で働く奉公人たちだ。ことの元凶である晴太郎を探し出すべく、吉原の近辺で張っていたに違いない。

「これまで仕事を回してもらっておきながら、恩を仇で返しやがって」

「どうしてくれる気だ、この鬼絵師が！」

「っ……すまねぇ……！」

二人がかりで糾弾され、晴太郎は思わず謝っていた。

彼らの罵声は、晴太郎の罪の意識がそのまま形になったものだった。

「認めたな？　お前が若旦那さんを消したんだな？」

「こら、待てよ、逃げんじゃねぇ！」

無我夢中だった。

良心の呵責に堪えかねた晴太郎は、手足を振り回し、男たちを突き飛ばして走った。

その先に何があるか――否。

いいや、何もないことを確かめる余裕さえもなく。

「……うぁあああっ!?」

水を含んだ土が足元でぐずりと崩れ、晴太郎は土手の斜面を転がり落ちた。

生きた闇そのもののような黒い川が、大口を開けて己を呑み込まんとしている。

(ああ、音羽……許してくれ)

年季が明けたら一緒になろうという約束。

それはもう、おそらく果たせない。

「おい、落ちたぞっ！」

「俺らのせいか？　まずい、人を呼ばねぇと……！」

慌てふためく男たちの声を、流水の轟音が掻き消して——ほどなく、それすらも聞こえなくなった。

◆　◆　◆

晴太郎が死んだ。

その一報が高良屋にもたらされたのは、翌日の夕刻だった。

正確には、半日かけて探しても遺体は上がっていない。

だが、状況から見てとても生きているとは思えない。捜索は打ち切られ、長屋仲間が金を出し合って、形ばかりの葬式を出すということだった。

「嫌……嘘だ……晴さんが……」

「しっかりして、音羽！」

呆然と座り込む音羽に、夕霧が懸命に呼びかける。

今夜は見世を休ませ、ひと晩中ついているつもりだったが、間の悪いことに身請け相手の両替商が登楼した。夕霧を迎える準備がいよいよ整い、高良屋での逢瀬はこれが最後だと、名残を惜しみに来たのだった。

「絶対に馬鹿なことは考えないで。朝になったらまた様子を見に来るからね」

念を押した夕霧が部屋を出て行き、音羽は一人になった。

報《しら》せを聞くまで夜見世に出るつもりだったから、支度はあらかた済んでいる。化粧だけはこれからだったが、血の気をなくした顔は白粉を塗ったよりも白かった。

（あたしが昨日、無理にでも引き留めてれば……）

水の中で溺れ死ぬというのは、どれほど苦しいのだろう。

怖かっただろう。

無念だっただろう。

最期《さいご》に音羽のことを思い出してくれただろうか。

一人で黄泉《よみ》の国に行くのは嫌だと、濁流の中で手を伸ばしたのだろうか——。

「……あたしも行く」

音羽は糸で吊られたように立ち上がった。

落ちていた扱《しご》き帯を拾い、不安定な脇息《きょうそく》を踏み台にして鴨居にかける。

『馬鹿なことは考えないで』という夕霧の言葉が一瞬よぎったが、今となっては、こうすることだけが正しい道に思えた。

（あたしと関わらなかったら、晴さんはこんな目に遭わなかった――あの人を一人にはさせられない）

家族と再会する望みが絶たれた音羽に、晴太郎は新たな希望をくれた。

その彼がいなくなった今、音羽をこの世に留めるものは何もない。

おぼろな知識で帯を輪にして、これでいいのだろうかと少し躊躇《ためら》う。

もし失敗したなら、剃刀《かみそり》で手首でもなんでも切ればいいのだと思い直し、首吊り紐に頭を突っ込んだときだった。

「――やめろ、馬鹿！」

後ろから羽交い絞めにされ、音羽は畳にひっくり返った。

衝撃の割に痛みはなく、下敷きになった誰かが代わりに呻いている。

「ってぇ……」

「だ、大丈夫？」

体を反転させ、反射的に言葉をかけたところで、音羽はあんぐりと口を開けた。

「――晴……さん？」

無造作な総髪。墨で汚れた古い着物。驚愕に固まる音羽を映す、黒々としたどんぐり眼《まなこ》。

腰をさすって顔をしかめるのは、水の底に呑み込まれたはずの晴太郎だった。

「なんで……？　晴さんは山谷堀に落ちて、死んだって」

「ああ、落ちた。そのはずだけど……なんでここにいるんだか、俺にもわかんねぇ」

晴太郎が音羽の頬に手を伸ばした。

その手は冷たくなかった。

温かかった。

音羽を抱きしめ、髪を梳《す》き、家族の似絵を描いてくれた恋しい男の手だった。

「晴さん……！」

音羽は体重を投げ出し、晴太郎に抱きついた。再び下敷きにされた彼が、泣き出しそうな顔で笑う。

「こいつは夢かな。死んだと思ったのに、音羽がいる」

「いるよ。あたし、晴さんのそばにいる」

音羽の存在を確かめるように肩や背中を撫でさすり、晴太郎は口にした。

「溺れながら思い出したんだ。会えない夜に描いてた、音羽と俺の絵のこと」

「絵……あたしと晴さんの？」

「音羽の年季が明けたら行きたい場所や、一緒にやりたいことや――……普段は、自分を絵に描くことなんかねぇんだけど」

　音羽が他の男に抱かれる現実から逃避したくて、晴太郎は夜毎《よごと》、紙の上で儚い夢を描き続けていたのだった。

「絵の中でなら、俺たちはいつでも自由だ。死にそうな中、あの絵の世界に音羽と行けたらと思って……そうしたら、いつの間にかここに」

「もういいよ、晴さん。これが夢でも幻でもいい」

　音羽は晴太郎の頭を抱え、その首筋に顔を埋《うず》めた。

「どこにでも行くよ。あたしは、晴さんとずっと一緒にいたい」

「……俺もだ」

　肩を摑んで引き剝がされたと思ったら、下から噛みつくように口づけられた。

　たちまち意識が酩酊し、音羽も夢中で舌を絡める。

「ん、――は……んぅ……」

　互いの体を熱が行き交《か》う。

　着ているものが邪魔っけで、羽化する二匹の蝉のように、もがきながら脱ぎ捨てる。

　知っているのだ、蝉は。己に与えられた時間が、そう長くないことを。

　番《つがい》を見つけて命を繋ぐために、必死に生きる。うたかたの恋を永遠にする。

　自分たちもおそらく、似たようなもので。

「晴さん……ここ、もう熱い」

音羽は晴太郎の胸を撫で、腹を撫で、体の中心で兆《きざ》すものに頬ずりした。

彼の魂そのもののように、熱くてまっすぐで。音羽の前でだけ奔放に育ちきるそれが、何よりも愛《いと》おしい。

「あたしにちょうだい」

根本から舌を這わせ、唇を覆いかぶせて口に含むと、晴太郎の腰がびくんと震えた。

苦しそうに、恥ずかしそうに、眉根を引き絞った彼がこっちを見ている。

晴太郎が感じてくれている。

そう思うだけで音羽の花芯も、内側からじゅわりと濡れて綻びた。

口の中で唾液と先走りが混ざり合い、くちゅくちゅと淫らな音が立つ。

舌の表面を痺れさせるような独特の味を堪能したくて、喉の奥まで亀頭を含み、じゅっと強く吸い上げた。

「……美味しい」

「馬鹿言うな。そんなの――」

「晴さんのなら、全部欲しいの」

「く――音羽、待て……っ……！」

このままでは口の中に放ってしまうと思ったのか、晴太郎は焦って身を起こした。

「もういい。俺も、あんたの」

畳の上に他愛無く転がされ、跳ねあがった両足首を摑まれる。

抵抗する間もなく、濡れそぼった音羽のそこに、晴太郎は犬のようにむしゃぶりついた。

「あぁっ……！」

入口をねろりと舐められ、窪地に舌をねじ込まれ、音羽の下腹部に火が点《つ》いた。

晴太郎の鼻先が花芽《はなめ》に擦れるたび、感じたことのない喜悦に腰がよじれる。

溢れる蜜を舌に受け、晴太郎が囁いた。

「ほんとだな――音羽のなら、全部飲みたい」

「やぁっ、だめぇ……！」

音羽が一番感じる場所は、すぐに見抜かれてしまった。

ずぷずぷと抜き差しされるものは指に代わり、ぬめる舌は真っ赤に腫れた敏感な突起をくるみ込む。

「ここが好きなんだな。今まで気づかなくて、悪かった」

できたばかりの傷口のように刺激に弱い一点を、晴太郎は執拗に舐め転がした。

痛みの代わりに込み上げるのは、脳髄をどろどろに溶かしていく、禁忌のような快楽だ。

「あ、ぁあ、ん、やぁぁっ……！」

「指が、巻き込まれて――すげぇ……」

達する直前の膣内がひくつき、侵入物を食いちぎらんばかりに締めつける。

膣内をぐいぐい押しあげる指と、秘玉をぬるぬると舐め回す舌。

内からと外からの快感に意識を手放しそうになり、音羽は必死に叫んだ。

「やめて、晴さん――お願い、やめて!」

「なんでだ? もう少しで……」

達《い》きそうだった。それは事実だ。

だが音羽は本能的に、そうしてはいけないと思った。

自分一人だけで果ててしまえば、晴太郎と同じ場所には決して行けない気がした。

「一緒がいいの……晴さんと」

「わかった」

晴太郎が音羽のこめかみに口づけ、体を重ねてくる。

ぽってりと熱をもって膨らんだ花弁の間に、屹立の先が引っかかる。

晴太郎の先端は瘤《こぶ》のように膨らんで、音羽の入口を通る際、いつも難儀するのだった。

「う……ぁあっ……」

音羽は喘いだ。

晴太郎のそれを、いつもより大きく、太く感じる。このまま永遠に咥え込んでいたいと
いうように、自分のそこがきつく締まっているせいだ。

みちみちと女陰を割ってきたものは、奥にある子壺の口を、こつんと叩いて止まった。

「……入、った？」

「ああ……これで全部だ」

しばらくじっと抱き合ったまま、二人は互いの鼓動を感じていた。

けれど、それも長くは続かない。

相手の呼吸やわずかな身じろぎでさえ、火照りきった体にはたまらない刺激で。

「音羽……我慢、できねぇ」

ゆっくりと舟を漕ぐように、晴太郎が腰を揺すり立て始める。

奥の芯を突き上げられ、音羽は背を反らした。晴太郎の一番硬い部分が、自分のどこよりも柔らかな場所に、ぬちゅぬちゅと擦りつけられている。

「晴さん……好き、好きだよぉ……」

口に出し、指と指を絡めると恋しさが募《つの》って、繋がった部分がじんじんと疼いた。

この人と出会えてよかった。

音羽のつらさや痛みを己のものとして感じてくれる、優しい人でよかった。

たとえ、晴太郎が普通の人間でなくても——彼自身が言うように、化け物になってしまったのだとしても、自分はこの手を放さない。

向かう先が幽世《かくりよ》だろうが地獄だろうが、どこへでも連れていってほしい。

「俺も音羽が好きだ——……好きだ」

晴太郎が腰をずんと打ち込み、音羽の胸に齧《かじ》りつく。

赤ん坊のように乳首を吸われ、音羽は彼に抱かれながら彼を産み落としているような、奇妙に満たされた心地を覚えた。

ひと突きごとに快感がひらめき、体の奥で炎が燃える。

甘い吐息をくべられて大きくなる火は、互いの存在以外、余計なものを燃やしていく。

会えなかった間の寂しさも。

仕事とはいえ、他の客に体を開く罪悪感も。

消えてしまった淀屋に対する、怒りも恨みも憐憫《れんびん》も。

浄化の炎に焼かれながら、音羽はふと気づいて「あ」と目を丸くした。

「晴さん、見て……空が」

部屋の障子窓が、知らぬうちに開いていた。

四角く切り取られた空は、本来なら夜であるはずなのに、見たこともない色をしていた。

珊瑚《さんご》色から曙《あけぼの》色へ。

菜の花色から若苗《わかなえ》色へ。

水浅葱《みずあさぎ》から青鈍《あおにび》へ、さらに深い今紫《いまむらさき》へ——巨大な虹が満天を覆っているかのように、鮮やかな濃淡に染まっている。

「綺麗……」

「ほんとだなあ。絵にしてみてぇ」

これはなんだろう、と驚く心はもうなかった。それは晴太郎も同じなようだった。

微笑み合い、また唇を重ね、力強い律動に身を任せる。

背中の下の畳も、晴太郎の肩越しに見える天井も、いつの間にか消えていた。

どこかに向かってゆっくりと落ちているような、逆にふわふわと浮かび上がっているような——重力から解き放たれた世界で、二人は言葉もなく互いを貪り、恍惚を極めると同時に、周囲が真白い光に溶けた。


「音羽——音羽、起きろ」

肩を揺り動かされ、音羽は目覚めた。

身を起こすと、温かな風が頬を撫でる。はらはらと、ぼたん雪に似たものが舞っていると思ったら、それは無数の花弁だ。

音羽たちがいるのは、見渡す限りの桜並木だった。

どこまでもからりと晴れた青空と、淡い紅《くれない》を帯びた花霞との対比が美しい。

さっきまで裸だった二人は、今は真新しい着物を着ていた。晴太郎は柳色の小紋染めで、音羽は町娘が着るような黄八丈《きはちじょう》だ。

「すごい……こんなにたくさんの桜、初めて見るよ……！」

音羽ははしゃぎ、子供のように両手を広げて降り注ぐ花弁を受け止めた。

そんな彼女の横で、晴太郎が首を傾げる。

「それにしても、どこだろうなここは」

「向島じゃないの？　いつか一緒に行こうって言ってくれた」

「そんな気もするんだが……こんな、人っ子一人いねぇわけは」

不思議そうな顔を見合わせたのは、一瞬だけだった。

ここが今までと同じ世界ではないとしても。

誰も自分たちを邪魔しない場所で、何を思い煩《わずら》うことがあるだろうか。

「あっちのほうがもっと綺麗みたいだよ」

「そうだなぁ。行ってみるか」

手を繋ぎ、歩き始める二人の頭上で、ひときわ強い風が吹く。

笑いさざめくように木々が震え、視界一面を埋める桜吹雪が、音羽たちを覆い隠した。

◆　◆　◆

翌日の未明。

年甲斐もなく、ひと晩中挑んできた身請け相手が眠るのを待ち、夕霧はようやく寝床を抜け出した。小走りで向かうのは、間夫の死に衝撃を受けていた妹分の部屋だ。

「音羽、入るよ」

襖を引き開けるなり、夕霧はひっ、と悲鳴を上げた。

鴨居からだらりと垂れている、首吊りのための帯を目にしたからだ。

だが、そこにぶら下がる無惨な死体はない。

胸を撫で下ろしたものの、肝心の音羽の姿もなかった。

「音羽！　音羽、どこにいるの!?」

寝ている客を起こすのも構わず、妓楼中を駆け回る。騒ぎに気づいた楼主や若い衆《しゅ》もやってきて、事情を聞くや血相を変えて表《おもて》に飛び出した。

五丁町《ごちょうまち》全域の裏路地に、九郎助稲荷《くろすけいなり》。羅生門河岸《らしょうもんかし》近辺に、取り壊しを待つ寂れた番屋。果てはお歯黒どぶや井戸の底まで。

会所の人間の手も借りてあらゆる場所を探したが、生きた音羽はおろか、死体さえも見つからない。死んでいないとすれば、残る可能性は足抜けだが、虚脱状態の彼女にそんな気概があったとも思えない。

なんの収穫もなく昼過ぎになり、肝を焼く夕霧のもとに朝月が訪れた。

「姐さん、これ。今さっき、晴さんの長屋仲間が、音羽にって持って来たんだけど……」

淀屋が消えた話を音羽に吹き込んだ気まずさからか、朝月はそそくさと立ち去った。

風呂敷に包まれていたのは、簡素な造りの文箱だった。敵娼《あいかた》の音羽宛てに届けられたということは、晴太郎の遺品だろう。

(――ごめん、音羽)

夕霧は思い切って蓋を開けた。離れ離れの場所であっても、二人が心中の約束でもしていたならば、なんらかの手がかりが見つかるのではと考えて。

箱の中身は文《ふみ》ではなく、百枚にも及ばんとする墨絵だった。

一枚ずつめくるうちに、夕霧の目にみるみる涙が浮かんだ。

(これも……これも……)

晴太郎が描き残したすべての絵に、彼と音羽がいた。

祭りの屋台をひやかし、大輪の花火を眺め、茶屋で団子を頬張り、倹《つま》しくも祝言を挙げ、生まれた赤子を揃ってあやし――。

どれもが、いつかこんな未来がきてほしいと、晴太郎が思い描いた夢だった。

絵の中の二人はこの上なく幸せそうな顔で笑っており、嗚咽《おえつ》が止まらない。

最後の一枚を手にし、夕霧はあっと声を上げた。

どことも知れない桜並木だ。

満開の花の下、手を繋いで歩く二人の後ろ姿。

絵の中の音羽が振り返り、夕霧に向かってふわりと笑った。

心配しないで、姐さん――と声が聞こえた気がした。

「……音羽！」

驚いて取り落とした絵を、再び拾う。

（晴さんと一緒なんだね？　そこではもう、悲しいことも苦しいこともないんだね……？）

手の届かない場所に行ってしまった妹分の幸福を、ただ祈る。

絵に描かれた恋人たちは、いつしか水に溶けるように消えて、あたりには仄《ほの》かな墨の香りだけが残った。

ソーニャ文庫アンソロジー
化け物の恋

灰の王と歌えぬ春告げ鳥の話
藤波ちなこ

昔々あるところに、王が治める大きくも不毛《ふもう》な国と、大公が治める小さくも豊かな国がありました。元は一つの国でしたが、長い年月の間に戦を繰り返し、二つに分かれたのです。

そしてまた、二つの国の間に大きな戦が起きました。

大公国は寡兵《かへい》で奮戦《ふんせん》しましたが敵《かな》わず、当代の大公は王国の捕虜《ほりょ》となってしまいました。大公はそれはそれは見事な金髪の持ち主で、民に愛され、戦線では勇猛にも自ら指揮を執《と》っていましたが、戦場で目立ちすぎたのです。

大公は自身の身柄の解放と引き換えに、跡継ぎ娘を王国の王太子妃として差し出すことを求められました。それだけでなく、大公位の継承権を持つ者は、未来永劫《えいごう》、国王の承認がなければ結婚できないという約束まで突きつけられたのです。

大公は教会を味方につけ、世俗の権力者に過ぎない王が神聖な結婚を制限するのは神への冒瀆《ぼうとく》だと非難しましたが、敗者の訴えに力はありませんでした。

屈辱のうちに輿《こし》入《い》れして王太子妃となった跡継ぎ娘は、間もなく王妃になり、銀髪の男の子を産み落としました。

春告げ鳥が鳴く季節に産声《うぶごえ》をあげた赤子は、王妃の寝室から速《すみ》やかに王太后のもとに連れて行かれ、ヴィクトールと名付けられた。二つの国の君主たるにふさわしい帝王学を施《ほどこ》すため、それは国王と王太后との間であらかじめ決められていたことだった。

王妃が幼い息子と会うためには、そのたびに王太后の許可を請《こ》い、女官の同席を認めなければならず、若い母親の足は自然と息子から遠のいていった。

三年後、ヴィクトールに弟が生まれた。母譲りの金髪の赤子は、光を意味するリヒトという名をつけられ、生母に乳を与えられ、大公国訛《なま》りの言葉で話しかけられ、故郷の歌を聞いて育った。

ヴィクトールが物心ついた頃、王妃が大公の位を継いだ。二国を行き来する必要があるとして、国境に大公国の建築様式で離宮を建て、大公国出身の使用人と私兵を置き、一年のうちのほとんどをリヒトだけを伴ってそこで過ごすようになった。

ヴィクトールは、母と弟が王宮に戻ってきたと聞きつけてはこっそりと王妃の間へ近づき、二人が出立するのを遠目に見ては自分は今度も連れて行ってもらえなかったと肩を落とした。世継ぎにふさわしくなれば母に認めてもらえると信じて、勉学や武芸の稽古《けいこ》、乗馬の訓練に励《はげ》んだ。楽器や詩作、ダンスは不得手だったが、手を抜くことはしなかった。

しかし、三つも年下であるにもかかわらず、リヒトはヴィクトールの苦手なことでも教師の教えをぐんぐん吸収し、そつなくこなしているようだった。弟が混じりけのない金髪に繊細な顔立ちを備えていることも、ヴィクトールには羨《うらや》ましく思えた。

何よりも母が、「リヒトはわたくしの父にそっくり。もしもこの子が大公位を継げたなら、亡き父がどれほど喜ぶことか」と公言していると聞き、密かに悲しみに暮れた。


十三歳の冬のこと。

ヴィクトールは国王とともに、初めて王妃の離宮に招かれた。ヴィクトールは嬉しくてならず、離宮はどんなところだろうか、母と何を話そうか、弟とどうやって遊ぼうかと期待に胸を膨《ふく》らませた。

離宮は、国境沿いの雪深い森の中、人目を忍ぶようにひっそりと建っていた。

到着するなり、王妃は国王を私室に招き、長々とした会談を繰り返しては決裂させている様子で、兄弟にかまってはくれなかった。けれど、この離宮に住んでいるも同然のリヒトは、馴染みの侍従たちを相手に遊んでいて、ヴィクトールは彼らの話す大公国訛りの会話を中庭の隅でじっと聞いているしかなかった。

十日目の晩、王妃がたった一人でヴィクトールの部屋を訪れた。

そこで母とどんな言葉を交わしたのか、ヴィクトールの記憶には残っていない。なぜなら、母の突然の訪問にひどく緊張していたうえ、二人の会話はすぐに外の悲鳴と騒がしい足音にかき消されてしまったからだった。

火事が起きていた。

火元のわからぬ炎は、乾いた冬の風にのり、王妃とリヒトの私室がある離宮の東翼を包んでいた。王妃は行き先を誰にも告げずに自室を離れ、ヴィクトールの部屋に来るなり人払いをしていたために、ぎりぎりまで火事に気づかなかったのだ。

王妃は絹を裂くような声で愛しい息子の名を呼び、ヴィクトールの部屋を飛び出した。置き去りにされたヴィクトールも慌てて廊下に出たが、炎はすぐ目の前に迫っていた。戻ろうと振り返ったが、いつの間にか背後まで火が回り、退路もなくなっていた。

近衛兵が自分を呼ぶ声が聞こえたが、煙を吸ってしまったのか、だんだん意識が遠のいてゆく。ヴィクトールはそこで、ついに倒れてしまった。


ヴィクトールが目を覚ましたのは、火事の晩から数日が経った頃だった。

左半身が火に焼かれていた。頬から下、背中と左足までの火傷《やけど》は重く深く、叫び出したくなるほどの痛みがやってきた。爛《ただ》れた肌は直視に耐えず、自分がどんな姿に成り果てたのか想像もつかなかった。

さらに深い苦痛を味わわせたのは、母が亡くなったという事実だった。

あの晩、王妃は、私兵や侍従、下男たちにリヒトを最優先に救出するよう命じていたらしい。離宮の主《あるじ》である彼女の命令に逆らう者はいなかった。王妃自らも、制止する侍女たちを振り切って炎の中に飛び込み、リヒトを助けた代わりに命を落としていた。

ヴィクトールは、その顛末《てんまつ》を父から聞かされた。ひどい火傷を負った自分が王宮には戻れず、療養のために別の場所に移されるということも。

数日後の出立はひどく寂しいものだった。教育の行き届いた侍従たちはリヒトとともに王宮に戻る準備をしており、近衛兵たちは主に重傷を負わせたことを咎《とが》められて処分を待っていた。

車椅子で運ばれるヴィクトールを、一人の少年が追いかけてきた。火事の中で自分を呼んでいた近衛兵だった。謹慎《きんしん》させられていたところを抜け出して来たようだった。彼はヴィクトールの前で申し訳ないと泣きじゃくった。

「詫《わ》びることなどないよ」

ヴィクトールは首を振り、彼を咎めようと慌ててやって来た上役に向かって言った。

「彼を罰しないで、新しい役目に就けるようにしてあげてほしい。父上にもそう手紙を書いておくから」

ヴィクトールは幼い頃から、感情を表に出してはいけないと厳格に訓練されてきた。もしも自分がほんの少しでも辛そうな表情を見せれば、この若い兵士に関わる全ての者の立場が変わってしまう。父は、血縁には非情になりきれない情に脆《もろ》い人だったが、それゆえに、身内に害を為した者には容赦をしないというところがあった。

ヴィクトールはそれを知っていたから、何とか声を振り絞った。ただそれだけのことだった。

ヴィクトールの療養先は南方の伯爵領だった。

老齢の伯爵は穏やかな人物で、妻は以前に王太后の女官を務めていたという明るく世話好きな貴婦人だった。夫妻はヴィクトールを温かく迎え入れ、過ぎるほどに気遣った。身の回りの世話をする者は最低限の人数とし、部屋には鏡を置かなかった。だが、腫《は》れ物に触るような丁重な扱いは十三歳の少年をかえって心苦しくさせた。

ひどく冷え込んだ、ある晩のこと。

火傷の深い背中と腰がとても痛んでいたが、ヴィクトールは寝台の中で袖《そで》を嚙み、うめき声を殺していた。呼び鈴を鳴らせば、侍医に痛み止めの薬湯《やくとう》をもらうことができただろう。けれど、屋敷の者たちに迷惑をかけたくないあまり、人を呼ぶこともできなかったのだ。誰かに弱みを見せることに、ヴィクトールはあまりにも慣れていなかった。

一睡《いっすい》もできずに夜が更けた頃、部屋の扉が静かに開いた。

上掛けの中から窺い見ると、入ってきたのは黒髪の少女だとわかる。年頃は弟のリヒトと同じくらいだろうか。暖炉に薪《まき》を足しにきたようだった。

こんな幼気《いたいけ》な娘を駆り出さなければならないほど人手が足りないのかと、ヴィクトールはより一層申し訳ない思いに駆られた。

しかし、娘は室内をぐるりと見渡すと、何もせずに部屋を出て行ってしまう。と思いきや、間もなく毛布と大きな湯たんぽを抱えて戻ってきた。そして、寝たふりをしていたヴィクトールの枕元をぽんぽんと叩く。

ヴィクトールが顔を出すと、娘は手際よくクッションを調えた。それからヴィクトールの上掛けに毛布を重ね、腰の辺りに湯たんぽを入れ、暖炉の薪と燭台《しょくだい》の蝋燭《ろうそく》を替え、ちょこんとお辞儀をしてまた出て行った。ほんの数分の間の出来事だった。

そして、入れ替わりに、侍医が目を擦りながら薬湯を煎《せん》じにやってきたのだった。

ヴィクトールは翌日から、その娘のことを目で追うようになっていた。

娘は伯爵夫人や年配の使用人の手伝いとして控えていて、彼らが何も言わないうちからその意を心得たようによく働き、一言も口をきかなかった。主人に話しかけられない限り口を開かないのが使用人の心得とはいえ、それはあまりにも不自然すぎるように見えた。

冬も終わりに近づいた頃、ヴィクトールは伯爵の勧めで湖畔《こはん》の別荘に出かけることになった。随行の使用人の最後尾にはあの娘がいた。

ヴィクトールは湖に面した別荘の露台を一目で気に入り、そこに長椅子を運んでもらった。昼食もそこで食べ、午睡《ごすい》をするからと人払いをし、ぼんやりと景色を眺めた。

湖は、傾きかけた陽に照らされ、雪解けの森を映して、きらきらと輝いている。

この澄んだ水は、もう温《ぬる》んでいるのだろうか。ふと思い立ち、ヴィクトールはよろめきながら立ち上がった。介添《かいぞ》えなしで歩くのは難しく、手すりに摑まって何とか露台の端までたどり着く。こんな簡単な動きにさえ一苦労するとは、健やかだった頃には考えたこともなかった。

腰を屈めて俯《うつむ》くと、水面に自分の顔が映った。赤黒く焼け爛れた傷痕は我ながら醜《みにく》く、遠くから見る人にもそれとわかるだろう。この火傷が背中から腰の下までを覆っていた。ヴィクトールは眉を顰《ひそ》め、のろのろと湖に手を伸ばす。

そのとき、背中に何か重いものがぶつかった。

柔らかく細い腕が自分の腰に回されていた。咄嗟に振り返ってヴィクトールは驚いた。あの黒髪の娘が、背後から覆い被さるように抱きついている。娘はヴィクトールの顔を見上げ、何度も首を振っていた。その目は見る者の胸を射貫くかのように鮮やかな金色をしていた。彼女は、だめだ、と言いたいようだった。

「危ないよ、放してくれ。水に落ちてしまうぞ」

言いながら、ヴィクトールははっとした。

「もしかして、僕が身投げをすると思ってるのか?」

娘は潤《うる》んだ目を瞠《みは》り、次に戸惑ったように大きく瞬きをした。おずおずと腕を解いて後ろに下がり、頬を染めて俯く。早とちりしていたと気づいたようだった。

ヴィクトールは口の端に苦い笑みを浮かべた。

「そうか。……僕は、死にたがっているように見えたのか」

意外なことに、自ら命を絶つという道が初めて思い浮かんだのだった。

それができれば、身体を焼く痛みも、母が最期《さいご》まで弟を選んだという事実も、父から見捨てられるかもしれないという恐怖も、もうヴィクトールを苦しめることはないのだ。

「僕がここで死んだら、伯爵やおまえたちに迷惑がかかってしまう。僕は自分では死ねないんだ。こんな姿になっても……」

ヴィクトールはその場に膝をついた。うずくまりたくても足が自由にならなかった。

娘は何も言わなかったが、小さな手をそっとヴィクトールの肩に伸ばし、慰《なぐさ》めるように一度だけ撫《な》で下ろした。火傷を負った左肩に触れられたのに、痛みは少しもなかった。

「……おまえは、名前は何という？」

ヴィクトールの問いかけに、娘は申し訳なさそうに首を振った。

「口がきけないんだね？」

重ねて尋ねると、彼女は黒い睫毛を上げて小さく頷《うなず》く。

そのとき、森のどこかで鳥が一声鳴いた。耳を擽《くすぐ》るような可憐《かれん》なさえずりだった。

娘は鳴き声のしたほうに顔を向け、小さく唇を動かした。

「……アミュゼルというんだね。おまえは」

ヴィクトールが微笑むと、娘も嬉しそうに頷いた。

それは、黒い翼に金の目を持つ、春告げ鳥の名前だった。


身寄りのない娘なのです、と伯爵夫人は言った。夫人は病床のヴィクトールの包帯《ほうたい》を替える手を止めなかったが、その慈しみ深い声からあの娘を思っているのが伝わってきた。

アミュゼルは、伯爵家に仕える騎士の家に生まれたという。母は産褥《さんじょく》の床《とこ》で亡くなったが、父と三人の兄に見守られ、城下町の小さな家で育った。物心ついた頃から歌が得意で、家族はその可愛らしい歌声をたいそう愛でていたらしい。

しかし、アミュゼルが七つの年の冬に、街の半分を焼く大きな火事が起きた。

城に仕えていた父と二人の兄は、街の人々の救助と火消しにあたっていたが、そのさなかで命を落とした。一緒に家にいた末の兄は、アミュゼルを地下の食料庫に押し込め、外からその出口を塞いだまま亡くなった。瓦礫《がれき》の中からたった一人で助け出されたときには、彼女は既に声を失《な》くしていた。

夫人は、負傷者が身を寄せる教会で彼女を見つけ、手元に引き取ったのだという。

アミュゼルは屋敷に来た当初、食事もまともにとれずに病人のように過ごしていた。しかし、夫人が試しに差し出した竪琴《たてごと》を見て、おそるおそる手を伸ばし、弦に触れた。以来、侍女の見習いをしながら夫人に竪琴を教わっているという。

「あの子を庇《かば》って死んだ末の兄は、生きていれば、殿下と同い年のようなのです」

ヴィクトールは、自分よりもずっと幼いときに家族を失い、喋《しゃべ》れなくなったアミュゼルを哀れに思った。彼女は自分を死んだ兄に重ねて心配していたのかもしれない。

「お医者さまはね、あの子の声が出ないのは心に深い傷を負っているからだとおっしゃいますの。笑った顔も泣いているところも、誰も見たことがありません。わたくしは老婆心《ろうばしん》ながら、殿下の療養のお手伝いをすることが、あの子のためにもなるかもしれないと思っているのです」

夫人の言葉にヴィクトールは頷き、ふと思いつきを口にした。

「あの子は、読み書きができるのだろうか」

「いいえ。あの子には楽譜《がくふ》の読み方しか教えたことがありませんわ……」

恥じ入るように口元に手を当てる夫人に、ヴィクトールは勇気を振り絞って言った。

「僕が読み書きを教えてもかまわないだろうか。あの子と話してみたいんだ」

「まあ、殿下。それは、殿下にとってもあの子にとっても素晴らしいことですわ」

夫人は何度も頷いて、少女のように小走りで部屋を出て行った。

その日から、夕餉《ゆうげ》の前のほんの少しの間だけ、アミュゼルがヴィクトールの部屋に滞在するようになった。

ヴィクトールの寝台の隣で、アミュゼルはちょこんと行儀よく机に向かう。ヴィクトールの言葉を一言も聞き漏らすまいとしているかのように、いつも真剣な目をしていた。傍から見れば飯事《ままごと》のようなやりとりだったが、その時間があって初めて、ヴィクトールは自身の治療にも前向きになろうと思えた。凝り固まった左手や縮んだ膝を動かすための厳しい訓練にも励むようになった。

回復とともにヴィクトールの日々は充実していった。体調のよい日は教師を招いて授業を受けることにした。二日に一度は伯爵夫妻の晩餐《ばんさん》に招かれ、その後の団欒《だんらん》の時間をともに過ごすのが習慣になった。そこでアミュゼルが夫人とともに奏でる竪琴の音色は、ヴィクトールに何よりも安らぎを与えるのだった。

伯爵家にやってきて一年が経つ頃、父である国王がお忍びで屋敷を訪れた。

ヴィクトールの火傷にはもう痛みはなく、赤黒い瘢痕《はんこん》となって落ち着いていた。不格好ではあったが、何とか杖をついて一人で歩けるようにもなっていた。

しかし父は、ヴィクトールに重いため息とともに告げた。

「おまえを廃太子《はいたいし》せねばならない。来年の春、リヒトを王太子に立てる」

ヴィクトールは目を伏せ、無言で頷いた。覚悟していたからだった。それでも心のどこかで、父と実際に顔を合わせ、治療や勉学に取り組む姿を見てもらえれば、まだ猶予《ゆうよ》をもらえるのではないかと一縷《いちる》の望みを捨てきれないでいた。

「おまえが努力していることは十分わかっている。しかし、王に瑕疵《かし》があっては民が不安になり、他国や教皇庁に付け入る隙を与える。余も自身の病を必死に隠し続けてきた……」

それは初めて明かされたことだった。父は生まれつき胸を病んでいて、ひとたび発作を起こせば命が危ういと言われ続けてきたという。その秘密は祖母と侍医、僅かな侍従たちとしか共有されておらず、もちろん亡くなった母にも知らされてはいなかった。

「問題は大公位なのだ。これは長子相続が絶対だ。大公の位は、男女にかかわらず必ず長子が継がねばならない。次子が大公になれるのは、長子が死ぬか、俗世の地位を全て捨てたときのみ。我々が王位と大公位を一人に継がせたいと企てていることは大公国も承知しているから、おまえを廃してリヒトを大公位に就かせようとすれば、あちらは好き勝手をするなと反発するだろう。だが、この統一は必ず成し遂げなければならない。二度と戦を起こさないために……」

ヴィクトールは大公位をもリヒトに与えるため、僧院に入るよう命じられるのだと思った。しかし、父の言葉は意外なものだった。

「余はおまえに二つの道を示したい。一つはおまえが僧院に入り、リヒトが全ての地位を継ぐ道。もう一つは、おまえが大公位を継ぎ、その後にリヒトかリヒトの子に継がせるという道だ。そのために、おまえは生涯、結婚も、子を残すことも禁じられることになる。……どちらの道もおまえに孤独を強《し》いるものだ。だがわかってほしい。おまえが憎くてこんなことを言うのではない。余にできるのは、選択の余地を与えることだけだ……」

返事は王都で聞く、と苦しげに言い残し、父は帰っていった。

幸福な日々が、密やかに終わろうとしていた。

その日の夕刻、アミュゼルとの授業が終わった後に、ヴィクトールはぽつりと言った。

「もうすぐ、ここを離れることになったよ」

父に何と返答するか、ヴィクトールはほとんど心を決めていた。

僧侶になれば、損なわれた容姿や不格好な歩みを人目に晒すことなく、生涯を学問に捧げることができるだろう。しがらみを捨てて祈る日々は、自分が失った全てのものを手に入れる弟への羨望《せんぼう》や妬《ねた》みを忘れさせてくれるだろう。

大公国の民も、醜く身体が不自由な銀髪の君主を戴《いただ》くよりは、母親似で金髪の非の打ちどころがないリヒトが大公となることを望むはずだ。

父は、息子への情ゆえに僧院に入ることを強制できなかっただけ。それに、誰よりも母こそがリヒトを跡継ぎにしたがっていた。あの炎の中、目の前にいた自分ではなくリヒトの名を呼び、身の危険を顧《かえり》みずに助けに走ったのがその証拠だ。

あの火事の日までヴィクトールを支えていた、母に振り向いてほしいという幼心《おさなごころ》と、よりよい世継ぎになろうという志は、糾《あざな》われた縄が燃え尽きるように灰になってしまっていた。

アミュゼルが、『遠くにおいでになりますか？』と綴《つづ》る。彼女はこの一年の間に文字の綴りを身につけ、無数の単語を覚え、ヴィクトールと差し障りなく筆談できるようになっていた。

彼女はヴィクトールの本当の身分を知らないはずだった。伯爵は使用人たちにヴィクトールのことを知人の子息とだけ伝えていたからだ。彼女はヴィクトールがどこに帰っていくのか――、否、帰る場所がないことを知らない。世を捨て、彼女や伯爵夫妻に二度と会わないつもりだということも。

「とても遠くだよ。だから、おまえにこれまでのお礼がしたいんだ。何か欲しいものはない？　女の子が欲しがるものはよくわからないけど、何でも――、そう、何でも叶えてあげられると思うよ」

それが、ヴィクトールが彼女に示せる最大限の好意だった。

アミュゼルは大きな目を零《こぼ》れんばかりに瞠り、ペンを握る手を震わせた。ゆっくりと帳《ちょう》面《めん》に何事かを書き付け、ヴィクトールに差し出す。

『いつかまた、ここに来てください』

彼女の目は何度も瞬いて、見えない涙を零しているようだった。

ヴィクトールは息を呑んだ。なぜなら、それこそがヴィクトールが欲しかった言葉だったから。

諦《あきら》めに冷えていたヴィクトールの心に小さな火が灯る。それは穏やかに広がって、やがて身体を奥底から燃やしてゆくのだった。

一月後、王都に戻ったヴィクトールは、父に大公位を継ぎたいと宣言した。

父は黙って頷き、金と革の飾り箱を取り出した。厳重にしまわれていた中身は、かつて大公国との間に交わされた証文だった。ヴィクトールはその末尾に自分の名を書き連ねることと引き換えに、かろうじて世俗に生きることを許されたのだった。

王宮を辞して新しい大公として国境を越える途中、ヴィクトールは母の離宮があった森に立ち寄った。焼け跡は片付けられ、整地され、火事の痕跡は残っていなかった。

春の森の中、そこだけが誰からも忘れられたかのように、ぽっかりと穴を空けていた。

ヴィクトールは大公の居城に足を踏み入れた。

歓迎されていないことはすぐにわかった。家令はヴィクトールの焼け爛れた面相にも顔色一つ変えずに頭を下げたが、使用人たちは遠巻きにこちらを見てはひそひそ話をした。異国語のように訛った会話の中に、リヒトの名を聞くこともしばしばだった。あからさまに敵意を向けてくる者もいた。

そのわけはすぐに知れた。大公国では、母の死が王国側の作為によるものだとまことしやかに囁かれていたのだ。大公国に来るまでほとんど認識しなかったことだが、時代を遡れば、二つの国は言葉すら異なる別の民族を起源に持ち、文化の隔《へだ》たりも心理的な距離も大きかった。父をはじめとする王族も、王国の民も、二国がかつては一つの国であった時代に回帰することが当然だと言って憚らないが、大公国の民は違ったのだ。

側近たちとの意思疎通すらままならない中、ヴィクトールは城下町の視察がてら、一度も会わぬうちに亡くなった祖父、先々代の大公が葬られている聖堂に詣《もう》でた。

醜い顔を隠さずに杖をついて歩く自分の姿が、大公国の民の目にどう見えていたかはわからない。ただ、ヴィクトールが棺《ひつぎ》の前に跪《ひざまず》こうとしてよろめいたのを、家令が脇から支えてくれたのは思いがけないことだった。

その日を境に周囲の者の態度ががらりと変わった。ヴィクトールが民に愛されている祖父を敬う態度をとったと噂になると、王国での地位を失ったことも広く知られるようになり、少なくともヴィクトール個人への反感は薄れたようだった。

鉄面皮《てつめんぴ》の家令は、老体に鞭打って領内の案内役を務めてくれるようになった。彼が涙もろく、大公家への忠義心に篤《あつ》い男だということも、長い時間をともに過ごすうちに知った。人々の言葉の訛りも次第に耳に馴染み、不思議な懐かしささえ感じるようになった。

よき領主になろうと努めるうちに、亡き母は為政者としては見習うところが多い人だったことも知った。祖父と母が成し遂げようとした施策は、大公国の産業と富を守り、民を豊かにするためのものだった。それを妨げていたのは、戦勝国という立場から破格の賠償金を求め、国境を越えて軍を駐留させている王国に他ならなかった。

ヴィクトールは何度も父と話し合いを持ち、いずれは一つの国になるのだから禍根《かこん》を残したくないと訴え、賠償金の減額と駐留兵の引き上げを認めさせた。祖父と母が果たせなかった農地の改良と交易路の舗装を進め、税を軽くし、敗戦よりこの方停滞していた財政の立て直しに道筋をつけた。信心深い民のため、巡礼地の整備も行った。

けれど、民心に根ざす王国への反感をなだめ、融和へ向かわせるのは難しいことだった。日々思い悩むヴィクトールの心を癒やしたのは、季節の折々に伯爵家から届く手紙だった。差出人は伯爵であったり、夫人であったりしたが、アミュゼルが書いたカードや小さな贈り物が必ず同封されていた。夏至祭《げしさい》の前夜に薬草を摘《つ》んだとか、秋に種まきを手伝ったとか、冬に別荘の湖が凍ったとか。春には、白い花サフランの押し花が忍ばされていた。

そのうち、夫人の手紙はほとんどがアミュゼルの代筆になっていった。それは嬉しかったが、夫人の身に何かあったのではないかという気がかりも生まれた。

そしてとうとう、夫人が重い病で臥《ふ》せっているという報《しら》せが届いた。

六年ぶりに訪れた伯爵の屋敷は、かつての明るさと温もりを失っていた。

伯爵は看病に疲れているだろうに、自らヴィクトールを出迎えた。

病室に入ると、夫人がようよう身を起こしてヴィクトールに声をかけた。

「ああ、大公殿下。こんなところにお運びいただいて、本当に申し訳ないこと……」

恐縮する夫人に横になるよう促し、三人で懐かしい思い出話などを始めたところに、一人の侍女が入ってきた。

黒髪をまとめ、地味なドレスを着ていたが、はっと目を惹くほど美しい娘だった。あと数歩というところまで近づいてきて初めて、それがアミュゼルだとわかった。

彼女が抱えていたのは、夫人が王太后から下賜《かし》され、愛用してきたという竪琴だった。

「ヴィクトールさま、この子の竪琴の腕はもうとっくにわたくしを凌《しの》いでいますのよ。アミュゼル、ここに座って、それを弾いてちょうだいな」

アミュゼルは戸惑った様子を見せたが、すぐに言われたとおりに竪琴を膝にのせて奏で始めた。優しい音色は懐かしく、それでいて華やかで情感豊かになっていた。

「ねえ、ヴィクトールさま、旦那さま。この竪琴はアミュゼルに譲ろうと思います。楽器は、弾かれてこそ幸福なんですもの」

その言葉は、夫人が二度と愛器を弾けないほど病んでいることを示唆していた。アミュゼルが手を止める。演奏を再開しようとしたが、できないようだった。彼女はとうとう、たまらなくなったように立ち上がり、竪琴を残して部屋を出て行ってしまった。

ヴィクトールは思わず、杖を取ることも忘れて彼女を追いかけていた。しばらく屋敷の中を彷徨《さまよ》って、中庭の四阿《あずまや》の陰で彼女を見つけた。ゆっくりと彼女に近づき、四阿の柱に手をつきながら、そっと彼女の名を呼んだ。

金色の瞳が、今にも涙を溢れさせそうにしながら見上げてきた。その鮮やかな色に、ヴィクトールは言葉を忘れた。半端な慰めは意味を為さないような気がした。

「……あれは、おまえが初めて触った竪琴だったんだろう？」

脈絡のない問いかけに、アミュゼルは目を揺らし、しばらくして小さく頷いた。

「あの品をおまえに譲るのは、おまえのことを家族としても、竪琴の弟子としても、とても大切に思っているからだと思う」

伯爵夫妻には子がなかった。それでもあの二人は、たとえ子があったとしても同じようにアミュゼルを慈しんだはずだと、ヴィクトールは思いを致すのだった。

「時間の許す限り、夫人のために弾くといい。その後は、おまえ自身が夫人にそうしてもらったように、あれを大事にしていけばいい」

アミュゼルの目の縁に透明な雫《しずく》が盛り上がり、頬を伝って鎖骨の辺りに零れた。彼女は両手で目元を拭い、そこで初めて頬を濡らしたものの正体に驚いたようだった。

ヴィクトールはその涙に見とれた。

「……楽譜を贈ろう。たくさん贈るよ。さすがの夫人も、大公国の曲を聴く機会はなかったと思う。おまえの手で、夫人に、私の国の風景を見せてやってくれないか」

そう言ってやると、アミュゼルは小さく微笑んだ。花開くような可憐な笑みだった。

ヴィクトールは、胸を締め付けるようなこの感情を何と呼ぶのか、まだ知らなかった。


「あの子を養女にしようと思うのです」

帰路につこうと車寄せに向かうヴィクトールに、少し後ろを歩みながら伯爵が言った。

「爵位を継がせる予定の甥は、浅慮なうえ放蕩者《ほうとうもの》で、伯父の私から見ても行く末が気がかりでなりません。そんな者が継ぐ家にあの子を残しておきたくはないと、あの明るい妻が泣くのです。養女にして花嫁支度を調えれば、たとえ口がきけないままでも婚家で疎《おろそ》かにはされまい、あの子に家族を持たせてやれると……」

思いがけない話に、ヴィクトールは鈍くなる歩みを止めずにいるだけで精一杯だった。

これは、夫妻がアミュゼルの前途について考え抜いた末の結論なのだろう。

ヴィクトールの喉元に冷たく苦いものが迫り上がってきた。アミュゼルの幸福に、自分の未来が交わることは決してないと気づいたからだった。一つの国の君主という地位にあっても、それだけは望むことができなかった。六年前、父の差し出した証文に名を連ねたときに、自分自身が決めたことだった。

「心のままに跡継ぎを定めることができたなら、どれほど心安いことかと存じます。ですが、それを許さないのが家というもので、我々はその歯車に過ぎないのでしょうな」

伯爵の言葉が心に重石のようにのしかかる。

ヴィクトール自身が、二つの家と二つの国にがんじがらめにされた歯車だった。

そんな自分の内にもいつの間にか恋は芽生えていた。実を結ばない徒花《あだばな》だからこそ、目を逸らすことができないのだった。

＊＊＊

アミュゼルは、その人がとても心の美しい人だということを知っていた。

初めて目にしたヴィクトールは、自ら生きていこうという気力に乏しいようだった。自分は助からなければよかったとさえ考えているように見えた。かつてのアミュゼルと同じように。

アミュゼルには身分や地位など難しいことは理解できなかったが、ヴィクトールが生まれたときから人に傅かれていた人だということはわかった。ひどい怪我をしているのに、身のこなし方、視線の配り方に気品があったからだ。いつも人目に映ることを忘れず、本当は歯を食いしばっているのに、それさえ気づかれることのないよう気を張り詰めていた。

　だからこそ、彼が一人きりになったときの寂しそうな様子が気に掛かった。

　凍えるような寒さの晩に、上掛けにくるまって身を縮めていた彼が、春日影《はるひかげ》を映す湖の岸で、背を向けてしゃがみこんでいた彼が、傷ついた獣のように見えた。死ねないと呟いた彼の声はあまりに細く、アミュゼルはたまらなくなった。だから彼の役に立ちたいと考えるようになったのに、救われたのはアミュゼルのほうだった。

　ヴィクトールは、家族をいちどきに失った絶望に声を捨てたアミュゼルに、人に気持ちを伝える術をもう一度与えてくれた。

　ヴィクトールが行ってしまった後、気落ちするアミュゼルを見て、伯爵は彼のためにカードを書くことを提案してくれた。夫人はアミュゼルに代筆を任せるようになったとき、ヴィクトールの本当の身分をそっと教えてくれた。

　彼は本来なら、アミュゼルが一生、姿を見ることすら許されないような人だった。驚くとともに全てが腑《ふ》に落ちた。身体を損なわれながらも失われない優雅さも、達観と表裏一体の優しさも、高貴な人の孤独がそうさせていたのだと思った。

　六年を経てヴィクトールの姿を見たとき、アミュゼルには再会を喜ぶ余裕はなかった。日に日に痩《や》せ衰えてゆく夫人の側で、彼女に慈しまれた十年近い年月の尊さからも、愛器を譲るとまで言ってくれたその愛情からも、目を背けていたからだった。

あの場から逃げてしまったアミュゼルを、彼は杖もつかずに追いかけてきた。優しい問いかけで、アミュゼルが初めて竪琴に触れた日のことを思い出させてくれた。そして、大公国に戻った後も、アミュゼルが夫人との残り少ない時間を大切に過ごせるよう、たくさんの楽譜を贈ってくれた。

アミュゼルは寸暇《すんか》を惜しんで竪琴を練習し、夫人に聴かせた。新しい楽譜が届くたびに彼の温かな励ましを感じ、夫人が喜んでくれれば彼にもその笑顔を見てほしいと思った。

ヴィクトールの訪問から三月が経った夏の初めのこと。夫人が息を引き取ったその日に、久しぶりに大公国からの書簡が届いた。

「開けてごらん。……大公殿下には、これまでのお礼を申し上げなくてはならないね」

亡骸《なきがら》の側で伯爵にそう促され、アミュゼルはそっと書簡の封を切った。

手紙には楽譜が添えられていた。驚いたことに、これまでとは違って、譜面までもヴィクトールの筆跡だった。彼自身で楽譜を起こしたのだろう。

アミュゼルは側に置いていた竪琴を構え、譜面のとおりにゆっくり奏でてみた。異国風の優しく素朴な調べは、子どもの歌う曲か子守歌のようだった。初めて聞くはずなのに、どこか懐かしい響きだった。

伯爵は目を潤ませながら、永遠の眠りについた妻を見つめた。

「まるで聞こえているかのように微笑んでいる。大公殿下とおまえのおかげだよ……」

アミュゼルはその曲を何度も繰り返した。不思議と疲れは感じなかった。

いつか、一度でいいからヴィクトールにこの曲を聴いてほしい。そして、感謝の気持ちを伝えたい。けれど、たとえ叶う日が来なくても、アミュゼルは彼のために竪琴を奏で続けるだろう。彼を想うことをやめないだろう。自然とそう思えた。

アミュゼルは彼がとても心の美しい人だと知っている。

それだけで、自分は幸福なのだと思っていた。


夫人の葬儀に参列することができなかったヴィクトールから、伯爵のもとに丁寧なお悔やみの手紙が届いた。そしてそれきり、彼からの便りはふつりと絶えた。

アミュゼルはそれを寂しく思ったが、自分から手紙を書くことなど許される身分ではなかった。ただ、彼に健やかでいてほしいと祈って過ごした。

夫人の喪《も》が明けた頃、アミュゼルは伯爵の書斎に呼び出された。

かつて夫人の仕えた王太后が、アミュゼルを侍女に望んでいるという。王太后は今は人目を避けて離宮で隠棲《いんせい》していて、無聊《ぶりょう》を慰めてくれる相手を探しているらしかった。

「妻は……マチルダは、亡くなる直前、下賜された竪琴を愛弟子に譲ると王太后陛下にお知らせしていたんだ。陛下はそれでおまえにご興味を抱かれたのだと思う」

アミュゼルは突然の話に戸惑い、返答することもできなかった。アミュゼルは、どれほど貴い方の望みであってもここを離れたくないと思っていた。老齢の伯爵は妻を亡くしたばかりで、アミュゼルの竪琴を心の慰めにしてくれていたから。

「行ってみてはどうだね。私のことなら心配要らない。でないと、マチルダに笑われてしまうよ。以前に一度、おまえを養女にしたいと言ったとき、おまえは拒んだが……」

夫人がアミュゼルに、養女となってよい家に嫁いでほしいと望んでいたことは、葬儀の後に知らされた。まるで花嫁支度のように、夫人の若い頃の衣装や持ち物がすっかり手直しされて残されていた。

それを見たアミュゼルは、喜びや驚きとともに、申し訳ない思いでいっぱいになった。生涯、誰とも結婚しないと決めていたからだ。

「もしもおまえが、ここで習い覚えた竪琴で、他ならぬその竪琴をくださった王太后陛下にご恩返しをしてくれるなら、マチルダはどれほど喜ぶだろう。形ばかりでも身分が必要になるから、この家の養女になれば私とも縁が続く。それに、王太后陛下にお仕えすることが、巡り巡ってあの方のお役に立つことにもなるかもしれないよ。あの方を養育されたのは王太后陛下なのだから」

最後に伯爵がそう言い足したのは、アミュゼルの胸の内を見抜いたからかもしれない。アミュゼルが誰にも添わないと決めているのは、絶対に結ばれない人を心に想っているからなのだと。

自分が望まれるほど役に立つとは思えなかった。雲の上にいるような人の側に上がるのが怖くもあった。けれど、ほんの少しでもヴィクトールに近づけるのならば、彼のことを風の便りにでも聞けるならば、行ってみたいと思った。

黙り込むアミュゼルを見て、伯爵はその心が動いたことを察したようだった。

「マチルダの用意していたものも、おまえの身の回りのものも、みんな持って行きなさい。私も、嫁に出すつもりで支度をするよ」


王太后の住む離宮は王都の外れにあった。人里離れた小さな別荘を想像していたが、高い塀に囲まれた広大な敷地や、何棟も大きな建物が連なる様《さま》に、アミュゼルは自分がひどく場違いな存在に思えた。

到着から間もなく、竪琴を携《たずさ》えて王太后に挨拶《あいさつ》することになった。

明るい部屋で、ほっそりとした老婦人が扇《おうぎ》を手にして長椅子に掛けていた。ヴィクトールと同じ銀髪の持ち主で、どこか面差しに似通うところがあった。

「ようこそ。長旅で疲れているところを申し訳ないけれど、その竪琴を見せてもらっても？」

演奏を求められると思っていたアミュゼルは、戸惑いつつも竪琴を箱ごと手渡した。王太后は中身を検《あらた》め、次にアミュゼルの顔をまっすぐに見つめた。

「大切にしてくれていたというのは本当のようね。でも、これはどうか、マチルダの思い出としてわたくしの手元に置かせてもらえないかしら。代わりに貴女にはもっとよい品をあげましょう」

運ばれてきたのは、輝くように美しい新しい竪琴だった。

アミュゼルは押し黙り、二つの竪琴を交互に見つめた。高貴な人にとって家臣に物を遣わすことは信頼の証しなのかもしれない。古い竪琴は王太后から下賜された品なのだから、望まれるならば返すことが筋だともわかる。けれど、どうしても頷くことができなかった。

「どうしたの？　言いたいことがあるのなら、遠慮しないでちょうだい」

アミュゼルはおずおずと帳面に書き付け、王太后はそれをじっと待った。

『新しいものは要りません。わたしにはそれが最初で最後の楽器です。お手元にお置きになるのなら、一年に一度だけでも弾かせていただけないでしょうか』

王太后は帳面を見つめ、ため息をついて、「よくわかりました」と言った。

「まず、貴女にこれを返しましょう」

閉じた扇で愛器を収めた箱を示され、アミュゼルはぱっと顔を上げた。

「はじめから取り上げるつもりなどなかったの。貴女の為人《ひととなり》をよく知りたくて、困らせてみただけなのよ。ごめんなさいね。……それから、貴女の書く字。ヴィクトールに読み書きを教わったと聞きましたが、本当ね」

　王太后は手元の帳面に目を落として微笑んだ。

「筆跡がよく似ています。それに、あなたはよく彼《か》の国の曲も弾いていると聞きました。……八年前にヴィクトールは、火事で母親を失い、二度と公の場には立てないだろうと言われるほどに深い火傷を負ったの。今、立派に大公として務めることができているのは、最も辛いときにマチルダや貴女が支えてくれたからなのでしょう」

　王太后が近づいてきて、アミュゼルの手をそっと握った。

「そんな貴女を試すようなことをしたわたくしを許してくれますか。そして、マチルダがかつてそうしてくれたように、わたくしに仕えてはもらえないかしら」

　アミュゼルはこの高貴な人のヴィクトールへの思いやりに胸を打たれ、自然と深く頷いていた。

　それから、求めのままに竪琴を奏でたが、彼がくれた最後の曲だけは聴かせることができなかった。彼に聴いてもらうまでは、他の誰の前でも弾くまいと決めていたからだ。

　王太后はたいそう満足した様子で、改めて新しい竪琴を与えると言う。けれど、アミュゼルはその申し出を丁重に遠慮し、彼女の前を辞した。

　扉が閉まる前、王太后が「本当に欲のない子だこと」と呟くのが聞こえた。

離宮の使用人は、王太后が信頼を置く古参の者だけで構成されていた。その中で最も若《じゃく》輩《はい》で新参者のアミュゼルだったが、二日に一度は王太后の前で竪琴を弾くようになった。彼女のもとに客人が来るとき、茶会や晩餐の後の余興として演奏を求められることもあった。

　ただし、アミュゼルが前に出ることを決して許されない客人もあった。王太后の息子である国王と、孫である王太子の二人だ。

　中でも、王太子が月に一度ご機嫌伺いに来る日は、朝から使用人全員が気を張っていた。王太子は王太后とは冷え切った仲で、訪問の後は王太后が必ず寝込んでしまうので、あらかじめ王宮から侍医が呼ばれるほどだ。

　その日、自室にこもって竪琴の練習をしていたアミュゼルは、ぱたぱたと数人が廊下を駆ける気配に気づいて扉を開けた。通りかかったのはお目付役だった。

「ああ、アミュゼル。人手が足りないの。車寄せまで王太后陛下のお医者さまをお出迎えに行ってくれる？　王太子殿下がお帰りになったらすぐに診ていただけるように」

　アミュゼルが車寄せまで急ぐと、大きな紋章付きの馬車が出発の準備をしていた。

　そこへ、数人分の慌ただしい足音が近づいてくる。中心にいるのは金髪の青年で、侍従らしい二人も従っていた。金髪の青年が大股で歩きながら言う。

「ああ、せいせいした。隣国への使節さえも務まらない痴《し》れ者、もう二度と顔を見せるな、訛った言葉を聞かせるな、とさ。願ってもないことにな」

　アミュゼルは慌てて後ろに下がり、深く頭を垂れた。

　ふと、青年がアミュゼルの前で歩みを止める。

「見ない顔だな」

　冷たい声音にアミュゼルは息を呑んだ。身体が強ばったように動かなかった。

「あの猜疑心《さいぎしん》の強いご老人が若い侍女を入れるなんて、何の気まぐれだ？　……まあ、どうでもいい。こんなところもう来なくて済むんだからな」

　アミュゼルが顔を上げたとき、彼は既に馬車に乗り込んでいて、アミュゼルと彼の目が合うことはなかった。ただ、彫刻のように完璧な造作と不釣り合いな、微妙に癖《くせ》のある発音が耳に残った。

　後になって、その青年がヴィクトールの弟である王太子だと知った。けれど、二人が似通うところなど、一つもないように思えた。

　翌年の春、国王の即位二十五周年の祝典に出席する王太后に随《したが》い、アミュゼルは生まれて初めて王宮に足を踏み入れることになった。

「わたくしの客人の歓待を手伝ってもらうだけだから気負うことはありません。それに、式典の主賓はヴィクトールなの。会う機会があるかもしれませんよ」

王太后の言葉に、色に出たのではないかと心配になるほど胸が高鳴ったが、滞在が十日に及んでも彼の訪問はなく、その前触れすらなかった。

手持ち無沙汰のアミュゼルは、花が咲き乱れる庭園の片隅で竪琴をつま弾いていた。ヴィクトールが最後にくれた楽譜の曲は、もうそらで演奏できるほどだった。この曲を繰り返すたび、彼の穏やかな表情と深い声をありありと思い出すことができた。

夢中になって弾いていると、近くで芝生を踏む音が聞こえた。

音のほうに顔を向けるが、そこには誰もいなかった。小鳥でも飛び立ったのかもしれなかった。来るはずのない人の訪れを期待する下心が恥ずかしく、苦い笑みが零れた。


「ああ、思った通り。貴女の髪の色がとてもよく映えるわ。寸法も間違いないわね」

王宮の一室で、アミュゼルは大きな鏡の前にいた。見覚えのない深緑色のドレスは身体にぴったりで、まるで特別にあつらえたようだった。髪は見たこともない形に結い上げられ、真珠の装身具一式まで身につけさせられている。

今日は一連の式典の最終日で、招待客が一堂に会する舞踏会が開かれることになっていた。アミュゼルは、いそいそと帰り支度をしていたところを鏡の前に引っ立てられたのだ。

「瞳と肌が美しいから、化粧は引き立てるように清楚《せいそ》にね。いいこと、アミュゼル、今夜の舞踏会ではその格好でわたくしについてきてもらいますよ」

満足げな王太后の命令に、アミュゼルはおろおろと視線を彷徨わせた。不安なのは突然舞踏会に出席させられるためだったが、王太后はあらかじめ決めていたことのようにそこには言及しなかった。

数刻ののち、アミュゼルは王太后とお目付役とともに大広間に入った。前方の席までゆっくりと進む間、大勢の人の目がこちらに集中しているのがわかった。

「大公殿下のお出ましです！」

その言葉に、アミュゼルははっと首を巡らせた。

広間の入り口にたった一人、ヴィクトールが立っていた。杖をついてはいたが、堂々と自分の席へと歩いていく様に、アミュゼルは見とれた。

こちらに気づいた様子はない。彼はアミュゼルが王太后のもとにいることすら知らないのだから。

音楽が始まっても、老身の王太后はダンスの輪に加わることはなく、挨拶に来る人々に応対していた。時折、王太后に向かってアミュゼルが何者かと尋ねる者がいたが、彼女は意味深に微笑むだけで答えなかった。

客人の列が途切れた頃、王太后は来賓《らいひん》たちを眺めたまま扇を広げた。

「アミュゼル、この夜会をどう思いますか？」

優雅にダンスをしている人々は、よく見れば、まるで高い壁に仕切られたように大きく二つに分かたれていた。

「大部分を占めているのがこの王国の貴族たち。中心にいるのが王太子のリヒトです。あちらの壁際に固まっているのは大公国の来賓たち。ヴィクトールの顔を立てねばと招待したのだけれど、このような格式の高い場でどう振る舞えばよいかわからないのでしょう」

アミュゼルは目を凝らして、遠くにいるヴィクトールを見つめた。足に障りのある彼もまたダンスの輪には加わらず、二つの集団の境目で互いの間を取り持とうと行き来していた。しかし、なかなか難しいようだった。

「あの子はあちらに心を傾けすぎてしまっているの。昨年冬の飢饉《ききん》の折、大公国からこちらの北部へ小麦を供出させたのだけれど、大公国の民にも蓄えが必要だとか、無償の援助は互いのためにはならないとか、恩着せがましいことといったら……」

続きは早口に、神経質な声音になっていく。いつもの穏やかな様子とは全く異なる口調に、アミュゼルも違和感を覚えるほどだった。

「でも、リヒトが大公になっていれば逆の意味でひどいことになっていたかもしれないわ。形だけでもと大公国に謝意を示す使節として派遣されたのに、土壇場《どたんば》で帰国してきてしまったくらいだもの。ああ、困ったこと。わたくしはどうすればよかったの……」

言葉が途切れ、王太后の扇がふわりと床に滑り落ちた。見ると、彼女は腰掛けたまま胸元を掻きむしり、苦しげに顔を歪めていた。

「……大丈夫、いつもの発作よ。……騒ぎにならないようにして」

待機している侍医を連れてくるよう命じられ、アミュゼルは広間の出口に向かった。しかし、付近にたむろしていた華やかな一団から誰かが抜け出して、進路を阻《はば》む。

「おまえ、王太后の後ろにいた者だな」

王太子だった。追いかけてきた男に高慢な仕草で飲み物を押しつけ、アミュゼルに歩み寄ってくる。

「あのご老人がまた癇癪《かんしゃく》の発作でも起こしたか？　おまえはどこの家の者だ。名は何という。何をしに来た？」

飲み物を押しつけられた男にも見覚えがあった。数度しか顔を合わせたことはなかったが、伯爵の甥に間違いなかった。だが、アミュゼルに気づいた様子はない。

アミュゼルは問いかけられても答えることができないでいた。早くここを離れたいのに、おろおろするうちに数人の男女に囲まれてしまう。

「――何の騒ぎだ？」

静かな声がした。王太子の取り巻きたちが顔色を変え、一斉に声の主に道を空ける。彼らの視線の先に、ヴィクトールが立っていた。

「これはこれは兄上。別にわざわざおいでいただくほどのことでは――」

王太子が慇懃《いんぎん》に声を掛けるのを無視して、ヴィクトールがこちらに近づいてきた。

「おまえ……、どうしてここに？　どこへ行く？　急いでいるのか？」

アミュゼルは彼の背に隠れ、身振りで外に出たいと伝えた。彼が深く頷いてくれたので、張り詰めた気持ちがふっと解けるようだった。

「わかった。私はここに残るから、おまえはその間に私の従者と裏に回りなさい」

行けと促されて、アミュゼルは振り返りつつその場を離れた。

不機嫌そうな王太子に対峙する、彼の背がひどく大きく見えた。

　鐘の音が日付の変わることを知らせた頃、王太后の部屋にヴィクトールがやってきた。眠ったままの祖母を見舞った後で、アミュゼルの私室にも立ち寄ってくれる。

　座ってもらうための椅子もない部屋だったが、ヴィクトールはそれでもかまわないと言った。二人でアミュゼルの帳面を挟み、寝台に並んで腰掛ける。

「おまえは、伯爵の屋敷で花嫁修業をしているのだと思っていた。最後におまえにと贈った支度金が返されてはきたが、それはおまえ自身が遠慮したのだとばかり……」

　アミュゼルは返答に詰まった。ヴィクトールは、伯爵がアミュゼルを嫁がせようとしていたことを聞いていたのだ。そればかりか、持参金の足しにと金子《きんす》まで用意していたという。

「まさか王太后陛下の侍女になっているとは思わなかった。お体の弱いお祖母さまの側にいてくれることには感謝するが、しかし……」

そう言いつつ、彼は額に手を当てて何か深く思案している。

彼を困らせていることが申し訳なく、アミュゼルはペンを動かせなかった。けれど、こうして彼の側に座っていられることだけで嬉しかった。それで、彼に伝えなくてはと思っていたことをようやく思い出す。アミュゼルは逸る気持ちのままに走り書きした。

『奥さまは、いただいた楽譜の曲をとても喜ばれていました』

ヴィクトールは帳面を見下ろし、優しく目を細めた。

「眠るような最期だったそうだな。だが、最後の楽譜は間に合わなかったのだろう？」

少し残念そうなヴィクトールに、アミュゼルは小さく首を振る。

『亡くなった後でしたが、枕辺でお聴かせすることができました。あの楽譜は、ヴィクトールさまがご自身で起こされたものですか？』

「そうだ。大公国の古語で、春を喜ぶ童歌《わらべうた》だ。幼い頃、母が弟に歌ってやっているのをこっそり聞いたことがある。王宮にいた頃は音楽は苦手だったんだが、役に立つこともあるものだな」

ヴィクトールは微笑んだ。火傷の痕の残る横顔は、しかし、寂しげに見えた。

「竪琴はあるか？　できるなら、あれを聴かせてもらえないだろうか。私はそれでもう、自分の部屋に帰るから」

これが、彼との最後の対面になるだろう。アミュゼルは直感したが、黙って竪琴を膝にのせ、心を込めて奏でた。もしもアミュゼルに彼の国の言葉を読めたなら、歌詞を声にすることができたなら、竪琴の音色にあわせて歌うことができただろうに。

弦から指を離し、最後の一音が消えるのを待つ間、ヴィクトールの顔を見つめた。驚いたことに、彼は俯いて目頭を押さえていた。

「滑稽《こっけい》だろう。こんなに醜い男が、童歌を聞いて涙を流すとは」

アミュゼルは思わず竪琴を脇に置いて、両手でヴィクトールの手を握っていた。温かな手の甲に触れたとき、彼の広い肩が一度だけ大きく震えた。

「……八年前の火事で、私は母に炎の中で置き去りにされた。弟を助けるためだ。でも、それよりずっと前から、母の心には弟しかいなかった。弟が無傷だったことも、王太子になったことも、仕方がないとわかっていたのに、割り切れてはいなかったように思う」

ヴィクトールは生まれたときから王太后に育てられていたという。この曲は彼にとって、得られなかった母の愛情の象徴だったのかもしれなかった。

彼は顔を上げ、アミュゼルに微笑んでみせた。

「だが今は、それでよかったと思っている。おまえのおかげだよ。おまえに会えたからだ。……だからこそおまえには、誰からも祝福されて幸せになってほしいんだ」

彼はアミュゼルの手をそっとほどき、下から包み込むように受け止めた。

「離宮でお祖母さまや他の者たちはよくしてくれるか？　あそこでの務めは何よりの花嫁修業になるだろう。おまえは結婚して家族を持つべきだ。将来、よい相手に縁づけるように、私からもお祖母さまに話しておく」

胸が締め付けられた。彼がアミュゼルの幸せを願ってくれていることが泣きたいほど嬉しく、他の男に嫁ぐように望んでいることは同じほど苦しかった。

「さっき私が困ったように見えたなら、それはおまえがあまりに美しくて驚いたからだ。これまで伯爵とあえて連絡を絶っていたのは、もうすぐ嫁ぐおまえに関わってはいけないと考えたから。伯爵夫妻がおまえの将来のためにすることを、どうして邪魔できるだろう。……その前に、最後に会うことができてよかった。竪琴を聴かせてもらえてよかった」

彼の指に力がこもった。アミュゼルはその強さに、彼がアミュゼルのことを同じ想いで好いてくれていると知った。なのに、傷つけることを恐れるかのように、彼の指からゆっくりと力が抜け、離れてゆく。

アミュゼルはその手を強く引き留めた。ヴィクトールが怪訝《けげん》そうに顔を覗き込んでくる。この気持ちを彼に伝えることは罪だった。身分の違いを弁《わきま》えない振る舞いで、彼の思いやりを無にすることだった。けれど、それでもよかった。

瞬きも忘れ、アミュゼルはヴィクトールをまっすぐに見つめた。ペンをとる余裕などなかった。彼への思いを書き尽くすこともできない。ただ、見つめることで伝えたいと思う。

「……私も、おまえのことが好きだ。だが、おまえのためにならないんだ」

苦しげな声で言い切って、ヴィクトールは手を引いた。アミュゼルは寂しさに突き動かされ、ぶつかるように強く彼の大きな体軀を抱きしめた。もう会えなくなってしまうのなら、一晩だけでも彼の側にいたかった。

抱いてほしいと言いたかったけれど、やはり声は出なかった。その代わりに寝台の上に膝立ちになり、彼の頭を抱きかかえる。彼の左頰の火傷の痕にそっと触れると、冷たくでこぼことした感触があった。

「アミュゼル……」

切羽詰まった声だった。彼の腕が持ち上がり、ためらうように止まった後、強く背中を抱き寄せてくる。

唇が重なるまであと一瞬だった。そのとき、扉を叩く音が聞こえた。

「大公殿下、こちらにおいでですか？　王太后陛下がお目覚めになりましたが……」

二人は同時に身を強ばらせ、身体を離す。

「今、行く。——明日、出立の前にまた立ち寄る」

最後の一言はひそめるような声だった。アミュゼルは頷いて、彼を見送った。

けれど、翌日、アミュゼルはヴィクトールに会うことはできなかった。早朝に彼の一行が帰国したという報《しらせ》が入り、体調が回復した王太后も離宮へ引き上げることになった。

あの出来事は彼にとって一時の気の迷いだったのかもしれないと、アミュゼルは不安に心を乱したまま過ごした。

それでも普段の生活に戻りつつあった頃、アミュゼルは王太后の私室に呼び出された。いつも同席するお目付役がおらず、完全に人払いされていることに違和感を覚える。

「正直に言ってちょうだい。貴女は王宮での最後の晩、ヴィクトールと交渉を持ちましたか？」

何を尋ねられているのかわからず、アミュゼルは瞬きを繰り返す。

「抱かれたのかということです。……やはり無かったのね？　そう……」

王太后が焦ったように、手にした扇を開いたり閉じたりした。

「率直に話します。わたくしはヴィクトールに、貴女を彼の国へ連れ帰らせるつもりでした。表向きはわたくしが後見する侍女として、実質は愛妾《あいしょう》として。あの晩、目を覚ました後、私は強くそう勧めたけれど、あの子は決して頷かなかった……」

王太后が閉じた扇の先端を嚙みしめた。見れば、そこに幾つも歯形が残っていた。

「あの子は貴女を日陰の身にすることはできないと、縁談を勧める言付けまで残していきました。……これは知る者の少ない話ですが、ヴィクトールは大公位を継ぐ際、生涯結婚せず、子も持たないと誓っているの。いずれ大公位をこの国に返させるために必要なことだからよ。けれど、あれほどの重責を担いながら長い一生を孤独に過ごすなど、あまりに不憫《ふびん》。心を許せる相手が側にいてくれれば安心だわ」

そのために王太后が目を付けたのが、アミュゼルということなのだろう。

「あの子がそこまで言うのなら、わたくしにも考えがあります。今、教皇庁に根回ししているのだけれど、貴賤《きせん》結婚という形ならあの子は貴女を妻にできる。子どもを産ませてあげることはできないけれど……」

ヴィクトールが愛しいと、アミュゼルは確かに思っていた。はじめは、一生会えなくても生涯独り身を貫き、彼を想って過ごしたいと考えていた。だが、彼の動向を知るつてができればそこに縋り、会えるかもしれないと聞かされればついてゆき、吐息が触れあう距離にいられた晩には、一度でいいから抱いてほしいとまで願った。

全てを叶えてやると誘われて初めて、自分の中で膨れあがってゆく欲望が急に恐ろしくなった。これが恋だと言うのなら、いつか自分の身を焼くだろう。

王太后は扇を放り、身を乗り出してアミュゼルの手を握った。恐ろしいほどの力だった。

「どうしてわたくしがこれほど大公位にこだわるのか不思議でしょう。わたくしはね、生まれつき胸を患っていて、息子を産んだときには生死の境を彷徨ったほどなの。その息子もわたくしと同じ病に苦しみ、いつ倒れるかわからないのに、頼みの綱だった私の夫には先立たれてしまった。わたくしは夫の棺の前で誓ったわ。わたくしの生きている間に、必ず大公国を我が国に取り込んでみせると。長い確執の歴史に決着をつけると。お願いよ、あの子のもとに行ってちょうだい。あの子の心をつなぎ止めるために、どうか――……」

それが、王太后の最後の言葉だった。

気を昂ぶらせた彼女は胸の病の発作を起こし、そのまま倒れてしまったのだ。

アミュゼルは人払いされた部屋から飛び出し、他の使用人と侍医を呼んだが、もう手遅れだった。

騒然とする離宮に国王とその側近たちが現れた。侍医は持病の悪化としか説明ができなかったが、国王は生母の死に取り乱し、その元凶を突き止めることを望んだ。古参の使用人ばかりが勤める離宮にあって、よりによって口のきけない新参者のアミュゼルだけがその場に立ち会っていたことはすぐに知れた。アミュゼルは身柄を拘束され、王都の最北にある牢獄へ連れて行かれた。

身ぐるみを剝がされ入れられたのは、黴臭《かび》く薄暗い、鉄格子の嵌まった雑居牢だった。横暴な兵士に囲まれて取り調べを受け、口がきけないことを怪しまれ、本当は喋れるくせに嘘をつくなと怒鳴られた。夜は湿った藁《わら》の中で、王太后の意に沿えなかったことを詫び、ヴィクトールに会いたいとひたすら祈って朝を待った。

二十日目、むっつりと黙り込んだ牢番に小突かれながら、縄を打たれたまま牢獄の出口に連行された。そこでは一台の馬車が扉を開けて待っていた。若い近衛兵がアミュゼルをその中に押し込める。そこで待っていたのは、心に思い描いていたのとは違う人だった。

「やはり、おまえだ」

王太子だった。喪に服した装いの中、豪奢な金髪と少年のように無邪気な笑みが奇妙に見えた。白い手が伸びてきて、アミュゼルの顎を乱暴に捕らえる。

「離宮では一度すれ違ったな。舞踏会では着飾って王太后とともにいて、運悪くそのご臨終にも立ち会ってしまったというわけか。父上は嘘でも犯人を見つけなければ気が済まないようだから、このままだとおまえはそれらしい濡れ衣をでっち上げられて、毒でも飲まされることになる。伯爵も実際、それで済むならそうしてくれと泣きすがってきてるしな」

伯爵の名に眉を寄せるアミュゼルに、リヒトはああ、と笑う。

「甥のほうだよ。老いぼれのほうは、おまえの拘束を知らされ、責任を取ると言って爵位を甥に譲って隠居した。実際は、甥にこれ幸いと屋敷を叩き出されたんだろう」

両手がぶるぶると震えた。伯爵は王太后の凶報を聞き、何を思っただろう。屋敷の他の者たちは。離宮の使用人たちは？　そして、ヴィクトールは祖母の死をどう報されたのか。

顎を掴むリヒトの手に力がこもった。唇を親指の腹でなぞる。

「烏《からす》の黒髪、狼の目、庭園や畑を食い荒らす鳥の名前。清々しいほど不吉だな」

なぜリヒトが、殺される寸前だったアミュゼルを牢獄から出したのか、皮肉に満ちた物言いで翻弄しようとするのか、真意は全くわからなかった。

「面白いから拾ってやるよ。少なくとも殺されることはなくなるさ」

既に馬車は走り出していた。縄を打たれたままのアミュゼルは、その行き着く先を知らなかった。


アミュゼルは、王宮の東にある王太子宮に一室を与えられた。

「木を隠すならば森の中と言うだろ？　まさか膝元にいるとは父上も思うまいさ」

そうして女官となったアミュゼルは、すぐに自分の立場を理解することになった。リヒトは自身の身の回りの世話を侍従と護衛を兼ねたほんの数人にしか任せず、女官の仕事はほとんどない。多数の貴婦人が女官としてここに住んでいるのは、リヒトの寵愛を受けたいと望み、または家にそう望まれているからだった。さながら異国の後宮のように。

リヒトに直々に連れてこられたアミュゼルは、明らかに異質な存在だった。挨拶に訪れる者や、贈り物を寄越してくる者もあった。だが、先の夜会で王太后に連れられていた者だと気づかれた後は、遠巻きにされ、素性が怪しいことや口をきけないことを悪《あ》し様《ざま》に言われるようになった。

きちんと働けばここでの義務を果たせるのではないかと思い、侍従長に仕事をしたいと頼んだが、返事はなく、部屋に引き籠もる日々が続いた。

唯一の慰めは竪琴を返してもらえたことだった。窓を閉め切って竪琴に触れている間は、他のことを忘れ、一心にヴィクトールのことを思うことができた。

彼に密かに手紙を書けないだろうか。もはや連絡をとっては迷惑になるだろうか。黄昏《たそがれ》に沈む窓辺で思案しつつ愛器をつま弾いていると、前触れもなく部屋の扉が開かれた。

一月もの間、姿を見せることもなかったリヒトだった。彼は竪琴を指さした。

「近くの部屋の女たちが、五月蠅《うるさ》いのでやめさせろと不満を言っている。ここに入るまで聴こえやしなかったがな。おれに聴かせるなら弾くのを許してもいいが、どうする」

従わなければ、二度と演奏することは許されないのだろう。

アミュゼルは、求められるならばどんな人のためにでも弾きたいと思っていた。これまで仕えてきた伯爵夫人や王太后とは経緯が違っても、リヒトはアミュゼルの主人で、意に沿わない道理はなかった。

「あれがいい。庭園で、一人で弾いていたあの曲だ」

アミュゼルは目を瞠った。以前、王宮の片隅で練習していた最中に、人の気配を感じたことがあったのを思い出す。

リヒトはまるで気にしたふうもなく、卓に腰掛け、足を組んだ。

あの曲はもう誰にも聴かせたくない、ヴィクトールとの思い出だった。

ためらうアミュゼルに焦れたのか、リヒトが立ち上がって歩み寄ってくる。

「もったいぶって、そんなに気を惹きたいのか？」

リヒトが身を屈め、掛けたままのアミュゼルに顔を近づけた。白い顔は完璧な造作で、僅かな疵《きず》さえない。その薄い唇が自分のそれに重なる前に、アミュゼルは抱いていた竪琴ごと腕を突っぱね、彼を突き飛ばしていた。

リヒトが僅かによろめいて後ろに下がった。顔を上げた彼の目が冷たく光っているのに、アミュゼルは寒気を覚える。

「莫迦《ばか》な女だな。ここの女たちは、喉から手が出るほどこうしてほしがっているのに」

言い捨ててリヒトは出て行った。

アミュゼルは、いつまでも全身が震えるのを止めることができなかった。


翌日、早晩ここを追われると思い、少ない荷物をまとめていたアミュゼルは、外から聞こえる足音を訝しく思って窓から様子を窺った。

近くの部屋の女たちが無言で列を為し、王太子宮の出口に向かっていた。俯いて進む様はまるで葬列のようだった。

間もなく、得体の知れない嫌がらせが始まった。食事が腐った物にすり替えられたり、部屋を出た隙に持ち物を漁られたりするようになったのだ。残った他の女たちの仕業か、使用人たちのしていることなのか、あるいは両方なのか、判別もできなかった。

アミュゼルはその晩、留守にしていた間に誰かに汚されてしまった衣服を洗おうと、夜更けに部屋を抜け出した。そこへ、回廊の暗がりからリヒトが現れた。

「どこに行くんだ？」

リヒトは酔っているようで、声が掠れ、いつもは抑えられている訛りが強く出ていた。

「おまえに不満を言っていた女たちはみんな追い出してやったのに。なあ、そろそろ教えてくれ。おまえは、王太后がここに入れるために用意した女か？」

アミュゼルは怪訝に思って眉を顰める。リヒトが唇を歪めた。

「では、兄上のほうか。大公殿下は、王太后の死後に行方知れずになったある侍女の所在を探ろうと、あの手この手を使っている。まあ、意味するところは一つだな」

リヒトはアミュゼルの胸ぐらを摑み、強引に引き寄せた。

「なあ、今、おれと兄上が炎の中で死にかけていて、自分の命と引き換えにどちらかを助けられるとしたら、おまえはどうする？」

アミュゼルは息を吞んだ。今、仮にも王太子の女官という立場にある自分には、主を助けるという選択しか許されないし、それが人の道だった。リヒトは闇に葬られるかもしれなかったアミュゼルを助け、ここに置いてくれた恩人でもあった。

アミュゼルはそれでも、自分のちっぽけな命で足りるなら、何度でもヴィクトールのために投げ出そうと思う。

けれどアミュゼルは、愛する人に命と引き換えに救われ、取り残される苦しみも知っていた。だから、今の自分ならきっと、ヴィクトールとともに身を焼かれることを選ぶだろう。同じ炎の中で息絶えることができるなら本望だった。

リヒトは、沈黙を答えと受け取ったようだった。その唇が吊り上がる。

「……兄上が、寝物語にでもあの火事の話を聞かせてくれたか？　母親が自分を差し置いて弟を命がけで助けた場面はいかにも涙を誘っただろう？　おまえも、知らないふりをしておれを助けると答えたなら、まだ可愛げがあるのにな」

淡々と言って、リヒトはアミュゼルを恐ろしいほどの力で部屋に引き戻す。簡素な寝台にアミュゼルを突き飛ばし、身体の上に乗り上げた。

アミュゼルは痛みに眉を顰めたが、リヒトはお構いなしに重なってきた。身を捩り、顔を背けても無駄だった。衝動的に舌を噛もうとして顎を掴まれ、あっけなく唇を奪われる。

抵抗に疲れ果てた頃、アミュゼルは衣服をはぎ取られ、全てを踏みにじられていた。

「てっきり、もう抱かれてるかと思っていたが」

リヒトは寝台を下りて身仕舞いをしながら、悪びれもせずに言い捨てた。

「兄上は律儀におまえの純潔を守ってくれたのか？　品行方正で吐き気がするな。昔からそうだ。君主となるべく生まれ育ち、誰からも敬われる兄上。不幸な事故で顔を醜く焼かれても、屈することのない高潔な魂の持ち主だ」

歌うような調子だが、声は限りなく暗く低かった。

「もっといい部屋をおまえにやるよ。夜までにもう少し形《なり》を整えておけ」

その言葉の意味を理解できないまま、アミュゼルは上掛けにくるまって身を震わせた。散々吸われて腫れぼったくなった唇を何度も指でなぞる。身体の芯が痛み、肌はなめくじが這った後のように不快だった。

アミュゼルは、初めてのくちづけはヴィクトールに捧げたいと決めていた。彼に望まれなければ、一生、他の誰ともそんなことはしないと思っていたのに。

リヒトが去ってしばらく経つと、アミュゼルは広く豪奢な部屋に移された。女官によって湯を使わされ、引き裂かれた衣服の代わりに寝巻きを着せられた。昼前には医者がやってきて、アミュゼルの喉から首元を診て、何も言わずに帰っていった。

人の出入りがあるたび、外から鍵《かぎ》が掛けられる重い音がした。窓も閉め切られ、どこからも逃げ出すことはできなかった。昼と夕に食事が運ばれてきたが、匂いに吐き気を催してしまい、目を背けても空《から》の胃の腑《ふ》が痛んだ。

リヒトがやって来たのは、薄暗い部屋がより一層深い闇に沈んだ頃だった。大きな箱を抱えた若い近衛兵を二人伴っている。片割れは、牢獄から出たアミュゼルを馬車に押し込めた男だった。

「おまえの声が出ないのはどこかが悪いせいじゃないらしい。医者はその気になれば話せるはずだと言っている」

アミュゼルを寝台の隅まで追い込みながら、リヒトが言った。

「声を出すならあれを返してやる。褒美に新しいほうもやる。答えないなら両方壊す」

示された二つの箱は、アミュゼルの竪琴と、真新しい別の竪琴だった。

アミュゼルはやめてほしいと言おうとした。それでも声は出なかった。

リヒトが容赦なく顎をしゃくる。近衛兵たちは躊躇《ちゅうちょ》無く箱を床に叩きつけ、足で散々踏みつけた。木の割れる音が虚しく響いた。

「ほら、次は食事をしろ。おとなしく食べるなら褒美をやる。食べないなら、食事を運んでくる女官を竪琴と同じ目に遭わせる。毎回、二人ずつだ」

リヒトはアミュゼルを従わせる術をすっかり心得たようだった。食事の後も、言うとおりに着替えなければ着替えの係を罰すると脅した。

そのうちに、誰も彼も逃げ出していき、帰る場所のないほんの数人だけがアミュゼルの側に残された。自分が自ら命を絶てば、きっと彼らはリヒトに害されることになるのだろう。

アミュゼルは、ヴィクトールが湖畔で「死ねない」と零した意味をやっと知った。

幾日が過ぎたのかもわからなくなってしまった頃、リヒトはアミュゼルを城内の礼拝堂へ連れて行った。待っていたのは困り顔の聖職者で、渋々と何らかの儀式を始め、手短にもごもごと説教を済ませると、そそくさと出て行ってしまった。

ぼんやりしたままのアミュゼルに向かって、リヒトが満足げに笑う。

「これでおまえは、絶対に兄上と結婚することはできない」

アミュゼルの左手には、いつの間にか黄金の重たい指輪が嵌まっていた。リヒトの白く長い指にも同じものが光っている。まるで揃いのような紋章が刻まれた指輪だった。

アミュゼルにはこれが何だかわからなかった。リヒトがなぜ嬉しそうにしているのかも。ヴィクトールと結婚したいなどとは願ったこともないし、できるはずもないと知っているのに、改めて言い含められる理由もわからなかった。

ただぼんやりと、指輪は演奏の邪魔になりそうだと思った。

アミュゼルはその日から、リヒトの私室と扉一枚で繋がった部屋に移された。そこは立派な調度品、ドレスと装身具、そして色とりどりの花で埋め尽くされていた。その中に座らされていると、自分もリヒトの持ち物の一つになったような錯覚を覚えてしまう。

人形のように日々を過ごしていた頃、部屋に訪問者があった。

「外から鍵を掛けろ。余がよしと言うまで、何があっても扉を開けるな」

荒々しく踏み込んできたのは、豪奢な衣服を纏った大柄な男だった。椅子に掛けていたアミュゼルにまっすぐ近づいてきて、胸ぐらを掴む。

「おまえが、リヒトを誑《たぶら》かして秘密結婚などという愚かな真似をさせた女狐《めぎつね》か」

この王宮で、リヒトを呼びつけにできるような者はたった一人しかいないはずだ。けれど、そんな人が目の前に現れたことが信じられなかった。

「秘密結婚など、余は決して認めぬぞ。確かに王太子宮に女官は入れた。だがそれはあくまで、ふさわしい姫君を娶るまでの暇つぶし。子を為すための予行練習だ。リヒトは余の次の王となり、いずれは大公の位も継がねばならぬ。母上亡き今、一点の瑕疵もない王に、余が為さしめねばならぬ。そなたは今すぐここを出て尼僧院へ行くのだ。でなければ、この城の堀に死体を浮かべてやる」

国王は血走った目でアミュゼルを睥睨《へいげい》し、ふと何かに気づいたように手を放した。急に解放されたアミュゼルは床にくずおれてしまう。

「その髪、その目。母上を殺した侍女も同じだったと聞く。おまえがそうなのか？　リヒトに逃がされ、匿われ、結婚までしたのか？　……いや、はじめからリヒトの手先だったのか？　リヒトはそこまで余と母上を憎んでいるというのか？　あのヴィクトールを廃して王太子にしてやったというのに……」

国王はアミュゼルの手元を見下ろし、信じられないものを見るような目をした。

「王太子妃の印章指輪だ。こんなものまでくすねるとは……！」

国王がアミュゼルに摑みかかり、左腕を捕らえた。手首をぎりぎりと締め付け、指輪を引き抜こうと爪を立てる。

けれど、指輪はあつらえたようにぴったりで決して抜けなかった。指を千切られるような痛みに歯を食いしばっていたアミュゼルは、ふと国王の異変に気づいた。

国王は胸を掻きむしっていた。屠《ほふ》られる瞬間の鶏のような苦悶の声を漏らしながら。

アミュゼルはよく似た光景を見たことがあった。舞踏会の広間で。王太后の私室で。

『息子もわたくしと同じ病に苦しみ、いつ倒れるかもわからない』

国王はやがて身動《みじろ》ぎをやめ、声すら出さなくなった。重い身体がアミュゼルの上にのしかかる。その頭髪は、ヴィクトールや王太后と同じ銀色だった。

アミュゼルは国王の下から這い出し、扉を叩いた。開けてくれと言えない代わりに、何度も何度も拳を打ちつける。けれど、鍵が開くことはなかった。

涙も涸《か》れ果てた頃、アミュゼルは扉の前で気を失ってしまった。


目を覚ましたとき、側にはリヒトがいた。怯えるアミュゼルに嬉しそうに手を伸ばす。

「父上が死んだぞ」

頬を撫でられながら、アミュゼルは血の気が引くのを感じた。

「扉を開けさせたときには手遅れだった。王太后といい、おまえはよくやってくれたよ」

父親の死を喜ぶような話しぶりに、アミュゼルの背筋が冷えた。国王は死の間際に嘆いていた。リヒトはそれほど自分と王太后を憎んでいるのかと。

「褒美として、おまえに王妃の宝冠をやろう。女として最高の地位をやる」

アミュゼルは絶望のあまり両手で顔を覆う。他ならぬ自分が、ヴィクトールの大切な肉親たちの死を招いてしまった。もう彼に合わせる顔がなかった。

「おれの子どもを産めよ。その子を次の王にする。いずれは大公にもしてやる」

リヒトに引き寄せられながら、アミュゼルは部屋の隅を見つめた。そこから国王の亡骸がこちらを見ているような気がして、目を逸らすことができなかった。


リヒトが出て行った後、アミュゼルは寝台から這い出て、小さく火を燃やす暖炉に近づいた。震える手で飾り棚の本を取る。中に、折りたたんだ一枚の紙を隠してあった。

ヴィクトールが最後にくれた曲の楽譜だった。愛器を壊された後、竪琴の箱の底に忍ばせていたのを、持ち去られる前に密かに抜き取っていたのだ。

アミュゼルは、自分がまだ譜面の読み方を覚えていることに安堵した。楽器が永遠に音を失っても、もうヴィクトールに聴かせることは二度とできなくても、指の運びだけは忘れないでいたかった。

暗がりからリヒトが近づいてきた。アミュゼルの手から楽譜をさっと摘まみ上げる。一瞥《いちべつ》しただけで、難なく譜面を読み取ったようだった。

「へえ、兄上の直筆だ。だから、おれがこれを弾けと言っても従わなかったんだな」

言うなり、リヒトは楽譜をはらりと暖炉に投げ入れた。紙があっけなく燃え上がる。

アミュゼルは思わず、獲物を前にした猫のように暖炉に飛びついていた。

「何をする！」

リヒトの制止の声が虚しく響く。

アミュゼルは火の中に両手を差し入れたが、紙は触れるそばから黒い灰に変わっていった。その灰をかき集めて握りしめる。熱さなど感じなかった。

「離せ。手を開け！　おい、侍医を呼べ！」

リヒトは女官に向けて叫びながら、アミュゼルの手を開かせようとした。

その手の中で、小さな白い紙片が一つだけ、灰に埋もれていた。

アミュゼルは焼け爛れていく両手でその一片を包んだ。これを守れたことがただ誇らしかった。ヴィクトールと同じ火傷は、苦痛ではなく喜びを与えてくれた。

指先の感覚がなくなっていく。竪琴を無くし、楽譜も失い、語り合いたい人とも会えないなら、これでいいとアミュゼルは思う。自然と笑みが零れた。

「――それは何だ？」

リヒトが側で息を呑んだが、そのわけはわからなかった。

季節はいつの間にか秋の終わりに近づいていた。

＊＊＊

ヴィクトールのもとに王太后の訃報《ふほう》が届いたのは、あの舞踏会から間もなくのことだった。

舞踏会の晩、王太后はヴィクトールに、アミュゼルを愛妾として大公国に連れ帰るよう勧めていた。そのために彼女を手元に呼び寄せたのだと。彼女がヴィクトールを慕っていることは間違いなく、望まれれば喜んでついてゆくだろうと。

思いが通い合っていると知れたことは、ヴィクトールにとって胸が震えるような僥倖《ぎょうこう》だった。

幼い日、故郷や家族、身の自由までも失った自分たちだからこそ、ひっそりと寄り添い合って生きることはできないだろうか。人から奪わず、後には何も残さず、春の片隅でひっそりと、誰からも忘れられて。

けれど、結婚を許されない自分が彼女を国に連れ帰っても、与えてやれるものは囲われ者という立場だけ。もし子どもを授かったとしても、よくて庶子の扱い、場合によっては身二つになる前に命を奪われる恐れもあった。ヴィクトールの背負うしがらみは、そういう類《たぐい》のものだった。

たとえ隣にいられなくても幸福になってほしいと、心からそう思えたわけではなかった。むしろ、彼女の未来を喜んで壊すだろう自分を恐れたからこそ、ヴィクトールは王宮から逃げ出したのだった。

王太后の死を知らされた後、ヴィクトールはすぐさまアミュゼルの行方を追おうとした。しかし、他の使用人と一緒に散り散りになったとか、牢獄に連行されたという噂まであり、真偽が定かではなかった。

王宮宛てに何度書状を認めても返答はなく、頼みの綱の伯爵は隠居したという。複数の間者を使ってようやく、王太子宮に彼女に似た女官が入り、入れ替わりに他の女官たちがお払い箱になったという情報を得た。彼女たちが口悪《くちあ》しく語る女官がアミュゼルだとは、到底信じられなかった。

その年の夏は、昨年に続いて冷えた。秋の収穫を期待できない中で、ヴィクトールは臣下たちに冬への備えを急がせつつ、王宮の偵察を続けた。

そこへ、思いもしない報が飛び込んできた。王太后の後を追うように、父までも崩御したというのだ。ヴィクトールは急ぎ旅装を調え、王宮に足を踏み入れた。

その冬、初めての雪が降った日、厳かに弔歌《ちょうか》が響く大聖堂で、ヴィクトールは信じられないものを見た。それは、最前列で弟の隣に立つ、愛しい女の姿だった。

聖堂に溢れかえる参列者たちは、ひそひそ声で彼女を誹《そし》った。

国王の死因は、王太子が身分の低い女官と秘密結婚したことによる憤死《ふんし》だとか。その女の寝室で亡くなったのは、親子で一人の女を争ったすえの腹上死ではないのかとか。女がかつて王太后に仕え、その死にも立ち会ったのは、王太子の差し金で毒殺を謀ったからだとか。

終始白《しら》けた雰囲気の中で儀式が終わろうとした頃、彼女がその場に崩れるように倒れ込んだ。その身体を抱いて聖堂の身廊を下がっていくリヒトと、ヴィクトールは確かに視線を交えたのだった。


ヴィクトールはすぐにリヒトに会談を申し入れた。

弟の隣で腰を抱かれるように座っていたのは、窶《やつ》れ果てたアミュゼルだった。

ヴィクトールは席につくのも忘れ、杖を握りしめてリヒトに問いかけた。

「どういうことだ？　彼女は伯爵家の養女で、王太后陛下のもとにいた侍女だ。王族と結婚できる身分にないことはわかっているだろう」

「いいえ、結婚は司教の認めた正式なものですよ。これをご覧ください」

リヒトは嘲《あざけ》るような笑みを浮かべ、一通の書状をヴィクトールに突きつけた。

「今は亡き王太后陛下が、貴賎結婚について教皇庁に問い合わせた書状の返答です。神の前に身分の貴賎は無く、誰しも等しく婚姻の祝福を受けることができる。よって、貴賎結婚という概念そのものが存在しない。教皇庁が特定の結婚をそのように認証することもない。——我らのお祖母さまは、誰かの身分違いの結婚に教皇庁のお墨付きを得ようとして、門前払いにあったんです。まあ、それを知る前に天に召されましたがね」

王太后の目的が、自分とアミュゼルを添わせることだったのは疑いようがなかった。

「この書状のおかげで、渋る司教に結婚式を行わせることができました。司教は今日の葬儀を最後に、なぜか教皇庁の聴聞を受けるためにあちらに帰ってしまうそうですが」

ヴィクトールはアミュゼルを見つめた。彼女は、青ざめた唇を震わせ、焦点の合わない目を伏せている。リヒトに弱みを握られ、脅され、追い詰められているように見えた。

「兄上、おれは生まれたときから、欲した覚えのないものばかり貴方から譲られてきた。母親には偏愛された挙げ句に命と引き換えに助けられ、父親の期待は失望に変わり、王太后には執念で言葉まで矯正された。王太子になった後は薄っぺらいおべっか使いばかり寄ってきた。ついでに女くらい譲ってくださってもいいでしょう?」

リヒトがアミュゼルの透けるように白い首筋に鼻先を寄せた。そこには、喪服の高い襟でも隠しきれないほど幾つもくちづけの痕が散っていた。

「この結婚について、兄上のご助言は不要です。……そういえば兄上は、これの声を聞いたことはないのでしょう？　今でも話すことこそできませんが、閨房《けいぼう》ではそれは愛らしく鳴くのですよ」

　ヴィクトールは、こめかみがかっと熱くなるのを感じた。こんな茶番にいつまでも付き合う道理はないと思い、アミュゼルに歩み寄ろうとしたのと同時に、たまりかねたように彼女も立ち上がった。けれど、リヒトに強く手を摑まれ、声にならない呻きを漏らして引き戻される。苦悶するさまは、黒い長手袋の下に怪我でも隠しているかのようだった。

「……手をどうした？」

　ヴィクトールが問いかけると、彼女は初めて正気に返ったように顔を上げた。金色の瞳がうっとりと潤み、微笑むかのような光を浮かべる。

　リヒトの制止をよそに、彼女はゆっくりと手袋を抜き取った。

　ヴィクトールは声を呑む。白かった手が無残に焼け爛れていた。優しく竪琴を奏で、ヴィクトールが教えたとおりに文字を綴った指が、あの晩、醜い頬の傷痕を撫でてくれたてのひらが、今はもうまともには動かないだろう。

「リヒト、貴様……っ！」

　ヴィクトールの脳裏が真っ白に焼けた。彼女を連れ帰らねばならない。弟から守らねばならない。否、奪い返さねばならない。

　しかし、ここはリヒトの君臨する王宮だった。ヴィクトールの手がアミュゼルに届く前に、リヒトがこちらに近衛兵を差し向ける。

兵たちはヴィクトールの行く手を阻んだだけだったが、不自由な身体ではリヒトに追いつくことはできなかった。これほど己の足を恨んだことはなかった。

暖炉の赤々と燃える炎が、ヴィクトールの眠っていた記憶を呼び覚ます。あの火事の晩、母が甘ったるく優しい声音で自分に説いた言葉を。

『ねえヴィクトール、貴方はとても優しい子です。だから、王太子の位を弟に譲ってあげてちょうだい。リヒトが国王と大公の地位に就けば、皆が幸せになれる』

死を以てその願いを叶えた母は、今のヴィクトールとリヒトを見て何を思うだろうか。

ヴィクトールは目元を手で覆い、冷笑を噛み殺した。


ヴィクトールは、半ば追われるように王宮を後にすることになった。アミュゼルを攫って連れ帰ろうと試みたが、厳重に警戒され、果たせなかったのだ。彼女がどんな扱いを受けているかは明らかで、狂いそうになる自分を必死で抑え込んだ。

王宮のことを自分の故郷と思い、二国が手を携えて発展するための拠点なのだと尊く思っていた自分の愚かさ、善良さに吐き気を催す思いだった。

ヴィクトールは去り際に宮廷の内部に無数の間諜《かんちょう》を残したが、自ら接触を試みてきた者も意外に多くいた。まず、妻女を王太子宮から追い出され面目を潰された貴族。政務に関する諫言《かんげん》を無視され首切りにあった官僚。それに、結婚を巡って権威を蔑ろにされ、おそらくは聴聞の後に罷免《ひめん》されるであろう司教。彼はヴィクトールとリヒトの洗礼を執り行った男でもあった。

彼らは口々に、王太子の変貌は全て、素性の怪しい妃のせいだと言った。最後に、ヴィクトールが王太子でいてくれればどれほど民が救われたかと、したり顔で付け加えることも忘れなかった。リヒトの下では日の目を見ることはできないと、こちらに取り入ってこうという彼らの意図は手に取るようにわかった。

ヴィクトールは内心を軽蔑《けいべつ》と嗤笑《ししょう》で満たしながら、表向きは彼らの訴えを真摯に受け入れ、必ずその後も連絡をとりあうことを約束した。

その冬、昨年以上の寒波が二国を襲った。国庫に小麦を満たしていた大公国は民を飢えさせる心配もなく春まで凌げる公算だったが、王国は違うようだった。昨年は王国側からそれとなく食糧援助の依頼が来たが、こちらから申し出るつもりは毛頭なかった。

都市部で小麦の値が跳ね上がり、各地で民の不満が溜まっていくのを、ヴィクトールはじっと静観していた。王宮の誰かが助けを求めて来るのを待っていた。

果たして、やって来たのは旧知の宰相だった。無償ではなく、小麦の買い取りという妥協案を提示してきたが、ヴィクトールは申し出を一蹴《いっしゅう》した。

「リヒトの意思か？　そうでなければ交渉の席にはつかない。それに、王国は昨年、我が国からの無償の援助に対して表敬の使節すら寄越さなかった。そんな相手のために飢えよと、どうして我が民に言えるだろう」

昨年、使節として派遣されたのはリヒトだという。それを嫌がり土壇場で帰国し、王太后に強く叱責されたことも、今年も頭を下げて援助を求めることなど絶対にしないだろうことも、今のヴィクトールは把握していた。

善良な宰相は気の毒になるほど困り果て、最後の手段とばかりに情に訴えた。

「我が国は大公殿下にとっても祖国。どうか、王国の民にもお慈悲を……」

「私はこの大公国こそが故郷だと思っている。王国の民に慈悲を与えるべきは王国の君主だ。かつて我が国からせしめた賠償金はどうした？　今こそ役立てるときであろう」

かつてヴィクトールは父に掛け合い、それこそ情に訴えて、賠償金を当初の約定の半分にまで減額していた。宰相は物言いたげだったが、これ以上の交渉は無駄だと悟ったのか、すごすごと退出していった。

賠償金の減額により、王国の財政が大きく低調に変じたことは知っていた。リヒトが妃のために相当な浪費をしていることも隣国にまで噂が届いている。わかっていてそこを突いたのは、国を憂《うれ》う宰相を追い詰めるためだった。宮廷の内部へ不和の種を持ち帰らせることができれば、なおよかった。

ヴィクトールは、隣に立つ家令に向かって、殊更悩ましげに見えるように言った。

「これで王国に何万もの餓死者《がししゃ》が出るだろう。……私は、この見目に違わぬ悪魔だな」

大公国を故郷と呼んだのは、半分は家令に聞かせるためだった。

「何があったかは詳しくは言わぬが、やっとわかったんだ。お祖父さまが虜囚《りょしゅう》として耐えがたい屈辱に遭い、母上が王妃とは名ばかりの不遇を味わってきたことが。このままでは我が国は搾取《さくしゅ》される一方だ。おまえにはこれまで、もどかしい思いをさせてしまったな」

ヴィクトールは、祖父と母に言及することで家令が喜ぶことが十分にわかっていた。老いた家令は感涙に咽《むせ》びながら深く頭《こうべ》を垂れ、以後、ヴィクトールの策謀のよき相談役となった。


王国で宰相が罷免《ひめん》されたのは間もなくのことだった。

大公国に食糧支援を請うようリヒトに繰り返し進言し、不興を買ったのだ。

ヴィクトールは、王国の貴族と民が、半ば属国と見なしている大公国に援助を拒まれた不満で騒ぐものと考え、対策も講じていたが、意外にもそうはならなかった。

彼らは憎悪の対象を眼前に見つけていた。それは、若き新国王を誑《たぶら》かす黒髪の妃だった。

リヒトは、アミュゼルを正当な妃と認めさせようと腐心《ふしん》し、既に四方八方から顰蹙《ひんしゅく》を買っていた。食糧を買い入れるための支出は裁可しないが、自身と妃の戴冠《たいかん》式のためには莫大な予算を組ませ、そのための増税を勅令で命じようとしていた。

ヴィクトールは巡礼の名目ではるばる教皇庁に足を運び、その幹部たちと面会した。父と祖母のために改めて礼拝を執り行ってほしいと、多額の寄進と引き換えに請うと、聖職者たちは喜色を浮かべてヴィクトールを褒め称えた。

「なんと敬虔《けいけん》で孝行なことか。たとえ国を離れても深く故郷を思われていると見える」

「彼《か》の国は私が洗礼を受けた地。故郷として死ぬまで大切に思い続けます」

ヴィクトールは坊主たちの前で、家令に使ったのとは真逆の甘言《かんげん》を弄《ろう》した。

「しかし今、王都の大聖堂の司教の座は空位だとか。後任の選定に慎重になるのも尤《もっと》もなことです。何せ、大聖堂の守護者である新国王が、あのように教会の権威を蔑ろにするのですから。……いや、まだ、神に認められた戴冠を済ませたわけではないのでしたね」

ヴィクトールは、後任の司教が叙任されないよう秘密裏に働きかけ続けた。司教が不在では、戴冠式どころか、神の庇護を失ったも同然で、それも王都の民の不安を煽った。

リヒトの一番の悪手は、各地の暴動を武力で鎮圧してしまったことだった。民に死者を出してもなお、リヒトは失策を認めなかった。

全てが、妃が新国王を誑かし、唆しているせいだということになっていた。王宮の最奥で無言を貫く妃は、いつの間にか、国庫を食いつぶして宝石で身を飾り、民の叫びを愉《たの》しみながらその血を飲み干す魔女に違いないとまで噂された。

翌年、王国は惨憺《さんたん》たる春を迎えた。

民の十分の一が飢え死に、もう十分の一は難民となって大公国との国境に押し寄せた。一方、独断で大公国に助けを求めた領主と民は救われた。リヒトが発した増税の勅令を無視することと引き換えに、惜しみない食糧援助を受けることができたからだった。

王国の領主の半数以上を取り込み、新国王の求心力が徹底的に下がったところで、ヴィクトールは再び王宮に足を踏み入れた。リヒトに最後通牒《さいごつうちょう》を突きつけるためだった。

案の定、リヒトへの面会の申し入れは拒否された。

代わりに現れた宰相代理を見て、ヴィクトールは失笑を禁じ得なかった。伯父を隠居という名目で追いやり、爵位を継いだ新伯爵だった。外戚としてリヒトに取り入ろうと王宮に残ったものの、引き際を見誤って逃げ損ね、器量に合わない地位を押しつけられていた。

「これをリヒトに渡してほしい。兄からの最後の忠告だ」

親書にはこう書いていた。一月後の戴冠式を中止し、教皇庁に真摯に詫びて妃との婚姻無効を認めることを勧める。妃は尼僧院に入れて終生会わないことを約束すれば、大公国は王国のよき隣人として振る舞う、と。表向きは、善良な兄が故郷を憂えて、失政を繰り返す弟から悪妻を引き離そうとする構図に見えるだろう。

伯爵はリヒトの返書を持ち帰っては来なかった。それが何よりの答えだった。

ヴィクトールは伯爵に、アミュゼルと一対一で対面したいと請うた。そんな権限も勇気も、この俗物には備わっていないと承知したうえでの頼みだった。しかし伯爵は、隠居した伯父を連れてであれば亡命を許すという見返りにたいそう惹かれたようだった。かろうじて、離れた場所から彼女の顔を見るという約束を取り付けることができた。

ヴィクトールはこのときまで、アミュゼルが王宮から離れることさえできればいいと考えていた。それがまだ生温《なまぬる》い考えだったと、すぐに思い知ることになる。

アミュゼルは、王宮の西にある王妃の間に幽閉されていた。

ヴィクトールは闇夜に乗じて庭園に入り込み、生け垣の間に身を隠して、彼女が四階の窓から顔を覗かせるのを待っていた。遠くから彼女の無事をただ確かめるためだけの、逢瀬とも呼べない逢瀬だった。

目当ての窓がゆっくりと開いて、アミュゼルが顔を出した。

血の気の引いた顔は、半年前よりも一層窶れていた。寝巻きを纏い、黒髪を緩く束ねて編んだだけの姿は、王妃どころか人の妻にも見えない幼さだった。頼りなげに庭園を見渡し、ヴィクトールの姿を認めると、何度も瞬きを繰り返す。

彼女はヴィクトールに向かって、傷ついた手を思い切り差し伸べた。

身を投げるかのように見えた。ヴィクトールは咄嗟によろめきながら窓の下に駆け寄ったが、落ちてきたのは小さな一枚の紙片だった。

焼け焦げた、楽譜の切れ端だった。かつてヴィクトールが譜面に起こし、アミュゼルに贈り、二人きりの晩に聴かせてもらった、あの曲だ。

裏返すと、何か記してあるのがわかった。文字が歪んでいるのは、ペンではなく不自由な指で書いたからだ。赤黒いインクは乾いた血だった。

『自分では死ねない。殺してください』

ずっと昔に書き付け、隠し持っていたのだろう。いつかヴィクトールに渡すために。

ヴィクトールは跪いたままアミュゼルをまっすぐ見上げる。その唇が微笑み、頬を涙が濡らすのを、ヴィクトールは確かに見た。こんなに遠くからでも、あれほど痩せ衰えていても、やはり彼女は誰よりも美しく見えた。

アミュゼルはすぐに中へ引き戻された。リヒトがやって来たのかもしれなかった。ヴィクトールも急いでその場を離れた。

手の中に握り込んだものが、灼けるように熱く感じられた。

一月後、王都の中心にある大聖堂が燃え落ちた。

新たな司教が不在のまま戴冠式の日を迎え、出席するはずの貴族たちもほとんど現れなかったことに憤慨して、リヒトが火を掛けさせたのだった。

教皇庁はその罪でもって、リヒトを破門することを表明した。

教会からの追放を伝える使者が王都に遣わされることになり、ヴィクトールは神の敬虔な僕《しもべ》を標榜《ひょうぼう》してその警護を買って出た。道中、神の加護を失ったと怯えて飢える民に施しを与えつつ、兵を率いて王都を目指した。

ヴィクトールは、教皇庁が王国と大公国の統一に強い反感を抱いていることに付け込み、密謀を巡らした。その背景には、神聖な婚姻が冒瀆《ぼうとく》されることへの反発とともに、世俗に大きな権力が生まれることへの警戒心があった。

かつてヴィクトールは、僧院へ入るか、生涯を孤独に過ごすかの選択を提示された。だが、伯爵家で隔離されていたヴィクトールが知らなかっただけで、母が死去した時点で自分が大公位を継承していたのだから、王国側の意図のままに僧院へ入ることが受け入れられるはずがなかった。父と祖母が見せかけの恩情を与えることでヴィクトールを縛ろうとしていたのだと、今ならばよくわかる。

教皇庁の幹部も、貴族も民も、誰もがヴィクトールはリヒトを退けて自ら王位に就くつもりでいるのだと信じて疑っていなかった。国王は実権を失って執政を合議体に委ね、その代議員として自分たちが政《まつりごと》に参加できると期待しているのだ。それがヴィクトールの空《から》手形《てがた》だとも知らずに。

もはやヴィクトールの良心は、燃え尽きて灰のようだった。

利用できるものは全て使った。善良な君主の顔、神の威光、家令の忠節、自身の火傷の傷痕。ヴィクトールが焼け爛れた顔を晒しているからこそ、人々はその心が真摯で美しいと思うのだろう。弟と比して神に忠実だと、辛い目に遭ったからこそ人に優しいと、王国の犠牲にされてきたからこそ大公国には献身すると、勝手に思い込むのだろう。

思い込んだままでいればいいと、ヴィクトールはせせら笑う。

自分はアミュゼルにだけ誠実でいたいのだ。彼女が小さな紙片に託した、血を吐くような願いを叶えることが全てだった。


リヒトは使者を拒もうとしたが、夜半、王都の門は他ならぬ民の手で開かれた。ヴィクトールの軍勢は彼らの歓呼に応えつつ、国王の兵を王宮に押し戻して城を包囲した。

ほぼ同時に、炎が黒々とした夜空を焦がした。

ヴィクトールがそうするより早く、王宮に火が掛けられていたのだ。王宮に残っているのは、王家に忠実な僅かな近衛兵と、若き国王夫妻だけ。リヒトが命じたものと思われた。

火消しを試みる部下たちを尻目に、ヴィクトールはさっさと単身で城内に入った。腰には短剣だけをさげ、杖を右手に、左手に松明《たいまつ》を掲げ持った。

「殿下、どちらへ行かれます！　もはや王国の滅亡は目前。安全な場所でお待ちを！」

「行かせてくれ。大切なものが中に残されているんだ」

制止しようと纏わり付く味方を振り払い、ヴィクトールはまっすぐにアミュゼルが囚われている王妃の間に向かった。かつて、母に会いたくて一人寂しく通った路《みち》が、今は赤々と燃えていた。炎に恐怖は感じず、ただその熱さを懐かしく好ましく思った。

大きな金の扉の前に、一人の近衛兵が立っていた。照らされた顔に見覚えがあるのは、リヒトとの面会のときに自分を阻んだ男だからだろう。

「ここに二人がいるのだろう？　入れてもらえないだろうか」

「申し訳ございませんが、最後まで誰も通すなと言いつかっております」

忠義者らしい言葉に、ヴィクトールは微笑んだ。

「詫びることなどない。君の忠節は賛美されるべきものだ。だが、最後の頼みだ」

ヴィクトールは杖を捨て、腰の短剣を差し出す。

「他に武器はない。それに、知ってのとおり、不自由な足だ」

近衛兵は物言いたげにじっとこちらを見つめた。しばらくして、彼は扉の前から退き、深く頭を垂れた。

リヒトはやはりそこにいた。

床に油を撒《ま》き、燭台を手にして、今にも火を落とそうとしているところだった。

弟は自分に屈するくらいなら破滅を選ぶ。そうわかっていて、ヴィクトールは追い詰めたのだ。

アミュゼルは窓辺に座らされていた。ヴィクトールに気づいて立ち上がるが、リヒトの腕の中に囚われてしまう。

「遅かったな。何もかもあんたに返してやるが、この女だけは道連れだ。……ほら」

リヒトは顎をしゃくり、足元に転がっていた何かをこちらへ蹴り出した。凝った細工の金と革の飾り箱は、かつて父の前で署名した盟約の証文を納めたものだった。

「最後に勝ったのはおれだ。あんたじゃない、ヴィクトール」

ヴィクトールは弟の言葉に首を横に振り、大きく前に踏み出した。自分の名は、王国の勝利を祝って父と祖母がつけたものだという。心から和平を願うなら、勝ち負けなど忘れるべきだったのだ。自分たち兄弟と愛する女を炎の中に追い込んだのは、彼らの執念だった。

「アミュゼル、おいで。一緒に死のう」

金の目が大きく輝く。彼女は茫然としたリヒトの腕からするりと逃れ、ヴィクトールの握る松明を怖れずに胸に飛び込んできた。

二人はただ見つめ合う。アミュゼルの傷ついた右手が、ヴィクトールの爛れた左頬に触れる。彼女の花開くような笑みに声はなかったが、この瞬間は間違いなく至福だった。

ヴィクトールは松明を床に放った。みるみるうちに炎が二人とリヒトの間を大きく隔てる。飾り箱も火に呑まれた。リヒトが怯み、燭台を取り落とすのが見える。

ヴィクトールは、アミュゼルのか細い首に両手を掛けた。

けれど、ヴィクトールがその喉を塞ぎきる前に、華奢な体軀が腕の中でくずおれてしまう。気を失ったようだった。

炎の中から呆然とこちらを見つめるリヒトに、ヴィクトールは笑いかけた。

「あの幼い日、私たちはどちらかが死ぬべきだった。そうすれば、彼女と出会うことはなく、これほど苦しめることもなかった」

愛おしい女の髪を撫で、額に唇を寄せた。

「だが、これほどの幸福を味わうこともなかった」

リヒトが求めていたのも同じだったのかもしれない。自分を助けてくれる女ではなく、抱き合ったまま死んでくれる女が欲しかったのだろう。そのために、自分が与えられると思ったものを全てアミュゼルに捧げたのだろう。ヴィクトールもそうしたように。

「私たちは似ていたな……」

語尾は、熱と煙を吸い込んだために掠れた。激しく咳き込み、身を屈める。霞んでいく視界の端で、リヒトがふらふらと後ずさり、窓辺に近づいていくのが見えた。

ヴィクトールは、このままアミュゼルと同じ炎に焼かれて死にたいと願う。遠のいていく意識の中で、彼女を抱きしめる腕だけは決して緩めなかった。

＊＊＊

アミュゼルはまぶたを上げた。見覚えのある天井が目に入る。ゆっくりと身を起こし、ここが王太后の離宮にあった自分の寝室だと気づく。

助けられたのだとわかるまで時間がかかった。真っ先に頭に浮かんだのはヴィクトールのことだ。転がるように寝台から下り、出口に向かう。

扉は、開ける寸前に向こうから開かれた。

「アミュゼル！」

立っていたのはヴィクトールだった。

アミュゼルがへなへなとくずおれそうになるのを、彼が抱き留め、寝台まで誘《いざな》ってくれた。ヴィクトールは側の椅子に腰掛け、重い口を開いた。

「リヒトは亡骸で見つかった」

炎が迫る中で窓から身を投げ、庭園の隅で事切れていたらしい。逃げて助かろうとしたのか、自ら死を選んだのか、誰にもわからないということだった。

アミュゼルは、何よりも先に安堵した自分に後ろめたさを覚えた。

「おまえがここにいることは、ほんの数人しか知らない」

ヴィクトールが呼び鈴を鳴らすと、大柄な男がゆっくりと入ってきた。最後までリヒトに仕えていた近衛兵だった。全身を負傷し、歩くのにも難儀している様子だ。

「彼が炎の中から私とおまえを助け出してくれた」

アミュゼルは全身を強ばらせる。牢獄から出されたアミュゼルを馬車に押し込めたのはこの男だった。リヒトの命令で竪琴を壊したのも、ヴィクトールの父が死んだときアミュゼルが扉を叩くのを外で聞いていたのも。

「十年前は、私に仕える近衛兵だった。……そうだな？」

男はヴィクトールの問いかけに瞠目し、深く頷いた。

「はい。大公殿下のお慈悲で国王陛下からご寛恕《かんじょ》を賜り、リヒトさまに仕えていました。今度こそ大公殿下をお救いしたいと思いましたが、主君たるリヒトさまを置いていったのは不忠《ふちゅう》です。いかなる罰も受ける覚悟です」

男は傷だらけの顔で俯く。アミュゼルは、彼もまたリヒトの命令に従うことで苦しんでいたのではないかと感じた。だからこそ、自分まで助けてくれたのではないかと。

「詫びることはない。君には本当に感謝している。……ありがとう」

ヴィクトールの言葉に、男は深く頭を垂れ、ゆっくりと下がっていった。

アミュゼルはヴィクトールの焼け爛れた半面を見つめた。彼が無事だったことが嬉しく、しかし、一緒に死ななかったことは心残りだった。

視線に気づいたのか、ヴィクトールがこちらに向き直る。

「手の火傷の手当てをしよう。私が必ず治してやる。十年前とは逆だな」

アミュゼルは不思議でならなかった。なぜ、彼がこの先自分とともにいてくれるかのように話すのか。

「私は最後に王宮に来る前、これまでの全部を捨てるつもりだった。今でも、本心ではこのまま、おまえとどこかに逃げてしまいたい。私欲から、責任も義務もかなぐり捨て、炎に飛び込むような男が、人の上に立っていいとも思えない。……だが、こうして生き残った以上、しばらく今の地位を去ることはできないだろう」

アミュゼルは、やはりヴィクトールが生きていてくれてよかったと思った。彼は、あの近衛兵だけではなく、もっとたくさんの人から必要とされ、愛され、望まれている人だった。彼のこれまでの行いが彼を生かしたのだと思う。

「私は、全てを捨てようとしたことを後悔はしていない。今でも、たった一つの他は私にとって何の意味もない。そのたった一つを……、おまえを守るためだから、背負い込んでいこうと思う」

その真摯な瞳を、優しい声を、アミュゼルは美しいと思った。

「いつかまた、おまえがあの曲を弾くのを聴かせてほしいんだ」

目を伏せ、じっと自分の手を見下ろした。ヴィクトールと同じ火傷を身体に刻んでいたくて、リヒトが躍起になって治療しようとするのを何があっても拒み通した。きっと手遅れなのだと自分でもわかっていた。アミュゼルは、床に叩きつけられ、真っ二つに割れてしまった竪琴だ。もう、音を出すことはできない。

アミュゼルは震える指を動かして、ヴィクトールのてのひらにゆっくりと綴る。

『差し上げたかったものは、みんな無くしてしまいました』

懐かしく優しい春の歌も、初めてのくちづけも、この身の純潔も。

『大事な人たちにもらったものも、駄目にしてしまいました』

夫人の竪琴は残骸すら残っていない。大切な楽譜は灰になってしまった。挙げ句に、母が命をかけて産み、父と兄に慈しまれ、末の兄が守ってくれた命まで捨てようとした。

『ヴィクトールさまのお父さまも、お祖母さまも、わたしのせいで亡くなりました。伯爵さまもお屋敷を追い出されてしまったと聞きました』

追放された女官たちの怨みのこもった目、自分の代わりにリヒトに罰される人々の悲鳴。王太后の苦悶の声、事切れた国王の重み。全てがアミュゼルを責め立てた。今でも、顔も名前も知らないたくさんの人たちに死を望まれているに違いなかった。生きていることがわかれば大変なことになるから、ヴィクトールはアミュゼルの所在を秘してくれているのだろう。

「父と祖母が死んだのは、おまえのせいじゃない」

二人の執心が全てを招いたのだ、と彼は言った。

「私は、リヒトも巻き添えにしておまえと死んで、二つの国が君主を持たず国境もない、一つの国になればいいと思っていた。それが、私をこんなふうにした父と祖母への意趣返しにもなると、無意識にわかっていたのだと思う。母も弟も、父と祖母の欲望の巻き添えを食って身を滅ぼしたようなものだ。私は今でも、憎しみに駆られて国を滅ぼそうとしたことを、別に悪かったとは思わない」

彼の険しい表情がふと緩んだ。

「伯爵は、私が安全な場所に保護している。……おまえは何も失っていない。誰よりも美しいままだ」

アミュゼルは安堵に小さくため息をついた。伯爵だけでも彼が守ってくれたことが嬉しくてならなかった。もう心に掛かることはないと思った。

『遠くからヴィクトールさまの幸せをお祈りします。生きることを許されるなら……』

国王がかつて言ったように、尼僧院へ行くことができたらとアミュゼルは思う。

「だめだ。離れてゆくことは許さない」

ヴィクトールの言葉にアミュゼルは微笑んだ。そうまで言ってくれることが嬉しかった。

彼の両手をとって自分の首まで持ち上げ、ぴったりと添わせた。指が顎にかかったのを感じ、そっと目を閉じる。あの近衛兵には申し訳ないけれど、やはり、こうして終えるために残された命なのだと思った。

けれど、いつまで待っても苦しみは訪れなかった。

代わりに与えられたのは、柔らかなくちづけだった。彼の唇が、言葉ではなく温もりで、愛していると伝えてくれる。あの舞踏会の晩、重なることがなかった二人の肌が、今は歓喜に燃えるようだった。

「どうして殺せる？　ようやく二人でいられるようになったのに」

くちづけはだんだんと深くなっていった。おそるおそる行き来させていた舌を次第に絡め合わせるようになると、湿った音に首筋から腰骨までが震えた。

緩く編んだ髪はいつの間にか解かれていて、撫でられ、くしゃくしゃにかき混ぜられていた。手が不自由なアミュゼルに同じことはできないが、彼の背中にそっと爪を立てた。

「……っ……」

吐息が漏れた。鎖骨の上をきつく吸われ、痕を残されたからだった。こんな自分の身体でいいのなら、いくらでも彼にあげたいとアミュゼルは思う。そして、できることなら、このくちづけの痕が肌から消えてしまう前に死んでしまいたかった。

早く素肌で抱き合いたくて、寝巻きの紐をほどこうとしたけれど、思うようには指が動かない。ヴィクトールが手伝ってくれたので、肩から白い絹の袖を抜いた。惜しみなく肌を晒せるのは、これが最初で最後だと思っているからだった。

「何も持たなくていい。何もしなくていいんだ。だから……」

むしゃぶりつくように性急に、ヴィクトールがアミュゼルの胸に顔を埋めた。大きな手が乳房を揉みしだき、尖った先端を擽ると、アミュゼルの背筋を覚えのある快感が走った。

そこを唇に含まれ、執拗に吸われた。彼を守って慰めてあげたいという神聖な気持ちと、早く組み敷かれ貫かれたいという被虐的な気持ちが、綯《な》い交ぜになって去来した。

それに気づいたように、ヴィクトールがそっとアミュゼルを寝台の上に横たえる。

シャツを脱ぎ捨てた身体は、今も火傷の痕を残していた。彼がアミュゼルの脚を割って入り込んできたので、さりげなく助けるように膝を開く。この先起こることに慣れてしまった身体が、厭わしくてならなかった。

「触ってもいいか？　初めてだから、どうしたらいいかわからないんだ」

頷いてみせると、彼は両のてのひらで肩から二の腕を撫で下ろし、下腹部を温めるように包み込んだ。おそるおそるといった感じで指を秘部に伸ばし、そっと探る。指先が快楽の芽に触れ、アミュゼルは甘い痺れにおののいた。

「痛いのか？」

アミュゼルはその問いかけに小さく首を振った。腕を伸ばし、もっとしてほしいと伝えたくて彼の頭を抱き寄せる。すると、耳元に唇を寄せられ、花芽は指の腹で柔らかく擦りあげられた。彼の舌が耳朶を這う熱く濡れた感触と、限りなく優しい手つきに腰の奥が痺れ、アミュゼルは唇を噛んで背を反らす。

「濡れている……」

ヴィクトールの指が花弁のあわいに触れた。そこは、既にぬるぬると蜜を零しているようだった。愛する人を受け入れたいと思うときには、こんなにも他愛なく濡れてしまうのかと驚いた。

長い指がゆっくりと忍び込んできた。入り口がきゅんと窄《すぼ》まり、彼の指をしゃぶるように動く。奥へ奥へと誘い込み、もっと大きなものが欲しいとねだるようだった。その願いのとおり、ヴィクトールはだんだんと指を増やし、慎重に出し入れして慣らした。

「ここがいいのか？」

指の腹が壁の一点を過ぎるたび、アミュゼルはびくびくと打ち震えた。ヴィクトールはそれにめざとく気づいたようだった。

「こう……？」

「……っ、……っ、——！」

そこを二本の指でぐっと押し上げられ、あまりの快感にアミュゼルは彼の肩に額をこすりつける。彼の声は限りなく優しいのに、愛撫には容赦がなかった。

アミュゼルはきつく目を瞑る。目の前が真っ白に染まり、腰がのたうった。

「……可愛い」

あっけなく果ててしまったことに、アミュゼルは呆然とした。身体のどこにも力が入らなかった。恥ずかしさに顔を覆おうとして、その手をヴィクトールに摑まれる。

「隠さないでくれ。おまえが欲しいんだ。どうしたらいい？」

アミュゼルは濡れた目で彼を見つめた。まだ甘い陶酔に浸る身体をゆっくりと起こし、彼と向かい合わせに座る。二人の手で彼の下衣を寛げると、既に中で彼のものは硬くみなぎっていた。

今すぐに欲しいと思ったけれど、彼を悦ばせたくて、アミュゼルはそこに顔を伏せた。

「アミュゼル……！」

彼が驚いたように声をあげた。自分にできることは何でもしてあげたいと思った。

「……く……」

手が使えない代わりに、唇で彼を愛した。歯を立てないように深く咥え込み、舌を動かすと、肉の剣がびくびくと震える。彼の感じる刺激が伝わってきて、今は触られていないアミュゼルの深いところも蜜を溢れさせているのがわかった。

「だめだ……」

早く出してほしい、飲みこみたいと必死になっていたのに、ヴィクトールは怒ったようにアミュゼルの肩を引き剝がし、自分自身を取り上げてしまう。かと思うと、アミュゼルを寝台の上に押し倒し、縫い止めて、覆い被さってきた。

アミュゼルのふとももを割り開き、奥の花弁が十分に潤っていることを確かめて、彼が身体を進めた。熱い熱い塊が押し込まれた。

「――……ッ！」

その瞬間、受け入れただけで、アミュゼルはまた気を遣《や》っていた。肉の壁が彼を締め付け、痙攣し、喜びを伝えようとする。つま先までが甘く痺れた。

「アミュゼル、やっと一つになれた……」

ヴィクトールはゆっくりと腰を引き、また深く、蕩けた奥を穿った。繰り返されるたびに、極みまで持ち上げられるような恍惚感があった。

彼が頬を寄せてくるのを、アミュゼルは迎えるように顎を上げ、唇を薄く開く。くちづけは長く静かだった。

肉の快楽よりも、甘く深い幸福があった。

「愛してる……。……――っ」

切羽詰まった声で呟いて、彼は突き上げをとめた。胎《はら》の内に温かいものが広がるのを感じて、アミュゼルも最後にもう一度、大きく震える。

どうして、愛する人に愛される幸せを知らないまま死にたいと思ったのか。愛してくれる人を愛することを恐れて離れようとしたのか。アミュゼルは、さっきまでの臆病で頑固な自分が可笑《おか》しくてならなかった。

彼の首に腕を回す。その耳元に唇を寄せ、子猫が甘えるように首筋を鼻先で擽った。

「……ヴィクトール……さま」

その声は、小さく掠れて、自分自身でも聞き取れないほどだった。

「──アミュゼル？」

言い終える前に、ヴィクトールが身体を離してアミュゼルをまじまじと見下ろした。

「アミュゼル、おまえ、声が」

彼の両手が震えながらアミュゼルの頬を包み、指で唇をなぞる。

「もう一度呼んでくれ。声を聞かせてくれ」

気恥ずかしくなり、アミュゼルは身を起こしてぎゅっと彼に抱きついた。その胸に頬を預け、肌の温もりを噛みしめると、喉が震えた。

「……ヴィクトールさま……、愛しています」

アミュゼルは自分でも忘れていた己の声におかしみを感じるが、ヴィクトールはそんなことはかまわないようだった。

「もう一度。……いや、何度でも」

今度は膝を立て、彼の頭を抱き込んだ。左の頬の引き攣れた傷痕にくちづけ、さらさらとした銀髪に鼻先を埋める。首筋から肩口、背中の上のほうまで、火傷の痕を唇で辿った。

「愛しています。愛しています。……一緒に……」

そこから先を口にすることはためらわれた。ヴィクトールは、アミュゼルが側にいることを許される人ではなかった。

「言ってくれ。何でも――、そう、何でも、おまえの願いを一緒に叶えていきたいんだ」

ヴィクトールの懇願に、アミュゼルは小さく頷いた。やっと取り戻した自分の声で、もう嘘をつきたくはなかった。そしてこの声で、心からの願いを彼に届けたいと。

「ヴィクトールさまと、一緒にいたい……」

涙混じりの鼻声は、その最後を、愛しい人の唇に吸い取られた。

あるところに、大きくも不毛な国と、小さくも豊かな国がありました。

大きな国の最後の王は、戴冠できないままお城に自ら火を掛けて死にました。亡骸は弔われることなく焦土の下に埋められましたが、一緒にいたはずの妃は忽然《こつぜん》と姿を消していました。国王の手に掛かって骸《むくろ》を王宮の奥深くに隠されたのだとか、人ならぬ者だったのでいずこかへ消え去ったのだとか、様々な噂が飛び交って、その行方は杳《よう》として知れません。

王国の民は、道を正そうと王を諫《いさ》め続けた隣国の大公が王位に就くことを望みましたが、大公はこれを拒み通しました。

彼は、二国の境の、かつて母后の離宮があったという場所に居城を構え、王国が君主を戴かぬ国として生まれ変わっていくのを見守りました。

彼がその城に最愛の妻を住まわせているということは、領民の間では知らない者がいないほど有名な話でしたが、夫人の姿を見た者は一人もいませんでした。その名さえ、後世に伝わってはいません。

その代わり、城の側の森ではいつも、優しい女の歌声と、美しい竪琴の音色とを聞くことができました。

けれどそれももう、昔々のお話です。

ソーニャ文庫アンソロジー
化け物の恋

ソーニャ文庫アンソロジー

化け物の恋

Comments

八巻《はちまき》にのは

アンソロジーのお話を頂いたときは緊張しましたが、コメディ枠とのことだったのでいつものように(いつも以上に？)残念なイケメンを書かせていただきました！ 異形が大好きなのでとっても楽しかったです！

山野辺《やまのべ》りり

化け物の恋アンソロジー、もうテーマが最高すぎて、ありがとうございます。色々な方が趣向を凝らした化け物を書かれ、Ciel先生がそれをイラストにされるのかと思うと、興奮が収まりません!!

藤波《ふじなみ》ちなこ

『美女と野獣』、『ノートルダム・ド・パリ』、『黒姫物語』など、恐ろしくてもピュアで一途なヒーローが好きです。素敵な企画に参加させていただき、ありがとうございました。

葉月《はづき》エリカ

素敵なアンソロジーに参加させていただき、ありがとうございました！ いつか機会があれば書きたいな……と温めていた吉原の話を形にできて嬉しいです。和物好きな読者の皆様に、楽しんでいただけますように。

Ciel《シエル》

前からずっと異形の怪物ヒーローが描いてみたかったのですが、こんなに素敵な企画に参加させていただき、光栄です。今回の挿絵はトーンの入れ方に少し変化をつけてみました。

Sonya

この物語はフィクションであり、実在する人物・団体等とは関係ありません。

この本を読んでのご意見・ご感想をお待ちしております。

◆ あて先 ◆

〒101-0051

東京都千代田区神田神保町2-4-7 久月神田ビル

㈱イースト・プレス　ソーニャ文庫編集部

山野辺りり先生／八巻にのは先生／

葉月エリカ先生／藤波ちなこ先生／ Ciel先生

ソーニャ文庫アンソロジー

化《ば》け物《もの》の恋《こい》

2021年4月3日　第1刷発行

著　　　者　山野辺《やまのべ》りり　八巻《はちまき》にのは

葉月《はづき》エリカ　藤波《ふじなみ》ちなこ

カバーイラスト　Ciel《シエル》

装　　　丁　imagejack.inc

D　T　P　松井和彌

編集・発行人　安本千恵子

発　行　所　株式会社イースト・プレス

〒101－0051

東京都千代田区神田神保町2－4－7 久月神田ビル

TEL 03－5213－4700　FAX 03－5213－4701

印　刷　所　中央精版印刷株式会社

ISBN 978-4-7816-9694-2